新 潮 文 庫

# 特別な友情

## —フランスBL小説セレクション—

ペールフィット ジッド マルタン・デュ・ガール
プルースト ヴェルレーヌ ランボー ラシルド
コクトー カサノヴァ ジュネ ユイスマンス サド
芳川泰久 森井良 中島万紀子 朝吹三吉訳

新 潮 社 版

11197

目次

挿画・華憐

# 特別な友情

―フランスＢＬ小説セレクション―

ロジェ・ペールフィット

# 『特別な友情』（抄）

（森井良訳）

いわゆる「男子学園寮もの」の先駆的作品。本作を原作とした映画は『悲しみの天使』の邦題で日本でも劇場公開され、「ＢＬの祖」となる一九七〇年代の少女マンガ家たちに着想を与えた。本邦初訳。

　ジョルジュにとっては、初めての別れの儀式だった。いまや彼には、この儀式を立派に乗り切る自信が失せかけていた。あまりに胸が締めつけられるので、ドアにもたれかかっていた——やがて両親を連れ去ってゆく車のドアに。自分でも涙が込み上げてくるのがわかった。

「ほらほら」と父親が息子に言った。「十四歳にもなったら、もう一人前の男だ。ブリエンヌ兵学校にいた時のナポレオンは、いまのおまえの歳にさえ達していなかった。だけどな、あそこの教師に『いったい貴様は自分のことを何だと思っているんだ？』と訊かれたとき、彼はこう答えたんだぞ。『一人前の男です！』ってな」

　小学生のころのナポレオンが自分を一人前の男と見なしていたことなんかどうだっていい！　車が道の曲がり角に消え去ってゆくのを見送ったとき、ジョルジュは、自分が地上にひとりぼっちで打ち捨てられたように思った。でもそのとき、新しい仲間たちのわーわーはしゃぐ声が聞こえてきて、苦しみが魔法にかかったように和らいだ。あの元気いっぱいな男の子たちに、意気地なしの新入りという印象を与えてもいいのか？　一人前の男になれるかどうかはさほど気にならなかったけれど、男の子であることにかんしては、大いに気にかけていたのだ。

彼は学院の雰囲気にすっかり征服されていた。でも、いずれ征服しかえす番がめぐってくるんじゃないか？　彼は自分のいいところを一つ一つ検討してみた。まず、頭がいい。これは議論の余地がないところだ。記憶力抜群。どんな話題を振られても答えられる自信があったし、同年代の男の子が疑問にもちそうなことは何でも解き明かしてきたと自負している。それに、遊びや喧嘩にはあまり夢中になれないものの、他の子に負けないくらい機敏でたくましい。そして結局のところ、自分を美少年だと思っていた。自分で自分を美しいと思う男の子だなんて！　窓ガラスに映る自分の姿を見て、ジョルジュは、かつて従姉妹たちが「秘密の手帳」にふざけて綴った彼の肖像のことを思い出した。

ジョルジュ・ド・サール。全体の容姿――いいバランス。顔――卵形、嫌味のない控えめな面持ち。髪――濃い栗色、いつもラベンダーのいい香り。顔色――くすんだ感じ、ヘマをして赤らむことはごく稀。目——茶色、あるときは熱っぽく、あるときは氷のように冷たい。ロ——センチメンタル。鼻——まっすぐ鼻筋がとおって……そして、何といっても侯爵家に生まれた高貴な子。

〔親元を離れ、全寮制の神学校に編入したジョルジュ。聖クロード学院と呼ばれるこの中等学校には八年生（九歳）から一年生（十六歳）まで、出自を異にしたさまざまな少年たちがつどっている。上級と下級で校舎が分かれ、ミサや食事は合同。何ひとつ不自由ない生活を送ってきたジョルジュにとって、この学校で目にする風景はことごとく馴染みのないものだった〕

ジョルジュは階段を降りた。食堂からの反響がしだいに大きくなってくる。彼がみんなの前にお目見えする時が近づいてきたのだ——こんなに騒々しい新学期最初の日に、いったい誰が自分なんかに注目していたというのだろう？　もはや彼は観客ではなく、舞台に上がろうとしていた。

この食堂は、午後にちらっと覗いてはいたが、いまではすっかり様変わりしていた。室内は若い少年の頭でひしめきあい、両端の演壇には、教師たちの会食席が周囲を威圧するように並んでいる。ジョルジュは四方からの視線に射すくめられ、一瞬、立ち止まった。そして、部屋の奥に立っていた長身の学監のもとへと赴いた。入口の傍、十字架の下でにらみをきかせている院長は、ジョルジュに気がついていただろうか？　少なくとも学監は忘れていなかったようで、愛想よく声をかけてきた。

「おやおや、やっと遅れてきた仲間のお出ましだ！」

彼はそのままジョルジュを自分の席に導いて、仲間たちに紹介し、彼らが互いに自己紹介しあうのにまかせた。ジョルジュは席に着いた。テーブルクロスがないことに面食らいながらも、銀製の食器一式をそっと大理石のうえに置いた。誰も握手を求めてこないので、彼のほうでも求めなかった。皿は縁が欠けていた。ワインのピッチャー、水差し、パンの詰まった籠、湯気の立ち昇るスープボウルが、所狭しとテーブルを埋めている。考えごとに耽っていたジョルジュは、いきなり左隣の少年に話しかけられて我に返った。よく聞きとれなかったから、君の名をもう一度教えてほしいと頼んでくる。彼のほうは、マルク・ド・ブラジャンといった。

ともにお互いのことをだんだんと知っていった。マルクはS……の出身で、ジョルジュの住んでいた町のすぐ隣だった。おそらくそのために一緒の席にされたのだろう、あるいは、貴族の証である「ド」が名前についているせいかもしれない。しかしジョルジュは、マルクが侯爵家の息子でなければいいと願っていた。もしそうだとしたら、いくらこいつが面白い奴だとしても、爵位の価値を貶めることになっただろう。鼻は潰れているし、髪の毛もまばら、おまけに平凡なダサい眼鏡をかけている。見るからに体調が思わしくなさそうだったし、ひょろひょろで青白かった。ヴァカンスは彼にとって何の益にもならなかったようだ。もう彼は薬を飲みはじめていた——引き出しに入っていたのは、薬瓶と錠剤の箱。右隣の少年とまったく対照的だ。いま顔を認めたばかりのこの少年は、元気はつらつとしていて、さっき校庭で花を切り取ったり、柘植の茂みに入って仲間とはしゃいでいた子だった。うってかわって、この子は生気と力強さを体中から放っている。ジョルジュは彼の笑い方、青い目、黒髪、表情を引き立てながらほのかに散らばる、褐色のそばかすが好きだった。いましがた本人が名乗ったように、この少年こそリュシアン・ルヴェールだった。

デザートが済むと、院長がベルを鳴らして静まるよう命じた。一人の生徒が中央に置かれた説教壇に赴き、立ったまま『キリストに倣いて』の第一章を読み上げた。

……汝の心を、目に見えるものへの愛から遠ざけるよう努めたまえ。なぜなら、自らの官能の誘いにしたがう者は、自らの魂を汚し、神の恩寵を失うことになるからだ。

それから、各自が立ち上がり、食後の祈りを唱える院長のほうに体を向けた。ジョルジュはリュシアンの背後にいた。彼の涼しげなうなじを見つめていると、ローションの甘い香りがすっと匂（にお）った。

みんなで散策に出ているときのこと。学院の隣の小さな村を横切り、山のほうへ向かった。

高原にたどり着くと、いくつかのチームに分かれて球技の試合が始まった。こういうスポーツがあまり好きでないジョルジュとマルクは、観客役に甘んじた。リュシアンがクラスのチームで華々しい活躍をしている。相手側のゴールキーパーは、昨日校庭でリュシアンに並々ならぬ関心を示していた、見覚えのある少年だ。ジョルジュはマルクを自分の脇（わき）へ呼び出した。あの人は、何歳ぐらい？　十六歳とかそこらかな。がっしりした体格、物怖（ものお）じしない気性、明るい笑顔。瞳（ひとみ）がらんらんと燃えている。

たしかにいい選手だった。いまちょうど、見事なディフェンスで、地面に倒れ込みながらボールを食い止めたところだ。「ブラヴォー、フェロン！　ブラヴォー、アンドレ！」仲間たちから歓声が上がる。

　彼は肘を擦りむいていた。

「こんなときにかぎって」彼が言っている。「ハンカチを上着に忘れてきちまったよ」

　ジョルジュはポケットから自分のを取り出し、手渡そうと前に進み出た。

「おぉ！　ありがとう！」アンドレが言う。「それで縛ってくれるかい？」

　そして、こう付け加えてきた。

「おまえ、三年生だよな？　ルヴェールの隣にいるだろ？」

　選手たちが集まってくる。ジョルジュはマルクのもとに戻った。

「感じのいい人だね、あのフェロンっていう人」

「ああいう人たちはみんな感じがいいんだよ」意味ありげな口ぶりでマルクが答えてくる。

　何かあるのかと、ジョルジュは尋ねた。

「君も知ってのとおり」ちょっと考えてからマルクは答えた。「仲間には二種類あるってことさ。聖クロードにかぎらず、どこでもそうだけどね。ただ、まちがいなく、悪い仲間のほうが数は多い。君だって、どちらかを選ばなきゃいけなくなるんだよ」

「君のいう『悪い仲間』っていうのは何？」

「もちろん、目隠し鬼でいかさまをする奴のことじゃないよ。僕はいつもこういってる――いい仲間は純、悪い仲間は不純」

「僕の理解が正しいとしたら、フェロンは後者のカテゴリーに入るってことだよね」

「まさしく。僕はあの素晴らしいフェロン先輩のことをよく知っているんだ。前者のカテゴリーに混じっての働きぶりも目にしてるし、実際、彼はそこで熱心に勧誘みたいなことをしていたんだよ。もっとも、去年から少しおとなしくなってきたらしい。僕が知るかぎり、公認のお稚児さんの姿を見かけないからね。たぶん、慎み深くなったんだろう」

マルクがほくそ笑みながら打ち明けた話を聞いて、ジョルジュは苦々しい気持ちでいっぱいになった。リュシアンを友にするのは、もう期待できない。すでに席は塞がっているのだ。ジョルジュは、どんな友が塞いでいるのかを知った。

「ひとつだけ、不思議に思うことがある」マルクが言う。「不純な輩たちは、修学に必要な健康をどうやって手に入れることができたんだろうって。でもまぁ、遅かれ早かれ、がくっと落ちぶれるにきまってるんだけどね」

学院に戻る道すがら、ジョルジュはポケットのなかのハンカチに手を触れていた――フェロンがくしゃくしゃにして返してきたあのハンカチに。擦り傷から吹き出た血が固まっているところに、指先を置いてみる。この血が、憎らしかった。明日になったら、早速ハンカチを取り替えよう。

黙想の会は、下級生の自習室で開かれた。彼らは前方の席に集められ、先輩たちに席を譲っていた。何人かが後ろを振り向いたが、学監が指をぱちんと鳴らして注意を促した。

ドミニコ会の修道士は、説教壇に立ったまま腕組みして、天を仰ぎながら恍惚(こうこつ)に浸っているらしい。

演壇のまわりの椅子(いす)は、もっぱら院長と上級下級それぞれの学監に充(あ)てられていた。あいかわらずいつもの隣人二人に挟まれていたジョルジュは、リュシアンの向かい側にアンドレがいることに気づいた。

説教師はまず、哀愁を帯びた調子で詩句を読みはじめた。

　ブロンドの髪の幼な子たちよ
　汝ら、香炉(こうろ)のごとき魂よ……

そして彼は、耳を澄ませて聞いていた子供たちに「このクリスチャン詩人の言葉」をよく覚えておくよう頼んだ。おそらく、金髪の子にも黒髪の子にも当てはまる金言なのだろう。

「一年をとおして、学院はまるで巨大な香炉のようです！」と彼は叫んだ。「あなたがたの顔に振りまかれた束の間の恩寵に、どうかふさわしい人であってください。心中に広がる神の恩寵には、いっそうよく見合うようにしなければなりません。きわめて偉大な徳が輝き出すのは、たいてい子供の時分なのです。十四歳で隠者になったパオラのフランチェスコが証明してくれているように。今晩からでも、あなたがたの自習室の剳形に、最も栄えある子供たちの名をすべて刻みつけたいくらいです。あなたがたと同じ年齢で、自らの血を神に捧げるのを厭わなかった子供たちの名を。九歳で信仰に殉じたオーセールの聖ジュスタン。カイサリアの聖キュリロスは十歳のみぎりに。カッパドキアの聖マメスは十二歳ではじめて迫害され、アルカラの聖ユスト、ルカニアの聖ヴィトゥスはともに十三歳で殉教。聖パンクラティウスは十四歳。聖アガペトゥスと聖ヴェナンツィオは十五歳。聖ドナティアンと聖ロガティアンが散ったのは青春の真っ只中——みなさん、あなたがたには辛いことなど何もないはずです。ならばこの快適な家で、ただクリスチャンの子供としていることに耐えられないわけがないでしょう？

私がまずお見せしたのが頂点からだとすれば、今度は奈落についてお話ししなければなりません。この世の装いである子供でも――あぁ、何ということでしょう！――、醜い罪を知ってしまうことがあるのです。光の子もいれば、闇に堕ちる子もいます。

あなたがたのように純のままでいつづけるには、つねに気を張っていなければならないのです。ひたすら祈りなさい、祈りこそが救いなのです。気を張っていなさい、なぜなら、敵があなたがたをつけ狙っているからです。あなたがたの友情に気をつけてください、敵になりうるものです。くれぐれも特別な友情とならぬよう。そうした友情は感じやすい心を助長するものでしかありません。イエズス会のブルダルー神父が言ったように、感じやすい心は、たやすく肉欲に転じてしまいます。あなたがたの友情は、公にひらかれた、魂の友情でなければならないのです」

ジョルジュの耳にはこの話が聞こえていた。たしかに彼の冷徹な頭脳に刻み込まれたものの、思考はそこに留まらなかった。隣でマルクが聖人たちの名前と年齢をせっせと紙切れにメモしていたが、それでこちらの気が散じることはほとんどない。ただ一心にアンドレ・フェロンのことを考えていた。リュシアンの傍らで、「特別な友情」が糾弾されるのを静かに聞いていたアンドレのことを。

食堂でジョルジュは、アンドレが自分たちの向かいのテーブルに座っているのに気づいた。そこにいるおかげで、奴はリュシアンをちらちらと盗み見ることができるのだ。どうしてマルクはこうした駆け引きに何にも気がつかなかったんだろう？　おそらく、アンドレの慎み深さを買いかぶっていたせいかもしれないし、リュシアンにまったく興味がなかったからにちがいない。

ジョルジュに足りない情報といえば、ライバルが共同寝室（ドミトリー）のどのベッドに寝ているかということだけだった。少なくともそこは、自習室よりもずっと落ち着ける場所のような気がする——アンドレはちょうど反対側の端っこにいた。

寮監が立ち去ったとき、ジョルジュは、自分の枕元（まくらもと）に何かが飛んできたように思った。それはチョコレートで、ちょうどいま右隣の少年が投げてよこしたものらしい。礼を言ってから、リュシアンのほうに寝返りをうち、小さな板チョコをひとかけらずつゆっくりと齧（かじ）った。クルミ入りのチョコだった。

「すごくおいしい」ジョルジュは言った。

「ストックがあるよ。これから毎晩食べられるね」

「毎晩」という言葉は、ジョルジュにとって、クルミ入りの板チョコよりも甘美だった。リュシアンは友人に対する自分の影響力をすでに心得ているようだ。

「何月生まれ？」彼が訊いてきた。

「七月だよ。僕は七月十六日に生まれたんだ。君は？」

「十一月六日。月が四ヶ月、日が十日しか違わないなら、結局一緒だね」

ジョルジュは思わず笑い出した。すると相手が付け足してくる。

「星占いをしてもらったことがないのかい？　生まれた日の星のめぐりも知らない？　君の誕生日は運勢的にものすごくいいと言われてるのに」

「あぁ、ないよ。そういうことは君ほど詳しくないな」

「僕には占星術好きの叔父さんがいるんだ。彼が教えてくれたんだけど、僕が生まれたとき、太陽は蠍(さそり)座の位置にいて、金星がきれいに照らされていて、月が第十室のところにあったんだって。ジャンヌ・ダルクもそうだったらしいよ」

「そりゃよかった、おめでとう。でもそれが何を意味するかは、また今度にしてくれ。さしあたり、君があんなに球技が得意っていうのもうなずけるな。今日の午後、君の守護星はひときわ美しく輝いてたってわけだ」

「すごく楽しかったよ」

「先輩たちのチームにも、いい選手がいたよね。とくにアンドレ・フェロンって人」

「昨日、校庭で君と一緒にいたのは彼じゃなかった？　今朝の休み時間もそうだったし、今夜の講話のときも」

「あぁ、たしかに」

「なんてこった！　君は将来名刑事になれそうだね」

「観察してるだけで、チクったりはしないよ」

「ありがたい！　聖クロードでは、チクリ魔は嫌われるんだよ」

「アンドレと一緒のとこを見られたら、何か不都合でもあるの？」

「別に何も。だけど、できたら僕らは目立ちたくないんだ」

「びっくりだな、まったく。この学校じゃ、友情を隠さなきゃいけないのかい？　いずれにせよ、僕は我らが説教師センセイと同じ意見をもってはいないよ。この件だけじゃなく、他のことにかんしてもね。それに僕の口が堅いってことも、いずれ君にわかってもらえるだろうし」

リュシアンは一瞬考え込む様子を見せた。ちょうどマルクが「悪い仲間」のことを語る前にためらっていたように。それから、内緒話をするために身をかがめてきた。

「聞いてくれよ！」彼は言った。「君なら、信頼できる気がする。昨日知りあったばかりだけど、全部打ち明けるよ。実はね、アンドレ・フェロンは僕の友なんだ。去年、お互いの血を混ぜ合わせたんだよ。腕にちょっと切り傷をつけて、流れ出てきた血を飲みあうのさ。そうすると、二人は固い絆で結ばれる。永遠にね。

アンドレは詩人なんだ。僕に詩を捧げてくれたんだよ。今度君にも読ませてあげる。ノートに写し取ってあるんだ、ヴァカンスの思い出や、感想や、決意のメモと一緒にね。僕にはあれが真の黙想ノートなのさ」

リュシアンはジョルジュに対して何ももったいぶらなかった。新しい友人の心にむけて、秘められた想いを見事なまでに吐露してくれた。しかしジョルジュは、アンドレに対する憎しみがつのるばかりだった。リュシアンの唯一の友になりたいという欲求が、なおさら強くなるだけだった。

午前中、三年生には数学と英語の授業があったが、一時限目は自由時間で、何の課題も出されていなかった。ジョルジュは仲間たちに倣った。黙想ノートを引っ張りだし、このあいだの講話の内容をまとめにかかったのだ。純潔の誓いを立てた十五歳以下の聖人のリストを、マルクが貸してくれた。ジョルジュはさっと夢中で写し終えてしまった。自分のためだったら、どんな誓いでも立てられないわけではない。実際、聖体拝領が幸福をもたらしてくれるというのも、あながち誇張ではなかった。

「ノートを貸してよ」とリュシアンが言ってきた。「純潔を守るためなら、何でもやるさ」

ということは、昨夜の講話を聞いていなかったのか？　あそこで何が起こったかも、何が言われたかも、彼は全然覚えていないのだ。彼の心は説教師からだけでなく、ジョルジュからも遠く離れていた。聖体降福式という口実があったから、その後に友と逢えるはずだと、すでに夢見心地だったのだろう。彼はアンドレのためだけに生きているのだ。

アンドレ、いつだってアンドレなんだ！　いま、この場所にいてもなお、奴の面影が漂っている。リュシアンが自分のノートをジョルジュのほうに押しやってきた。最初のページのタイトルはこうだ――「ヴァカンス中の宿題の下書き」。あまりにくっきりと描かれたヴァカンスのイメージが、まるで影のように、ジョルジュの視界へと立ち昇ってくる。そこにはアンドレが代わりにやった宿題があった。ジョルジュは盗み見たいという欲求に勝てず、そのページをそっと手に取ってみた。本当はびりびりに破きたかったのに。

ページとページのあいだに、四角い紙片が挟まっているのに気づいた。アンドレ・フェロンと署名された一編の詩が書かれている。シンプルな献辞もあった。「君のために、一九……年八月十七日」

友よ、あのきらめく夕べを覚えているかい？
日陰のなか、庭の花々が星のように瞬いていたろ？
テニスの試合をしたね、数えきれぬくらい何度も
しなやかに、真っ白な衣装をまとう俺たち
色褪せた太陽、立ち込める微かな霧
俺らは欲望のざわめきに耳を澄ませていた
かつて俺らが交わしたキス、その熱い思い出が
芳香を吹きつけていた、石のような俺らの心に
二人して、暗い小道を帰ったっけ……
愛しい君、あの暗い小道を覚えているよね？

自分でも驚くぐらい冷静に、ジョルジュは紙片をそっと折りたたんだ。そしてそのまま、ポケットのなかに滑り込ませた。

ついに、ジョルジュがこう言伝を書ける時がやってきた。「G・ド・サールは院長先生との面会を希望します」

六時ちょっと過ぎに、寮監が彼を呼びにきて、副署付きの通知を渡してきた。机から離れようとしたとき、突然、ジョルジュは自分が企てた事の重大さに気づいた。何てことを思いついてしまったのかと、後悔に襲われた。リュシアンのことを想ってみてもむなしく、図らずもいま自分を呼び出しているこの通知を憎むしかない。もしばれたら、仲間たちにどれほど軽蔑されることか！　ジョルジュはアンドレ一人にとってだけでなく、コミュニティ全体にとっての脅威になっているのだ。一人の生徒の秘密を暴いたとたん、みんなの秘密も多少なりとも漏れてしまうかもしれない。少なくともアンドレがここにおらず、彼に出るところを見られなかったことだけが救いだ。奴は、さっき自習室を出たきりまだ戻っていなかった。

ジョルジュの前には控えの間がひらけていた。執務室のドアは半開きだった。喋り声が聞こえてくる。誰かが、出てこようとしているらしい。ジョルジュは暖炉に近づき、炉棚に飾られた彫刻を見にいった。それは寝そべった年若い少年の像で、憔悴した顔で法衣をまとい、刺し傷のある胸に聖体のパンを抱きしめていた。台座のところに、名前が彫ってある——「タルチシオ」。

そのとき、院長に返事する声が誰だかわかった気がした。ドアのところに戻ってみると、アンドレ・フェロンの姿が垣間見えた。執務机の前に、すっと立っている。最後にもう一度、ジョルジュの行手を阻みにきたように見えるアンドレ、まるでこう言っているかのようなアンドレ――「いつだって、どこにだって、俺はおまえの前に現れてやる。どこにいようと、どんなときでも、俺のほうが上手なんだ。俺が院長先生とよろしくやっているのを、とくと見るがいい！　ほら、ぼやぼやすんなよ。そんなことしてる暇があるなら、早く詩をつくってみろよ。だけど、リュシアンを讃えるのはなしだぞ――讃えるなら、タルチシオとかにしろよな」。

しばらく前からジョルジュは、例の詩が入った封筒をポケットのなかで握りしめていた。アンドレとリュシアンの血、混ざり合った二人の血が染み込んだハンカチのことを思っていた。神を愛するがゆえに血を流した、あの若い殉教者の像を見つめていた。あの聖人にこそ、アンドレがリュシアンに宛てた文学的な愛情を捧げるべきだろう。台座の下にその紙片を滑り込ませればいい。あんなに激しく栄えたのだから、勇ましい二人の友情は神のご意志にかなうはずだ。さらに輪をかけて、聖タルチシオがお護りくださるにちがいない――それでもジョルジュは、用心のためではなく、いっそ激情に駆られるがまま、まっさきに贖罪の証書を破いてしまえばよかったと悔やんだ。

いまからでもそうしようと手をかけたとき、アンドレが出てきた。しかも、すれ違いざま微笑みかけてくる。動揺しながらも、ジョルジュは部屋の前に進み、ノックして来室を知らせた。扉を閉めなおすとき、自分の手に例の封筒がないことに気づいた。滑り落ちたにちがいないが、だとしたら、テーブルの陰に飛んでいったのかもしれない。だけど控えの間は薄暗かったし、たぶん自分がここにいる間は、用事で来る人など誰もいないだろう。

〔図らずも、ジョルジュの望みは叶った。例の詩が学監に発見され、アンドレは放校処分となったのだ。したり顔のマルクを尻目に、ジョルジュは不安に苛まれる。唯一の救いはリュシアンに咎が及ばなかったことだが、声を殺して泣きじゃくる彼は、以後回心して神への帰依を深めてゆく。友人の頑なな態度と変わらぬアンドレへの想いに失望するジョルジュ。しかしクリスマス休暇を控えたある日、新たな出会いが彼を待ち受けていた〕

ヴァカンスに旅立つ前日、聖体降福式で慣例の儀式があった。キリストの化身となる子羊を祝福するのだ。

聖歌隊から選ばれた一人の子が、捧げ物のように小さな子羊を抱えながら現れて、皆の注目をあつめた。この羊は生徒たちの名において神に奉納されるのだが、噂によると、翌日には教師たちに食べられてしまうらしい。

その晩、聖歌隊の指揮者は、休み明けに声がよくまとまるように、あらかじめ上級生のパートの席を入れ替えていた。そのおかげでジョルジュは、リュシアンとともに、アルトとして前列の席に座ることになった。よく見えるように、その場所を占めたようなものだ。実際、ジョルジュは子羊を差し出すあの子に見入っていた。

それはまだ十三歳かそこらの、異常に美しい子供だった。ブロンドの髪が王冠のように頭を飾り、整った顔立ちに気まぐれな巻き毛をあしらっていた。微笑みただようその顔には、奇跡のような輝きが宿っている。短めの真っ赤な法衣から、剝き出しになった脚がのぞいていた。

たしかにジョルジュは、ずいぶん前からあの子の存在に気がついていた――聖歌隊の真向かい、下級生の席の一番前に座っていた彼のことを。新学期が始まってほどなくしてから、リュシアンの隣でミサに仕えたとき、彼を発見したのだった。パンを配る院長の傍らで、ジョルジュは鏡のような聖体皿を捧げもっていたのだが、金色に輝く反射の光に全員の顔が照らされているなかで、あの子の顔に一番衝撃を受けたのだ。でもそれからは、チャペルや食堂などで、遠くから目にするだけだった。あいかわらず見とれてはいたものの、あくまで高嶺（たかね）の花としてであり、本気で想ったことは一度もない。それに、あのときはリュシアンに夢中だったから――いまでは、あの子と自分は出会うべき運命だったと思えたし、すでに密（ひそ）かな絆で結ばれている気さえした。

あの子は誰？　ジョルジュはリュシアンに尋ねた。名前すら知らなかったのだ。モーリス・モティエの弟で、いま五年生とのことだった。

〔休暇明けの一月、ミサで神父に仕えるあの子。ジョルジュはその姿に陶然としながら、聴罪司祭のロージンがあの子を重用することに怒りを感じてもいた。そんななか、彼はギリシャについての作文で高評価を得、学内アカデミーの会員に立候補する。二月の第一日曜、審査結果が全員の前で発表され、見事当選を果たした〕

翌日のミサで、あの子がちらっと見てくれた。まぎれもなく、前日の英雄の顔を覚えていてくれたのだ。こちらの姓はもちろん、名前だって知っている。なぜなら、アカデミー会員の発表では、当選者の氏名が省略されずに読み上げられるからだ。偶然にもあの子の名前がジョルジュだったら、彼もまた、二人の名前を結びつけて考えるにちがいない。しかしジョルジュ当人は、あの子と向き合いながら、まったく違うことを考えていた。あとで聖体拝領のときに、もっと魅力的な絆を結べたら——肌と肌との触れ合いを。

次の日、ジョルジュは髪にラベンダーの香りをたっぷりつけて、あの子の注目を引くことを期待した。心から真面目に聖体を授かろうというあの子に、はたしてラベンダーなんかが効くだろうか？　あの子は正しい道を歩んでいる最中なのだ。いかがわしい目的のために、あのような場所と機会が利用されようとは想像もできないはずだ。ジョルジュ自身でさえ、良心の呵責をものともしなくなるには若干の苦労が要った。「だけど、目的のためには手段を選ばない人もいる」と彼はひとりごちてみる。自分は悪くない、この方法しかないのだから。とはいえ、あの子が自分と同じ考えかどうかわからなかったし、気を引くどころか、顰蹙を買ってしまうんじゃないかと心配だった。

水曜日、祭壇布をめくりあげるとき、あの子の肘にそっと触れた。翌日は、もっとあからさまなやり方で触れてみた。自分の存在が無視されつづけていることに、心が傷ついた。

金曜日、あの物々しい雰囲気になんとか打ち勝とうと、心に決めていた。自分がまったく冷静さを失っていないことに気づいていた。そこまで問題ないだろうと高をくくって、隣に跪いたばかりのあの子を、ジョルジュは腕で乱暴に押した。自分がまったく冷静さを失っていないことに気づいていた。そこまで問題ないだろうと高をくくって、こうした振る舞いを平気でしてしまった自分が恐ろしい。これまでの朝の出来事が些細なことにすぎないとすれば、今度の振る舞いは、ほとんど神に対する冒瀆だ。一刻も早く席に戻り、恭順の習いにしたがって両手で顔を覆いたかった。そして指の間からそっと覗きたい。動揺したあの子は、顔を真っ赤にしているにちがいない。

何ということだ！　まだ彼は祈っている！　何て純粋な精神なんだ！　しかし、ジョルジュはあの子の目がぱっと開き、こちらに向くのを見てしまった。その眼差しは驚愕の色を示していた――好意のこもっていない驚きの目。さっき送ったサインは、あきらかに誤解されていた。ド・サール先輩は札つきの不良だと思われてしまう。ジョルジュはがっかりしたが、反応がそれ以上深刻なものでなかったのでほっとした。それが気持ちの救いになった。

土曜日。仕上げに、ジョルジュはこれまでと違うサインを考えていた。できるだけ余計な疑いをもたれないような、確実なやり方を。

聖体拝領台にとどまっている間じゅう、自分の膝(ひざ)をあの子の膝にそっとぶつけつづけたのだ。結果は大成功だった。自分の席に戻ると、あの子は変人を見るような目つきでこちらを見た。会が終わるまでに、一度ならず二人の目が合った。ジョルジュはいっそ微笑みかけようかと思ったが、応(こた)えてくれないのではと躊躇(ちゅうちょ)した。たとえ微笑んだとしても、自分のとったやり方が許されるわけでもないだろうし、こちらの意図が完全に理解されていなければなおさらだ。まずはお互いの気持ちを確かめなければならない。そうすれば、あの子の唇に、おのずと笑みが浮かんでくる日も近いだろう。

〔接触をつづけるジョルジュ。視線を交わしあうなか、あの子が自分と同じ真っ赤なネクタイを締めていることに気づく。その日の昼休み、モーリスに会いに出向くと、入ってはいけないはずの上級生用の校庭にあの子の姿があった〕

ジョルジュは思いきって近づくのをためらっていた。あまりに真剣な眼差しに、射すくめられていたのだ。しかし同じ眼差しが、ふたたびこちらに向けられたとき、その意味を察した——あの子は僕のためだけにここにやってきたんだ。こうした働きかけのおかげで、ジョルジュは征服が完了したことを悟った。

ふと気づくと、向こうでモーリスがいらいらしながら、手紙を取り返すそぶりをしている。弟はといえば、まったく読み終えるけはいがない。おそらく何ひとつ文字が目に入ってこないのだろう、そわそわしたまま、こう思っているにちがいない——「もう二度と来てくれないんじゃないかな、あの人。あの人がすべきことは、僕がしたことなんかよりずっと簡単なはずのに」。

ジョルジュは、リュシアンから託されたボールを摑むと、然るべきほうに投げつけ、みずから取りに走った。モーリスがボールを受けとり、こちらに向けて投げ返そうとしたが、あの子が素早くはたき落した。悪ふざけを装って、ジョルジュの戦略に応えてくれたのだ。おかげでジョルジュは、彼らのすぐ傍でボールを拾い上げることができた。

「これが君の弟さん？」あの子を指さしながら、モーリスに尋ねた。

「なんだ！　知り合いじゃなかったの？　同じ色のネクタイなのに？」

二人の顔が真っ赤になった。ネクタイの色が頰っぺたに移っていた。

大げさなそぶりで、モーリスがこう言ってくる。

「紹介しよう。うちのチビのアレクサンドル。じきにチビじゃなくなるけど、いま五年生、十二歳半、いと純潔なる乙女マリア（トレ・サント・ヴィエルジュ）信心会会員、今日の歴史の課題では三位、兄貴に恥をかかせるためにね」

「今度はこっちにも」兄が弟に言う。「こちらはサール侯爵領その他の推定相続人にしてアカデミー正会員、そんでもって常習的な首席マニアだ」

三人とも笑い出した。ジョルジュは少年の手を握った。ほっそりした指の感触に、すっかり舞い上がっていた。さんざん目や心で愛（め）でてきたこの顔を、胸にしっかりと刻み込んだ。二月の太陽が、冷たい光で少年の体を包んでいた。いまジョルジュの間近にあるこの目は、髪の毛と同じ金色だった。反抗的な一筋の房が、ヴェールのごとく目に垂れ下がっている。少年は愛らしく首を動かして、その房を後ろに跳ねのけた。いま舌なめずりして唇の色を輝かせたのは、自らの美を完璧（かんぺき）に仕上げるための計算だったのか？

ジョルジュには、この子に言葉をかける勇気がどうしても起こらなかった。気の利（き）いた言葉が何も見つからず、モーリスのほうを向いたまま、こう言うしかなかった。

「君は歴史でもっといい順位だったはずさ」

少年は、陽に包まれた目をにこやかに輝かせながら、兄のほうを見た。そして弾むような声で、こんな台詞（せりふ）を漏らした。

「お兄ちゃんにこんなこと言ってくれるなんて、やさしい人なんだね」

報酬として与えられたあのひとときを、ジョルジュはふたたび思い返していた。かすかに触れたあの小さな肘、握りしめたあの小さな手、それらの感触が生々しくよみがえってくる。あんな間近で、視線を読みとることができたのだ。やっと声の音色も知れた。あの台詞を、もう一度自分にむけて復唱してみる——「お兄ちゃんにこんなこと言ってくれるなんて、やさしい人なんだね」。

その夜、彼はローゾン神父に自分の意志を告げにいった。機が熟したと思うので、ぜひとも信心会に入りたいと。お人好しの神父は、勝ち誇ったように微笑み、やさしく生徒の手をとった。

「あなたのために、その決心を喜ばしく思います」神父は言った。「その決心によって、あなたは至福を味わうことができるでしょう。よき生徒となり、またそうありつづけるためには、結局マリアの子供になるしかないのですよ。それは真の信仰を成就させることにもなり、学業の成果を保証する最良の方法でもあるのです。あの可哀想なマルク・ド・ブラジャンのことを思い出してごらんなさい。あんなに熱心だったにもかかわらず、彼は信心会への入会を決して受け入れませんでした。いやはや！　それから彼は病気になってしまったので、学業を一年間も無駄にしているのですよ」

ジョルジュは、今週の日曜、チャペルでの集会に参加してもいいかどうか尋ねた。

「あなたがそれほど献身的であるなら」神父は答えた。「見習い期間を免除すべく善処しましょう。なので、今週の日曜から来ていいですよ」

彼は付け足してこう言った。

「むろん、私は疑ってなどいません。あなたなら、これほどの信頼を裏切るまいと専心してくれるでしょう。試用期間を二週間以上も縮めていることに思いをいたしてください。前代未聞（ぜんだいみもん）の措置ですから、ぜひとも他言無用でお願いします。いらぬ嫉妬（しっと）を招かないためにも」

神父はいま、答案を調べているところだ。

「いいでしょう」と彼は言った。「これを確かめたかったのです。この前あなたが出してくれた数学の課題は、きわめて優秀ですね。しかもこの一月以来、あなたの成長には目を見張るものがあります。ご自身でも、少しは驚かれているんじゃないですか？　私がお伝えしたことの意味を、よく考えてみてくださいね」

ジョルジュは嬉（うれ）しかった。望みどおりに事が運び、人間どもがこちらに都合のよい道具と化してゆく。幸運を得るのに何の犠牲も払わなかったし、辛いことといえば

――ローゾン神父のように――待つことだけだ。これからは、何もかもがあの秘められた目的へ導いてくれる気がした。

踊り場に着くと、アレクサンドルが二段飛ばしで駆け上がってくるのが見えた。

「そんなにすっ飛ばしてどこ行くの？」彼は少年に言った。

「ローゾン神父のお部屋です」

「ちょうどそこから帰ってきたところだよ。でも君が迷惑じゃないなら、一緒に引き返そう」

二人は一緒に行った。「教師の誰かと鉢合わせしなきゃいいんだけど！」――ジョルジュは心中そう思っていた。二人が通り過ぎるのを目撃したのは、廊下の写真に収まった卒業生たちだけだ。彼らを指さしながら、ジョルジュはこう言った。

「先輩たちの目の前で今日という日を迎えられて、なんだか誇らしいよ」

君を想ってついさっき、信心会に入れてもらったんだと、少年に教えたかった。でも、すでに卒業生におべっかを使ってしまったから、これ以上調子にのるのは禁物だ。

神父の部屋の近くまで来たとき、ジョルジュは、またねと言いながらアレクサンドルに手を差し出した。そして伏し目がちのまま、そっと二人にとって言わずもがなのことを付け足した。

「僕らは友達だよね？」

「はい」少年は囁(ささや)きまじりに答えた。

自習室に戻ると、ジョルジュは自分を責めた。センチメンタルになりすぎたし、あまり実際的でなかった。ああいう機会こそ大いに利用すべきだったのに。会う約束(ランデヴー)を取りつけたり、少なくとも、文通の約束ぐらいできただろう。前者のアイディアには少し怖気づいたが、後者にかんしては面白いと思った。なら、短い手紙を送ってみようか。

　我が最愛の子よ、僕は君を探していた
　夜が明けてからずっと……

ジョルジュは本名で署名した。万一ばれたりしたら、まちがいなく放校処分になる。でも、そうなってもしょうがない。一か八かの賭(か)けに出た。

しかし日曜の朝、チャペルに着くと、アレクサンドルが思わせぶりな笑みを浮かべ、早速、赤いネクタイのうえに真っ白な紙片をさっと押しつけてきたのだ。あまりに万事快調だった。

リュシアンに気づかれる恐れがなかったら、祈禱書のかげに隠して、その場で手紙を開けていたかもしれない。実際は、すぐに自習室に直行し、蔵書中もっとも厚い本を手にとって、そのなかでこっそり紙片を開いてみたのだ。細くきちょうめんな文字だった。本文を縁どるように、花輪の飾りがかわいらしく描かれている。

ジョルジュに
魅力的な詩をありがとう
あなたを想っています、いつでも
五年生をダブらぬよう、僕は勉強を懸命に
うまくいったら、来年は一緒の席に
最高だろうな、だって、僕を好きなあなた
そして僕もあなたが好き

署名の後、こんな追伸があった――「モーリス兄さんには何も言わないで」。そしてカッコして――「(一箇所だけ、踏めなかった韻があります)」。

最後にもう一度、ジョルジュは全体を見まわした。花輪のデッサン、紙の折り目、青いインク。そして細かな埃(ほこり)を吹き落とすように、頭をそっとかがめ、手紙に熱くキスをした。ふたたび丁寧に折りたたむと、財布のなかに入れた。テスピアイのアモル(キューピッド)像の写真と向き合わせに。

ジョルジュは金曜が待ち遠しかった。昼休みの一時間のあいだに、あらためて下級生のところに乗り込もうと画策していたのだ。

彼はまずドミトリーに行って、髪に香水をたっぷりと振りまいた。いつもよりみずみずしく、ずっと大胆になった自分がいる。

廊下の奥にさしかかったとき、ちょうど目の前に、アレクサンドルが木に寄りかかっているのが見えた。ジョルジュは小石を拾って、彼に投げつけた。こちらに気づいて、喜びいっぱいの表情を見せてくる。だけど、いざジョルジュのほうに近づいてくる足どりは、威風堂々ゆっくりしたものだった。あたかも先輩に敬意を払っているかのように。

「君と喋りたくて来たんだよ。あまり迂闊(うかつ)なことにならなきゃいいんだけど」ジョルジュは声をかけた。

バカにするような身振りで、少年は遠くを指さした。そのさきでは、寮監が僧衣(スータン)の裾(すそ)を片手でからげながら、生徒たちとボール遊びをしている。

「木陰に行きましょう。あそこだったら、もっとくつろげるし」少年が言った。

二人して、庭沿いの低い壁にもたれて座った。警戒されなかったことに、ジョルジュは驚いていた。いつだって、事は予想よりたやすく運ぶのだ。

それでも、お義理程度に言葉を添えておいた。「もし寮監に説明を求められたら、僕は信心会の件でここに来た、って言おうね」

「もっと違う言い訳を考えましょうよ」アレクサンドルが笑いながら言ってくる。

「ローゾン神父を僕らの問題に引き入れないほうがいいと思いますよ」

「あの人、もうすでに首を突っ込みすぎだよ。一月はあいつのことが大嫌いだった。毎朝、演壇のところで君のお守(も)りをしていたんだからね」

「あぁ！　あの方は僕を息子みたいに愛してるって言い張ってますからね。寒いときは、休み時間にあの方の部屋へ暖をとりにいくんです。蜂蜜(はちみつ)入りのハーブティーをふるまってくれますよ。僕はあの方に告解を聞いてもらってるから——先輩はどなたに？」

「もちろんあいつにだけど、ハーブティーなんか出されたことないな。ていうかさ、お願いだから、いまからでもタメ口で喋ってくれよ。そのほうがずっとありがたい」
「わかった！　ねぇ、韻の踏めてない詩のことを覚えてる？　初めて君に書いた手紙のなかにあったやつ。

……だって、僕を好きなあなた
そして僕もあなたが好き

あそこはこう書くべきだったなぁ。

……だって、僕を好きな君
そして僕も君が好き

だけど、あのときの僕にはタメ口をきく勇気がなかった。君は偉大な詩人で、アカデミーの会員だから」
「どっちかっていったら、君のほうが偉大な詩人じゃないか。君に足りないのは、アカデミーの会員という肩書きだけさ。君のフランス語の成績は、候補の要件に達しているかい？　いずれにしても、ほら、これで寮監に尋問されたときの言い訳がつくれたよ。僕はアカデミーから密かに遣わされてここに来た、って言えばいいのさ」

アカデミーの入会条件を早く揃えるために、ジョルジュは少年に手伝いを申し出た。作文のテーマを事前に教えてくれれば、代わりにプランや下書きをさっと書いてあげよう。しかしアレクサンドルは、ありがとうと礼を言ってから、他人の写しは絶対にしないと答えた。

「だけど」と彼は付け足して言う。「僕はそんなに優秀じゃないよ。だって、君が書いてくれた詩を読んでても、わからないことがけっこうあるもん。たとえばさ、

君の名は主要なすべての香油をそそいでいる

これは一体どういう意味なの？」

「それは聖書の文体からとったんだ」ジョルジュが言った。「あるいは文体模倣と言ってもいい。『重要な香水』なんて言い方もそうさ。実を言うとね、『ソロモンの雅歌』の冒頭にこういうフレーズがあるんだ――学者ぶってごめん――『かくも見事な香水により、我が最愛の人の名は注がれたる香油のごとし』

　少年は笑い出した。

「おまえの詩はわざとらしくて臭い、ってここの教師なら言うかもね。でも君自身からは香水の匂いがするよ。同じ匂いでもこっちのほうが僕は好きだな。いつだったか、聖体拝領台に並んで跪いていたとき、はじめてこの匂いに気づいたんだ」

「これはラベンダーさ」ジョルジュは言った。

　少年は微笑みながら言った。

「君が来るとわかってたら、真っ赤なネクタイを締めてきたのに。僕、仲間から譲ってもらったんだよ。君と同じ色のを持っておきたくて」

「気をつけろよ！」ジョルジュは言った。「火の色だぞ。火傷するのが怖くないのか？」

　さっきから、ジョルジュは少年の手を指先で愛撫していた。自分のすぐ傍で壁にもたれかかっているアレクサンドルの手――いまちょうどその手が、こちらの手をやさしく摑み、握り返してくる。少しずつ、ぎゅっと力を込めて。

　ジョルジュはリュシアンに秘密を打ち明けた。すでに勘づいていた隣人は、誰にも見つからない逢い引きの場所として、高台の温室を教えてくれる。早速ジョルジュはそこでの密会を試みるが、リュシアンという友人の存在がばれ、アレクサンドルの逆鱗に触れてしまう。日曜の朝、アレクサンドルは真っ赤なネクタイをしていなかったが、晩のミサでは締めてきていた。そのことの意味がわからぬまま、ジョルジュは三月十八日があの子の霊名日であることに気づき、ラベンダーの香水をプレゼントする」

博物学の作文でひどい順位だったジョルジュは、それでも歓びを損なわずにいられた。彼にとって大切な場所は、いまちょうど温室のなかに見出そうとしているあそこだけだった。

「一瞬にして君が大嫌いになった」アレクサンドルは言った。「二人の秘密を他人に喋ったこと、そして友人が他にもいるってことを君本人から聞かされたときにね。しばらくして、僕は理解した。そんなことは何でもない、友人といってもいろいろあるって。でも君の出方を見るまで待ちたかったし、僕のほうでも、どうしたらいいかわからなかったんだ。先週の日曜、僕の真っ赤なネクタイを見て気づかなかった？　あの日の朝、僕はわざとあのネクタイをしていかなかったんだけど、なんだか意地悪でいじましい気がしたから、償いの意味でやっぱり締め直すことにしたんだよ。それでも、君と目を合わせるのはどうしてもできなかった。仲違いしたのが恥ずかしかったから――でもね、心の奥底で君をよく見つめたら、以前と変わらず好きだって思えたし、むしろいままで以上に愛してることに気づいたんだ」

ジョルジュは、少年の首に腕をまわしていた。今度こそ、夢が現実になった。もうキスをためらったりしない。なのに、アレクサンドルは真っ赤になって、キスを返してくれなかった。

「もうリュシアンに妬いたりしないよな？」

「僕が妬くのは君だけだよ」

「ところで、君はいつ生まれたの？　君の霊名日はタイミングよく気づけたからよかったけど、そんな日でさえ見逃したくないんだから、君の誕生日となればなおさらだよ」

「僕は九月十一日に生まれたんだ」

「そして僕が七月十六日か。同じ月ではないけど、同じ季節ではあるな。うだるような、灼熱の夏」

「また火傷しちゃうね！」

「僕らは春に生まれてもいるんだよ。聖アレクサンデルの祝日は早春、聖ゲオルギウスは四月二十三日だからね」

二人してドアのほうへと向かった。ジョルジュは温室のなかを振り返った。まるで、この場所を離れるのをためらうかのように。

「オレンジの花って、なんていい匂いなんだろう!」彼は言った。「これは君の匂いだね。君の春を祝うための」

こっそりするように素早く、少年がキスをくれた。微笑みながらこう言ってくる。

「ほら、僕の春が来たよ」

晩餐のとき、ジョルジュは自分の引き出しのなかに一枚の手紙を見つけた。こちらを驚かせようと、温室からの帰りしなにアレクサンドルが仕込んでいったものにちがいない。手紙を開くと、ブロンドの髪が一房、糊付けした紙切れで留められていた。その下には、こんな言葉が綴ってある。

ジョルジュのために、僕の霊名日と、二人の盛大な仲直りの記念に——僕の髪からこの巻き毛を(香りづけ済み)。

もっと夜おそくになって、ベッドに横たわったとき、ジョルジュは長枕の下からこの手紙をそっと取り出した。オレンジの花香を嗅いだときのように、その匂いを深く吸ってみる。甘い香りを放っていた。

少年はすでに来ていて、大慌ての様子だった。それを見てジョルジュは、温室に入った後すぐにドアを閉めたのだった。

「ローゾン神父から逃れるのは楽じゃないよ」アレクサンドルが言った。「言い忘れてたけど、僕は告解を金曜日にあの人の部屋でやっているんだ。普段は六時ごろ迎えにくるんだけど、今日は君と会う約束があったから、少し早めに彼の部屋に行けるよう工夫しなきゃいけなかった。告解が終わると、お喋りの時間がある。でもテーブルのうえの時計を見たら、もう六時。それで慌てた僕は、手ごわい宿題があるから急いでる、って神父に言い訳して、ここにすっ飛んできたってわけ」

「じゃあ、僕が告解のつづきをやればいいんだな！　ここの司祭は一日おきに僕らの罪を赦してくれる。僕らが互いのことを語らっている――遠回しにだけど――とも思わず、同じ香水を嗅ぎあっていることにも気づかずに」

「ねぇ、あの神父は君が思ってるほどバカじゃないかもよ」

「どういう意味だい？」

少年は身を乗り出して一片のオレンジの花に近づき、もう一片に顔を寄せた。うっとりとその香りに酔っていたが、答えを遅らせたがっているようにも見えた。顔じゅう花粉でべたべただ。ジョルジュが拭いてやると、すぐに段状の花壇をよじのぼっていった。友人が後につづこうとしているのを見て、急いでこう言った。

「ダメ、下にいて。僕の隣にいないほうがいいと思う。君に話があるんだけど、内容が内容だけに」

ジョルジュはオレンジの植木箱にもたれかかった。

「じゃあ言えよ」一枚の葉っぱを噛みながら、少年をうながした。

「実は、いまさっき神父にはっきり言われたんだ。君は少し変わったんじゃないかって。君のことが心配だ、君の体は匂う——うちのラベンダーのことじゃないよ、僕、あの人に会うときはつけていかないんだ——とにかく、なんだか怪しげな匂いがするって。あの人、僕を膝のうえにのせながら、耳元で話しかけてきたんだ。悩み事はないか、夜中に夢を見ていないか、少なくとも隠し事はしていないだろうね、ってつぎつぎに訊いてくるんだよ。僕があまりに真っ直ぐ目を見返したものだから、それ以上訊いてはこなかったけど。あの人は二つ忠告しただけだった。ひとつは、あるがままの自分でいること。そして、祈禱書の『邪念を払うための祈り』を毎日唱えること。あの人が言うには、神のご加護によって僕がまだ邪念をもっていないとしたら、その祈りを唱えることでこれからも護られることになるだろうって」

その晩、夕暮れは暗かった。段の上からアレクサンドルは、闇に吞まれて見えなくなりながら、ゆっくりと言葉を口にした。

「ねぇジョルジュ、君は知ってはいけないことを知っているの？」

「あぁ、知ってるよ」

「興味があるの？」

彼は深刻な口調でそう言った。その深刻さは、受け入れるというサインなのか？上級生用の校庭に来た日の、あの真剣な眼差しがそうであったように？十二歳のこの子は、いったい何を望み、何を怖がっているんだ？　おそらく、神父に対して拒んだ告白を、こちらに向けてしなおそうとしているんだろう。アンドレとリュシアン、かつてこの秘密の場所に親しんでいた二人の影が、薄闇のなかに浮き上がってくるかのようだ。やっぱり後戻りできない運命なのか？　ジョルジュは決意と嫌悪を新たにした。

「いや、そんなことに興味はない」同じように深刻な口調で、こう答えた。

アレクサンドルが軽快に段を降りてきた。光のようなものに照らされながら、彼の顔がジョルジュの顔に近づいてくる。

「こんなに嬉しいことはないよ！」彼は言った。「君の言葉を聞いてほっとした。いくら愛していても、君が何を望んでいるのか、僕にはわからなかったから。何か悪いことなのかと思って、すごく怖かったんだ」

〔祝典の翌朝、全員が見下ろすなかで、アレクサンドルがひとり跪かされる。それは不穏当(ふおんとう)な手紙を送ろうとしたことへの罰だった。没収された手紙に宛名はない。しかし自分宛だとすぐに悟ったジョルジュは、あの子を救おうと自首を決意する。院長への直談判(じかだんぱん)が功を奏し、つづくローゾン神父との対決でも勝利をおさめた二人だったが、監視の目はその後もつづくことになる。アレクサンドルから受難の賛美歌の抜粋とともに密かなメッセージ——「手紙を書いてこないで。僕のほうから書くから」。返事を出せないジョルジュは悶々(もんもん)とした春休みを過ごす〕

ジョルジュは自分の髪を梳(と)かしながら、あの巻き毛のことを思った。自分がブロンドに染めたら、どんな感じになるんだろう。くすんだ肌と茶色い目は、あんな明るい色とは合いそうもない。結局、髪を染めるなんて発想は滑稽で、一人前の男にふさわしくないんじゃないか？　せっかく思いついたのだから、何事かを引き出したかった。ジョルジュは、自分の髪に色合いの違うメッシュを入れる男の子たちのことを思い浮かべた。聖クロードの仲間うちにも、そういう子が何人かいる。こうした自然の気まぐれのうちに、ヒントがあるのかもしれない——アレクサンドルに何か変わったオマージュを捧げるためのヒントが。

必要な薬剤を揃えたかったが、近場では買いたくないので、自転車でなるべく遠くに行くことにした。店主ひとりの店なら、信用が置ける気がする。ジョルジュはブロンドの毛染めを頼んだ。

「四つの色合いがございます」理髪師が言った。「ゴールド、アッシュ、ブライト、普通のブロンド、どれがよろしいですか？」

ジョルジュは困ってしまった。ふと、財布のなかに巻き毛の房が入っていることを思い出した。顔をそむけたまま、革のポケットからそれを取り出し、理髪師に見せた。

「ちょっと拝見」そう言いながら、手に取ってくる。

この男、ふだん髪を触る仕事のくせに、いまずいぶんと手荒に扱わなかったか？

「これはアッシュ系のブロンドですね。こういう細い金髪の人は、白髪が出はじめてもほとんど目立たないはずですよ。オキシドールをちょっと使うだけで、すぐ金髪に戻るのが普通ですね」

白髪が出はじめる？　アレクサンドルに白髪！　そう考えるとぷっと吹き出しそうで、ジョルジュは思わず理髪師を許してしまった。

「ちょっと、仰っている意味がわからないのですが」彼は微笑みながら言った。

「白髪染めをしたい人の話でしょ？」

「全然違いますよ！　黒髪の人が金髪にしたいっていう話です。さっき見せた髪の色合いにね」

「あぁ！　そうか！　やっとわかりました！　それは『染める』じゃなく、『脱色』っていうんです。難しい作業ですよ。理髪師にやってもらうべきですね」

「その人は家でやってみたいそうなんです。しかも髪を一房だけ」

「それなら、私が調合した薬剤をお譲りしましょう。その人にお伝えください。液を染み込ませたコットンで、髪を湿らすだけでいいと。ただ丁寧にやったほうがいいですよ、毛根からきちんとね」

ジョルジュは自転車で突っ走った。

自分の部屋の鏡の前に腰掛けると、どっちの側を染めようか悩んだ。右か左か？

それとも真ん中？　彼は左を選んだ。心臓がある方だからだ。生まれて初めて、自分の体に変化を与えたのだ。この色は彼には似合わなかったが、比べてみたら、色合いはアレクサンドルの髪そのものだった。とはいえ、彼は残念に思っていた。誰にも真似（まね）できない奇跡のようなあの子の属性を、こんなに安直な俗っぽいやり方で手に入れてしまったのだから。櫛（くし）で梳かしながら、ブロンドのメッシュを自分のくすんだ髪のしたに覆い隠した。これでもう先っちょしか見えない。まるで鏃（やじり）のようだった。

　最後に会ってから、こんなにも長くはなればなれだったのだ。それでもジョルジュとアレクサンドルは示し合わせたように温室に集まっていた。一瞬にして、少年はブロンドのメッシュに気づき、それが自分のために生まれでたものであることを察した。こうした紳士のほのめかしを理解してくれたのだ。笑いながら、こう言ってきたから。

「なんて優しいアイディアなの！」

「まったく笑っちゃうようなアイディア！　でもあるだろ？」ジョルジュは答えた。

「しかも、この新たな秘密は簡単に隠せるんだ」

　そう言って手鏡で髪をととのえながら、長く明るい色のメッシュを隠してみせた。

「手紙を書けなかったから」彼は言った。「ずっと君を想ってたことを証明するために、何かしなきゃと考えたのさ」

「実は僕も、『何か』を考えてきたんだ」少年が言う。「僕らがやりとげなきゃいけないことだよ。お互いの血を少しだけ交換する、君と僕とでね。そしたら、永遠に二人は結ばれるんだ」

彼はポケットからナイフを取り出した。そして片方の袖をまくり上げ、腕に軽く切り込みを入れた。数滴の血が流れ出てくる。飲ませるために、こちらへ近づいてきた。ナイフを渡されたら、今度はこの子が味見する番だ。二人並んでくっつきながら、しばらく黙ったままでいた――傷口が塞がるまでのあいだ。

ジョルジュはこの光景に取り乱していた。素早くなされたとはいえ、彼の目からしたら、その価値は少しも弱まることがなかった。この子と比べると、自分の発想がまるで貧困に思えてくる。想像力ではすっかり負けてしまったけれど、そのことに不満はなかった。こういう友を持ったことに、ただうっとりしていた。

同じ式をアンドレと挙げたリュシアンのことを思った。彼のもとにたどり着くのが遅すぎたことを、あの頃どれだけ悔しいと思ったことか！　そしていま、そのことをこんなにも喜ぶ自分がいる！　この儀式は、ただ一度しか起こりえないものなのだ。

ジョルジュは——実際、永遠に——かつてないほど愛する人と結ばれていたのだ。引用、キス、手紙、ブロンドの髪だけでなく、お互いの血が二人を結びつけてくれた。いま二人は互いの神秘に通じあっていた。それぞれ祭司でありながら生贄でもあった。二人の友情は宗教になったわけだが、当人たちはそれを偶然の装いのもとに隠し、自らのなかに呑み込んでしまった。つまりは受難の讃美歌の歌詞にしたがい、傷のうちに埋め込まれたのだ。

〈危機を脱し、ふたたび蜜月の日々が戻ってくるものの、一方で不穏な動きがないわけではなかった。新学期から、新しい寮監が着任したのだ。長身にやつれた顔、食い入るような目つきのド・トレンヌ神父は、執拗にドミトリーを巡回し、ジョルジュとリュシアンの夜の語らいを邪魔しにくる〉

眠りのさなか、ジョルジュは強い光を感じて目を開けた。枕元の、いなくなった隣人のベッドの側に、ド・トレンヌ神父の姿が見えた。神父は手に電灯をもちながら、こちらを照らして観察していた。明かりを消すと、ナイトテーブルに腰掛けてくる。「起こしてしまって申し訳ない」彼は囁いた。「ルヴェールはこのまま眠らせておきましょう」

少しだけ身を起こしながら、ほんの数秒電灯をつけなおし、ちょうどこちらを向いていたリュシアンの顔にかざした。

「ほら、ごらんなさい、こんなにすやすや眠っている！」神父は言った。「目を閉じたまま天使の群れを見つめ、その息吹（いぶき）を口から吸い込んでいるのですよ。

子らの唇が薔薇（ばら）のように開いてゆく
夜の息づかいに触れて……

この子を見ていると、ミュッセが書いた見事な一節を思い出します」

神父はふたたび明かりを灯（とも）した。リュシアンの美しさをジョルジュに賞味させるのが嬉しくてしょうがないらしい。

「ひょっとして、眠たくないのでは？ なんだかこうしていると、ずっと前からあなたと喋（しゃべ）っているような気分になりますよ。一度きりなら――まぁ、だいぶ質は落ちますけど――私がリュシアンの代わりをしてあげましょう」

薬用歯磨き（エリキシル）と化粧水のさわやかな匂いが、いま吐き出された言葉と混ざり合っていた。一人の司祭がこのように話しかけてくるのを聞いて、ジョルジュは動揺していた。しかも自分だけに、ほとんど耳元で、こういう場所のこんな暗がりのなか囁いてくるなんて。彼は思い出した。そういえばアレクサンドルは、告解の後、ローゾン神父から邪念についての話を聞かされていたのだ。ド・トレンヌ神父も、同じように祈りを勧めてくるかもしれない。

しばらくの間、神父は沈黙を守っていた。まるで口火を切る言葉を探しているかのように。

「かねがね私は、あなたがギリシャ語の翻訳で首席をとったことを言祝ぎたいと思っていました」彼は言った。「まことに結構。クラスの数だけ首席がいるわけですが、あなたほどこの戴冠にかなう人はいませんでした。聖クロードのアカデミーより、プラトンのそれのほうがあなたにずっとふさわしい」

「身に余る光栄です」あらためて微笑みながら、ジョルジュは言った。

神父は夢心地な口調で先をつづけた。

「私はギリシャ語が大好き、ギリシャという国も大好きで、実際よく知っているのです。願わくばあなたにもぜひ知ってほしい。あなたにはあの国を見る必要があります。『完全』という概念が生まれた国、そしてあの国じたいもまた完全なのですから。岩壁と泉、空と海岸、剝（む）き出しの山々とオリーブ畑——あなたにとってよい教材となることでしょう、実際、それらはパルテノンの神殿、デルフォイの闘技場、オリンピアのヘルメス像に勝るとも劣りません。しかしいま挙げた数々の驚異は、それらを照らし、また創（つく）り出したとされる光明のなかにしか認められないのです。同じく人間においても、美と純粋さ（ピュルテ）はつねに結びついていなければならない。さきほど私はあなたがたの美を褒（ほ）めたたえましたが、純粋さについても同じような賛辞に値しますか？　値するとすれば、美の資質より千倍も重要なこの徳を、互いにむけて証明しあえるでしょうか？」

「誓ってできます、神父さま」そう答えたものの、ジョルジュは驚きを禁じえなかった。ギリシャの空の清澄さ（ピュルテ）から素行の清廉潔白（ピュルテ）まで、なんとも手際（てぎわ）よく話が進んでしまったからだ。

「あなたとリュシアン・ルヴェールとの友情はかなり親密なようですね。道を踏みはずしたことはないですか？」

　枕に押しつけていた頰が真っ赤にほてった。この神父はちょっと詮索（せんさく）がすぎる。そう思いながらも、さほど語気を荒らげずに切り返すことができた。

「神父さま、あなたならおわかりのはずです。その問題にかんして、僕には良心の導き手がいるんですよ」

「まぁまぁ、ジョルジュくん、私がしつこいからといって気を悪くしないでください。貴族の子がそんなに顔を赤らめるもんじゃない、むしろ、自分を赤面させることを決して犯さないのが貴族というものです。しかしね——私はよく知っていますが——、不幸にも心のうちに後ろめたい何かがあると、高貴な子でも告解をためらうものなんですよ。彼の指導者が凡庸な人間である場合はとくにそうです。そうなると、今度は自分と同じ階級から新たな導き手を選ばざるをえなくなる。いま言った『階級』という単語は、いみじくも『純潔』の同義語じゃないですか？　使徒の言葉にあるように、純粋な人にとっては、あらゆるものが純粋なのです」

ジョルジュは説教師の話を思い出した。あの人もまた、「純粋さ」について長々と弁じ立て、この言葉にラテン語の「子供」と同じ語源を当てていたではないか。子供と純粋さはいつだって出汁に使われてきたのだ。ジョルジュは、ド・トレンヌ神父が半分しか引用しなかった一節もそっくり思い出した——「純粋な人にとっては、あらゆるものが純粋なのだ。しかし、不純な人には何ひとつ純粋なものがない」。

「私はね」神父はつづけた。「男の子たちのことをよく知っているんですよ。彼らのおかげで、『雪は黒く汚れている』というギリシャの詭弁がよく理解できました。実際、初心（うぶ）な男の子ほど見事な騙（だま）し絵はありませんよ！　告解室にいくとね、ジャムが好きで好きでしょうがない、ということぐらいしか罪を認めない子がいるんです。本当は、言い知れぬ罪に身を任せているくせにね。

いいですか、ジョルジュくん、こうしたすべてのことから純潔がいかに脆弱（ぜいじゃく）な徳であるかがわかるのです。シエナの聖ベルナルディーノの伝記をひもとくと、次のような文言が出てきます――『誰もが純潔ではいられない。神から純潔を授けられている人など一人としていないのだから』。しかしこうも付け加えられています。我々に純潔という恩恵を授けるために、神は求められることを欲していると。とはいえ、こちらが要求できるとしての話ですし、何よりもまず、求める術（すべ）を知っていなくてはなりません。

こうした心がけは、あなたのような年頃の男の子には少々荷が勝ちすぎますね。ひとりでいつづけたら――あなたや他の子たちの傍に助けがいないという意味ですが――、あなたがたは誘惑に負けてしまうことでしょう。注意深く親しげな目があなたの心を見張る必要があるのです。私があなたの心の見張り番になってあげますよ」

彼は自分で自分の言葉に微笑みながら、立ち上がった。

「どうかよい夜を」そう言ってジョルジュの手を握ってくる。「当然ながら、いまの私の申し出はあなたのご友人にも宛てられています。三人で仲良くなりましょうね」

「その後も二人に執心する神父。彼らをミサの侍者に指名し、自分のもとで告解するよう迫るが、ジョルジュはその誘いを断固として突っぱねた。激怒した神父は、ジョルジュが寝ている隙に財布の中身をあらため、エジプト煙草を差し出しながら、巻き毛の房の存在を指摘する――「私はギリシャの詩人テオグニスのように振る舞います。城塞を乗り越えはするが、町を荒らすことはしません」。やがて神父の脅威は、アレクサンドルにまで及んでくる」

　数日のあいだ、神父は努めて気配を消そうとしているようだった。わざとらしく意中の二人から目を逸らしてさえいたし、実際、彼らを平穏に眠らせておいたのだ。木曜の夕方の自習中、かなり緊張しながらジョルジュが外出許可を求めると、神父は上の空な様子で承諾してくれた。

　まずは打ち明け話を披露しあうと、アレクサンドルがこう言ってきた。

「君に言っとくことがあるんだよ」その声はかなり深刻だった。

「いつかみたいに、僕のほうから距離を置くべきだって言いたいの？」

「そんなことしなくていい。ただ君がド・トレンヌ神父をどう思っているか訊きたいだけ」

いやはや、あの名前がこの口から！

「なぜそんなことを？」そう言いながらもジョルジュは、つとめて冷静なままでいることができた。あの神父がはじめてアレクサンドルのことを訊いてきたときのように。

「日曜日、モーリス兄さんに会ってきたんだ。兄さんの話だと、あの神父はとっても親切で、いいアドバイスをたくさんくれるんだって。夜中、自分の部屋に招いてくれることもよくあって、リキュールやビスケットをふるまってくれるらしい。そんな話を聞いてしばらくしたら、こういう機会を逃してはいけない、今度は君があの部屋に来るように、って神父本人が僕を誘ってきたんだよ。僕がモーリス兄さんを追っ払うはめになったかどうか、君なら察しがつくでしょ！　でもね、神父は僕にこう頼んできたんだ――よく考えてみてくれ、このことは誰にも言わないでほしい、とくにローゾン神父には絶対言っちゃ駄目だよ、もし彼に言ったら、良心の導き手として気を悪くなさるかもしれないから。これってちょっと変じゃない？」

アレクサンドルの話を聞くにつれ、あっけにとられていたジョルジュの心に、計り知れない嫌悪が芽生えてきた。神父を哀れむと同時に、軽蔑（けいべつ）もした。職業上、真実に身を捧げる立場にありながら、偽りのなかでしか生きていなかったのだから。少年たちが嘘をつくのは、自分の幸福を守ろうとするからであり、まちがっても他人のそれを横取りするためではない。あの神父は教師たちだけでなく、少年たちも、さらにはそのうちの末っ子たちまで騙そうとしたのだ。奴は自分をきわめて優秀な人間だと思っていたようだが、知らぬうちに本性を現していたのだ。

「僕が強く望むのは」ジョルジュは少年に言った。「君がこれから何者にもつきまとわれないってことだ。もっとも、君の話を聞いてもさほど驚かないけどね。ド・トレンヌ神父ってのは、一種の狂人みたいなもんだから。奴の奇行を数えあげてたら本当にきりがない。大事なのは、奴が網を張っているところに金輪際近づかないってことさ」

「ルヴェール先輩と君は、けっこうあの人と仲いいよね。だって二人とも、彼のミサに仕えてたもん」

「まったく違う！　奴に不意打ちでしょっぴかれただけさ。いま思えば、あれが僕とリュシアンをたぶらかす手口だったんだ。だってそうだろ、君の兄さんは奴の大のお気に入りなのに、まだ一回もミサの介添えをつとめたことがないじゃないか」

〔神父のとりなしで、食堂での朗読係を任せられたジョルジュ。アレクサンドルと目配せを交わしながら、挑発的な文章を読み上げて務めを果たすが、今後二度と神父の部屋に行かないと決意する。しかし、対決のときは刻一刻と迫っていた〕

リラの花香が中庭に満ち満ちていた。ジョルジュはド・トレンヌ神父の言葉を思い出していた——「あの香りが、眠れる生徒たちの心を掻き乱すのですよ」。目覚めているときでも、ジョルジュの心は掻き乱されていたわけだが、それはあの香りがアレクサンドルのことを訴えかけてくるからだ。事実、あの香りが少年の吐息を運んでくるように思ったこともある。

ド・トレンヌ神父が、ドミトリーにつづく控えの間の敷居に立っていた。通りがけのジョルジュに声をかけてくる。

「おやおや！」小声で彼は言った。「私が思うに、あなたは欲しいものを全部手に入れましたね。密かな逢い引き、公衆がいるなかでの目くばせ……」

「逢い引きって何のことです？」ジョルジュは無愛想に答えた。

すぐにでも会話を切り上げる気でいたし、こっちの縄張りを荒らすなと伝えてやりたかった。しかしはっきり言う前に、否認という方法でわからせてやろうと試みたのだ。否認するのはこちらの自由だ。実を言えば、いままで何かを白状したことなど一度もなかった。

　神父はむっとしたそぶりすら見せず、穏やかな口調で答えた。

「こないだの休み時間、下級生の寮監さんが私のところへお喋りしにきました。実を言うとね、彼に生徒たちの外出記録を作っておくよう頼んでおいたんですよ。理由ごとに区分けして、統計を比較できるように――なんといっても私は統計が好きですから。ローゾン師との面会の恩恵に浴していた生徒の名を突き止めるぐらい、私には造作もないことでした。その生徒はアレクサンドル・モティエという名だそうです。ところで、彼の面会時間は、あなたが留守にするときと一致するんですよね。これこそ、私が疑念を抱いたことの証拠ですよ。あなたほどの人なら、私とあの夜はじめて会ったとき、こいつと知恵競べなどすべきでないとお気づきになれたはずでしょう。さぁ、この私と友になるか敵になるか――あなたがお選びなさい。

　明日、昼休みの一時間のあいだに、弟のほうのモティエを迎えにいってください。下級生の寮監には私から事前に知らせておきます。そして二人一緒に私の部屋に来てください。私の目の前で一種の相互告解をしてもらいます。それをすれば、あなたがみずからお避けになったプライベートな告解の埋め合わせになるでしょう。赦しを得られるかどうかは、あなたの誠実さにかかっています」

ジョルジュは、神父がドミトリーに忍び込んできたのがわかった。まっすぐこちらへやってくるにちがいない、たぶん、会話のつづきがしたいんだろう。彼は眠っているふりをした。ベッドの前で立ち止まり、枕元に近づいてくるけはいがある。香りのついた吐息が、顔にかかってきた。ジョルジュはこれ以上ないほど心がざわついていたが、なんとか安眠のふりをつづけることができた。

しかし、神父は遠ざかっていった。二周か三周、ドミトリーを歩き回り、やがて違うベッドの前で立ち止まると、いましがたこちらにしてきたように、寝ている者に近づいてゆく。あれはモーリスのベッドだ。ジョルジュは、よく見えるように枕の端っこまで首を突き出した。神父はテーブルに腰掛け、身をかがめている。ところがそのとき、こともあろうにモーリスが顔を上げた。ということは、言葉を交わしたということだ。囁き声すら聞こえなかったから、あのやりとりに誰も気づかなかったとしても何ら不思議はない。ついに神父は寮監室に引き上げていった。ほどなくして、今度はモーリスが起き上がり、毛布を丁寧にととのえて、そっとベッドから離れてゆく。

神父の部屋の扉が、ゆっくりと彼の前に開かれた。ジョルジュは胸が高鳴りながらも、影になった扉框と、同じく薄暗い内窓から目を逸らせずにいた。窓の向こうにはカーテンが厚く引かれていたにちがいない。にもかかわらず、ほとんど中にいるのと同じくらい、彼には部屋の様子が見透せたのだ――ビスケット、リキュールのボトル、祈禱台、化粧水の小瓶、ゴム製の浴槽――そして部屋の真ん中に、モーリスがぽつんとひとり。

矢のように、ある考えがひらめいた。片をつけるチャンスがめぐってきたのだ。はるか昔のアンドレのときのように、またしても奇跡がジョルジュにもたらされた。いったい誰に感謝すればいいのだろう。神々か？　それとも聖人たちか？

彼は起き上がった。そして跪きながら、小さな手帳からページを破りとり、洗面用具が入った箱のうえに置く。散乱する常夜灯の明かりのもとで、大文字でしっかり書きつづった。「さぁ、一刻も早くド・トレンヌ神父の部屋へ行ってください」

廊下は闇に包まれていた。ジョルジュはランプを灯した。まるで汚い手をつかう盗人のようだ。今日、自分は一人の教師と一人の仲間を売ろうとしている。だけど、それもこれもあの子のためだ。

〔事を済ませて、ジョルジュが寝室に戻ってくる。通りがけに立ち止まると、神父の部屋から煙草の匂いがした〕

何者かがドミトリーに入ってきた。神父の部屋をノックしている。ジョルジュはかすかに身を起こした。控えの間はいつもながら薄暗かったが、そのシルエットが誰のものかすぐにわかった。そのとき突然、動揺が激しくなった。自分のしたことの意味がわかった。小声で短いやりとりがあったのち、声を荒らげる院長の声が聞こえてくる――「開けなさい！　これは命令です！」。ついに寮監がこの台詞（せりふ）を言われる番がめぐってきたのだ。

光が洪水のようにほとばしった。ド・トレンヌ神父と院長が向き合っている。心がうち騒いで、ジョルジュはそれ以上聞き耳を立てることができない。まもなくモーリスが出てきて、自分のベッドに戻っていった。息を詰まらせ、泣きじゃくっている。部屋の扉は大きく開かれたままだ。しばらくの間、神父は挑みかかるような様子だったが、一言もないまま訪問者にじっと見つめられると、少しずつ首を垂れ、やがて崩れ落ちるように跪いた。そして二人の男の背後で、扉が閉ざされた。

いま、まちがいなく二人の英雄は並んで跪きながら、先を争うように祈っていることだろう。しかし、祈りの最中の生徒たちがそうであるように、彼らの思考がよそにいっていることもまちがいない。まず何よりもド・トレンヌ神父は、院長がここに来ることになった経緯を知っているのだろうか？　院長は——かつてアンドレになぜあの詩が発見されたか説明しなかったわけだが——今回の訪問の理由を神父に知らせるだろうか？　知らされなかったとして、神父は自分がたまたま生贄になったと思うのだろうか？　それとも同僚か生徒にはめられたとでも？　もしジョルジュを疑っているとしたら、この少年が放った鉄拳(てっけん)制裁に赦しを与えてくれるだろうか？　彼はこの少年を追いつめたことを自分でわかっていたはずだ。純粋さを讃(たた)えるがあまり、彼の呼びかけはときに熱が入りすぎ、引用もしつこくなりすぎた。それに、引用し忘れたものもある。それはミュッセが「選ばれし者たち」について語った次のような一節だ。

　あなたは彼らに潔癖(ピュール)を求めすぎる、あなた自身が選んだ者たちだというのに！

　誰だって、息をつきたいと思っているのだ。

「どうかよい旅を、神父さま！」ジョルジュはひとりごちた。「城塞だけでなく町からも追い出してしまって、申し訳ありません。いつかまた、テオグニスの祖国(ギリシャ)でお会いする日もあることでしょう」

あれっ！　またモーリスがわんわん泣き出したぞ！　おいおい、勘弁してくれよ兄弟！　女といるときは一人前の男のくせに、男といると子供に戻っちゃうのかい？

ジョルジュはベッドの脇に身を寄せて、シーツを耳元まで引き上げた。これ以上、何も聞かないようにするために。


〔ド・トレンヌ神父は学院を逐われた。ジョルジュは院長から呼び出しをくらうが、密告の件はばれなかった。神父が生徒たちの秘密を何も明かさなかったことを知り、寂寥に浸るリュシアンとジョルジュ。しかし脅威が去ったいま、ふたたびアレクサンドルとの密会に熱が入りはじめる。来るべき学期末と夏のヴァカンスに向けて……〕

六月の荘厳ミサの翌々日、ジョルジュとアレクサンドルは温室で待ち合わせた。少年は少し物思わしげだった。左の手のひらを開いて、じっとのぞき込んでいる。

「君は手相占いを信じる？」ジョルジュに訊いてきた。

「あぁ、吉兆を知らせてくれるならね」

「実は今日の午後、散策しているときに、そういうことに詳しい仲間の一人が見てくれたんだ。そしたら、僕は若死するっていうんだよ」

「バカ野郎だなそいつ！　どうせ君を妬んで、脅かしてやりたかっただけだろ。そんなくだらないこと、もう考えなくていい。ヴォルテールだって若死を予言されていたけど、結局、八十代まで生きながらえたじゃないか」

ジョルジュは小さな両手をとった。そして、よく吟味するかのように身をかがめ、そこにキスをした。

「さぁ、僕が運命を払いのけたぞ」

陽気さを取り戻すと、アレクサンドルは、終業式の劇で『リチャード獅子心王』の小姓役をやることを知らせてきた。二人は運命の新たな引き立てを喜びあった。ジョルジュもラシーヌの『訴訟狂』に出演することになっていたから、ともに劇に出られるとなれば、一斉練習の最中とか舞台袖とか、あちこちで会える機会が増えてくるだろう。二人はこう感じてさえいた——僕らは僕ら自身によって護られている。

すでにアレクサンドルは、自分が着る衣装がどんなものかを知っていた。真っ赤なウエスト丈の胴衣、白い半ズボン、羽根のついた縁なし帽。とりわけ、真っ赤な胴衣に喜んでいた。ミサに仕えるときの法衣よりずっといいという。

「うちらの色をまとうことになるんだよ」彼は言った。「ていうか、ほんとは君の色だよね。僕は君の小姓、だって君が貴族なんだから！　知りあってからいままで、君の高貴な身分のことをすっかり忘れていたよ――僕にはもう『ド・サール』じゃなくて『ジョルジュ』だから。貴族であるって、すばらしい（ボー）ことだよね」

「すばらしいとは程遠いよ、わが麗し（ボー）の小姓くん」

「君んちの紋章は、きっとすごいやつにちがいない。それこそ、リチャード獅子心王のみたいな」

「あぁ！　僕んちのは間違ってもあんな厳（いか）めしくないよ。乾いた薪（まき）から火がちょろちょろ出てるだけの図柄だから」

「乾いた薪（ボワ・セック）！」アレクサンドルは叫んだ。「なんてこった！　だったら君の火を絶やさぬよう、この僕が焚（た）きつけになってあげる。『生木（ボワ・ヴェール）の燃えたちしほど恐ろしきもののなし』っていうでしょ」

「君はやたら火の話をするね。まるで火蜥蜴（サラマンダー）みたいだ。気がついたら、火の中にいる。まぁ、これは別の話だけど」

「火の話なら、もうひとつあるよ。いつか、ギリシャ語の授業で習ったんだけど、エレウシスの少年の話。この子を不滅のものにするために、女神が火の中に投げ込んだんだって」

〔凶兆をものともせず、二人は幸福の絶頂にいた。それを暖かく見守っていたリュシアンが、新たな隠れ家を教えてくれる。かつてアンドレとつかっていた秘密の城——それは散策のルートの途中にある庭師小屋だった〕

ジョルジュはアレクサンドルにサインを送った。振り返ることなく、そのまま彼の前をずんずん進んでいった。そして立ち止まり、木立の陰に隠れながら、注意深く見守る。少年が近づいてくると、こう叫んだ。「あの小屋で！」

二人は自分たちの領地を調べまわった。鎧戸のない小さな窓から明かりが射してくる。ひっくり返った盥が椅子の代わりになっていたが、庭仕事の道具もろとも壁際に押しやった。そして、二人を迎えるためにあるような藁のベッドに、並んで寝そべった。上着はもう脱いであった。半袖シャツのアレクサンドルが、四月の儀式のときにできた小さな傷を見せてくる。まだ跡が残っているので、少年はとても誇らしげだったが、対する友の腕にはもう跡形もなかった。

「夜、ベッドで寝てると、開いた窓から星空が見えるんだ。僕、星たちに君のことを話すんだよ」

すぐに答えるべきところを、ジョルジュはぐずぐずしていた。この台詞の余韻を引き延ばしたかったのだ。ようやく、口を開いた。

「ヴァカンスに発つ前に、ぜひともドミトリーでの君の寝場所を知っておかなくちゃ。僕にとって、今年の思い出の一つになるはずだから」

アレクサンドルは教えた。列、タオルの番号、ベッドカバーの色。

「君は」ジョルジュが答えた。「来年一緒のドミトリーに入るってことをよく考えてみたかい？　クラスごとの列にされるから、隣どうしのベッドになる可能性はまったくないけど、こちらから君の寝るところぐらいは見えると思う。消灯の前に、微笑みを交わすことにしようよ。目覚めたら、ぼさぼさの髪のまま、君の目がまっさきに僕を探しにくるんだろうなぁ。四年生になった君は、自習室で僕の前の席。そこから僕の勉強に光を当ててほしい。二人の筆跡が混ざり合うように、君が使った吸取紙をこっちに回してくれ。

休み時間になっても、あまり会話はできないかもしれない――僕らは慎しみ深い友達でいなきゃいけないんだ――だから、毎日文通することにしよう。朝、僕が短い手紙を送るから、君は晩に一通。チャペルでは、たとえパートごとに集められるとしても、お互い離れすぎないようにしようね。食堂では、サインを送ってくれるだけでいい、もし君の分のデザートを取っておいてほしかったら。いまの季節になったら――今度のヴァカンスでもするように――、散策の日に乗じて泳ぎにいこう。僕らにとって、学院での生活は永遠のヴァカンスになるんだよ。君と僕、十三歳と十五歳のパラダイスに」

アレクサンドルが囁きまじりに言った。

「君を愛してる。自分の命よりずっと」

この幼い男の子は、まだ友情の言葉だけ話している気でいるんだろうか？　ジョルジュは彼と向き合った。閉じていた少年の目が、まるで夢から覚めたかのように、ぱっと大きく開く。そして、起き上がった。

「煙草を吸おうよ」彼は言った。

「僕をすっかり酔わせたいのかい？」

「ううん、僕のほうが酔いを覚ましたいんだ」

ジョルジュは上着のポケットからエジプトの箱入り煙草を取り出した。二本に火をつけ、ちょっと吸ったら交換しようと持ちかける。アレクサンドルは笑顔で受け入れた。

「けっこういけるね！」

彼はふざけて煙をジョルジュの顔に吹きかけた。こっちもお返ししてやる。それぞれが互いの吹く煙をよけようとする。この遊びが面白くてきゃっきゃと笑いあっていたが、やがて藁のうえでのじゃれあいに変わっていった。

突然、窓の明かりをさえぎる影があった。ローゾン神父だ。数秒後、扉を押して小屋に入ってきた。ジョルジュは一瞬にして跳ね起きた。アレクサンドルが、ゆっくりと起き上がる。

神父の顔に表れていたのは、怒りではなく、苦悶と嫌悪だった。

「不幸な子供たち！」

それまで超然としていたアレクサンドルが、不躾に微笑んだ。ジョルジュは急いで割って入ろうとした。いつかの対決のときのように。

「申し訳ありません……」彼は言った。

手振りで、神父がさえぎってくる。

「いいから行きなさい、二人とも、仲間たちのもとに戻りなさい」

二人は上着を羽織った。ジョルジュはぼんやり、自分の手首にはまっている腕時計を見た。三時十分。二度と忘れられない時間になるだろう。煙草の箱がポケットから落ちたが、あえて拾わなかった。

少年は早足で先に行ってしまっていた。このまま離されるがままにしておいたほうがいいかもしれない。神父が後をつけてきているかどうか、ジョルジュはちらっと盗み見た。戸口のところで、凍りついている。まるで塩柱(えんちゅう)にされてしまったかのようだ。

他の生徒たちからさほど遠くないところで、アレクサンドルが待っていた。誇らしげな様子でこう言ってくる。

「僕らにとっては、こんなこと何でもないよ」

しかしジョルジュには予感があった――今後、あの人を無視するわけにはいかない、そして、僕らの幸福の余命はあといくばくもないと。

ローゾン神父は、向かいの椅子に座るようジョルジュに指示した。いぜん敬意を払ってはいたものの、今回、アレクサンドルは呼ばれていなかった。

「解(げ)せませんね」ようやく神父が口を開いた。「あなたの心を席巻(せっけん)しているのは退廃でしょうか、それとも良心の欠如でしょうか。昨日、あのささやかな祝宴にお邪魔したおかげで、今朝のあなたの聖体拝領を見とどける覚悟がほとんど失(う)せてしまいました。私は神に感謝しています。もう二度と繰り返されぬよう、ああいった冒瀆(ぼうとく)行為を現場で取り押さえることができたのですから。おわかりですね？」

声のトーンが上がり、威圧的になっていた。首をぴんと伸ばしたまま、ジョルジュをじっと見つめてくる。最初の台詞と最後の尊大な口調を聞いて、一瞬、こちらも無礼な態度に出てみたいと思った。しかし、彼は自尊心をなだめた。アレクサンドルのそれほど燃えやすくないのだ。

「僕は毎日聖体を授かっています。それに、授かるときはいつだって恩寵の状態でいるんです。見かけだけで僕を疑わないでください」

「疑っていませんよ、いまでは。私は確かな筋から聞いているのです。いやはや！　あなたにとって、聖なるものが意味をもったときなど一度もないということをね。見かけ倒しでしかなかったのは、あなたの信仰のほうでしょう。『恩寵の状態！』だなんて、よくもまぁ——そういった表現を汚すのはおよしなさい。あなたが送ってきた秘密の生活は、信仰の拒否にほかなりません」

「神に誓って」ジョルジュは毅然とした口調で言った。「今学期、アレクサンドル・モティエと会ったのは昨日が初めてなんです」

「お生憎さま、さっきアレクサンドル・モティエが私に言ってきたのですよ。いままでずっとそうしてきたように、僕らは神父さまのいないところでまた会えるでしょう、とね。あなたにとって、偽りの誓いを避ける唯一の方法は、誓いじたいを金輪際やめてしまうことです。同じく、あなたが秘跡を尊ぶようになるには、今後一切の秘跡を控える以外に手立てはありません。いままでひどいやり方でそれをしてきたんですからね。

世俗的なことにかんしては、そこまで心配なさらないでください。私は院長先生にも誰にも言わないつもりです。ただし、あなたとモティエくんが何としてでも縒りを戻そうという気なら、当然のことですが、あなたがたのご両親にお知らせせざるをえないでしょうね。以上のことから、私があなたに要求するのはただ一点だけです――来年度、この学院に戻ってこないこと」

いまやジョルジュは、学院から破門された少年でしかなかった。想像していたのと実際に突きつけられるのとでは、現実の重みがまったく違う。涙が出てこないことに、自分でも驚いていた。しかし、いくら動揺していても明晰な頭脳が衰えることはない。最後に同情を誘ってみようという考えがひらめいたのだ。今朝香水を染み込ませておいたハンカチを引っ張り出し、両目をこれみよがしに覆った。

「お願いですから」神父は言った。「泣きの小芝居など、無理になさろうとしないでください。その涙も、あなたが吐き散らす言葉と同様、偽りなのです。あなたのうちには、その香水よりほかに真なるものがないのですよ。あの小屋で、あなたは私にむけて心の窓を開け放ってしまった。そこから見えてくるものといえば、傲慢、欺瞞、そしてそれらよりずっと深刻な悪徳です。お可哀想に！　ゆくゆくはド・サール侯爵となられるお方が！」

〔下された処分は厳しいものだった。個人行動の禁止、信心会からの除名、そして宗教教育の作文で賞をとるのを諦めること。とくに最後はジョルジュにとって屈辱的だったが、この条件を呑まなければ即退学、いままでの栄光がふいになってしまう。彼は初めて窮地に追いやられた〕

いまや、ジョルジュにはわかっていた。同じような刑を言い渡されたとき、かつて自分が罠にかけた生贄たちがどんな思いであったかを。彼はアンドレの不運に取り乱したが、あれは自分とリュシアンとの仲にひびが入る恐れがあったからだ。当の主役がどう感じたかはあまり気にかけなかったし、その後につづくモーリスとド・トレンヌ神父の心情についても、端から気にしていなかった。それなのに、まもなくあの人たち全員に追いつこうとしている。彼は聖クロードの小ロベスピエールだった。まずライバルを追い落とし、その共犯者たちまで死刑台に送ったのだったが、ついに自分自身がギロチンにかけられる日がやってきたのだ。

ジョルジュは、閑散としたドミトリーに戻り、自分のベッドに身を投げた。思考を乱しにくるものは何もない。学院は静まり返っていた。拘束前の最後の自由なひとときでさえ、身に降りかかった災いを見極める時間にしかならなかった。

ローゾン神父は、アレクサンドルに待ち受ける運命について、何も語らなかった。どっちを残すか選択を迫られたら、何もためらわなかったにちがいない。リュシアンが言っていたように、神父はかねてからの秘蔵っ子を残しておくことだろう——あの子を引き留めて、神への信仰を取り戻させるだろう。

あんなに希望に満ち溢れていたヴァカンスは、孤独なものとなるだろう。新学期、このドミトリーで——ここで再会するはずだったのに——あの子がジョルジュを目にすることはないだろう。信心会から叩き出され、賞を取り損ない、学院にも戻れず、なぜ戻れないのかを両親に言い訳しなければならず——いまの自分にとって、そんなことが何だというんだ？　何もかもが息絶えてしまったかのようだ。この世の至福を手に入れるには、あとちょっとの運だけが足りなかったのだろう。

ジョルジュは、絶望にとらえられるのを感じた。目から涙が溢れてくる。今度は、泣き真似ではない。真実の刻だ。前にも泣いたことがあった。二人の友情が、ド・トレンヌ神父の脅威にさらされていたときだ。脅威が消え去ったいま、もっと思いきり泣いてもいいはずだった。ひとりきりでいるのに、彼は嗚咽を必死でこらえた。まるでドミトリーが人で溢れかえっているとでもいうように。こうやって、リュシアンもモーリスも泣いていたんだっけ。彼はハンカチを取り出し、やがて放り投げた——ラベンダーの匂いにいらいらしたから。

〔ジョルジュは譲歩した。告解のなかで罪を認め、作文でわざと点を落としたのだ。必死で演じた真剣さが認められ、放校処分は撤回される。安堵したジョルジュだったが、あろうことか、自分のかわりにアレクサンドルが学院を逐われることを知る。あの子は、悔悛を拒否したのだ〕

晩餐のとき、ジョルジュが引き出しを開けると、あの子からの長い手紙が入っていた。

ジョルジュへ

復活祭の休みのときみたいに、君に手紙を書こうと誓って、こうして書いています。でも、なかなか大変だよ。僕らはものすごい監視の目にさらされているんだから！　いずれにせよ、最後までとことん頑張らなくちゃね。君はまた「一本の葦（あし）」のふりをしたわけだけど——とはいっても、感心しているんだよ、僕にはとてもできないことだからね——、僕のほうは「楢（なら）の木」よりも堅く抵抗するつもりだから、その点は信用してくれていい。

ローゾンは屈服させようと思ったのか、モーリスが事件に巻き込まれたから僕が聖クロードに戻ってくることはまずない、ってわざわざ知らせにきて——たぶん、君が話したがってた事件のことだよね——、しかも、僕からあの劇の小姓役を取り上げていったんだ。もうまもなくしたら、あいつの目の前で僕らの劇を見せつけてやろうね、そしたら僕らの事件からあいつを解放してやれる。あいつ、たくさん情報を握ってるらしいけど——それでも、僕は正々堂々と立ち向かうつもりだよ——、僕らが永遠の誓いを交わしたことはまだ知らない。いまこそ奴にそれを知らせてやるチャンスだよ。向こうは僕らを別れさせることに決めたわけだから、こっちはひたすら逃れていつまでも落ち合いつづけよう。いつまでも、って何てすばらしいんだろう！　いつまでも、あいつら全員から遠く離れて。いつまでも、互いの血で結ばれて。いつまでも、君に言いつづける――

「いつまでもずっと」

アレクサンドル

木曜の午前中は自習時間なので、『訴訟狂』のリハーサルに当てられるはずだった。ジョルジュはこの外出の機会を大いに当て込んでいた。どさくさにまぎれて、アレクサンドルの引き出しに手紙を入れられるかもしれない。リュシアンには、個人的に説得してあの子をなだめるつもりと言ってあったが、実はこんな文面を用意していたのだ。

アレクサンドルへ

いまだかつて、これほど深く君を愛したことはない。君の勇気のおかげで、僕は勇気を取り戻すことができた。君のためにすべてを捨てるよ、君が僕にそうしてくれるように。ヴァカンスに入ったら、すぐに駆け落ちの日時を決めてほしい。何日かは無駄にするかもしれないけど、そのかわり、一生分の時が僕らのものになるんだからね。

ジョルジュ

〔駆け落ちを夢見るジョルジュのもとに、ローゾン神父から呼び出しがくる。神をも恐れぬアレクサンドルが、すべてを告白してしまったのだ。夏の約束のことまで聞かされた神父は、あの子の想い(おも)を断ち切るために、ジョルジュにすべての手紙の引き渡しを求める。ジョルジュは絶望した。二人の愛の結晶を奪われたら、もう二度と会えなくなるし、何よりあの子を裏切ることになってしまう。モーリスの協力をとりつけ、せめて最後の手紙を送ろうとするが、それもリュシアンに止められる――「アレクサンドルは自殺したりしない。交わし合ったあの血のことを思い出せ。いまは賢くローゾンの要求を呑んだほうがいい」。失意と迷いのなか、ついに終業の日を迎える。賞の授与、劇の上演、そして遠くから微笑みかけてくるあの子……〕

いま、ジョルジュとリュシアンは駅へと向かっていた。ともにこの後の段取りはもう決めてあった。いったん列車に乗ったら、両親をうまくかわして別の車両に移り、アレクサンドルを探しにいこう。ジョルジュは、手紙の受け取りにかんしてモーリスと協定を結んでいたにもかかわらず、できれば自分の口からあの子に説明する機会をつくりたかったのだ。それでもなお、リュシアンには本当の気持ちが言えず、駆け落ちの計画に立ち返ることはないだろうと請け合ってしまった。駅に着くと、いやおうなく心がざわついた。

　プラットホームには、ローゾン神父が立っていた。手に旅行鞄を提げながら、さっきテラスにいたのと同じ人だかりに取り巻かれている。運命が最終判決を下そうとしていた。

　アレクサンドルの視線が、こちらの視線と重なった。まだ何の失態も犯していなかったとしても、ジョルジュはこう願ったことだろう――いまこの瞬間、あの子の目の前で死んでしまいたい。すでに列車が二人を引き離そうとしていた。彼らはそれぞれ違う等級の、別々の車両に乗り込んだ。もうすぐ、人生が二人のあいだに新たな壁を築くだろう。その壁は、学院のクラスなんかよりもずっと堅牢なはずだ。

　通路に立ったまま、ジョルジュはリュシアンの傍らで押し黙っていた。ひたすらアレクサンドルのことを想った。二人のあいだに、取り返しのつかない事態が起こってしまったというのに、アレクサンドルはまだそのことを知らない。同じくアンドレは学監が来るまでそれを知らなかったし、ド・トレンヌ神父もまた、院長が来るまで知らなかった。おそらく、あの子はローゾン神父の存在などとっくに忘れているのだろう、ただジョルジュと交わした視線だけを記憶にとどめて——あれが最後の別れであったとも知らずに。

あの子の地元のS……駅が近づいてきた。列車が分岐点のうえを軽やかに滑ってゆく。踏み外すことだってできたのに！　アレクサンドルは遠ざかっていった。腕にレインコートをかけ、小さなスーツケースを手にもっている。きっと、この次の旅にそなえてわざと軽めのを選んだのだろう。かつてないほどに美しく、溌剌(はつらつ)として、みずみずしかった。

出口の手前で、少年は振り返った。ちょうどそのとき、蒸気の雲がホームまで垂れ込めてきて、乗客たちを包んだ。煙が消え去ると、まるで捧げ物として焚(た)かれたかのように、あの子はいなくなっていた。

〔ジョルジュは、アレクサンドルからの手紙をすべて引き渡した。初めてもらった短信、四月に郵便で届いた手紙、ブロンドの巻き毛の房を除いて。木曜には、神父をとおしてあの子のもとに返却されるだろう。七月十四日金曜、ジョルジュは最後の手紙を書く——「僕が君を愛してるってことをわかってほしい。僕の行いはすべて、この愛ゆえのことなんだ。来週の月曜、S……まで乗り継いで、いま書いているこの手紙を君の家に届けにいくよ。これだけは知っておいてくれ——僕らの友情は愛と呼ばれるものだってことを」。しかし綴り終えた翌朝、ド・サール家に運命の報せがとどく」

翌日、ジョルジュが朝食を済ますと、両親が部屋に入ってきた。

「おい、ついにおまえが新聞に載ったぞ！　七月十四日のニュースと抱き合わせだ！」父が言った。

そして、母がこう付け足しながら抱きついてくる。

「あなたの誕生日にはまだ一日早いけど、これ以上プレゼントを待たせたくなかったの。だって、それだけの成功をしたんですものね」

まるでお盆に載せるように、蓋の開いた宝石箱を新聞のうえに置いてきた。印章つきの綺麗なリングが入っている。ジョルジュは礼を言って、あらためて母を抱きしめた。クラウンの真珠を数えると、紋章の若枝の数に一致した。彫り師の仕事は申し分ない。彼はリングを指にはめ、しばらくの間、その効力をあれこれ想像して楽しんだ。さながら聖クロードのプラトン学派になった気分だ。月曜、アレクサンドルが話をしに家から出てきてくれたら、彼にも試着させてあげよう。なんなら、あげてしまおうか。二人の神秘的な絆を聖別するのに使えるかもしれない。

ひとりになると、ジョルジュは上機嫌でソファーに寝そべった。自分の名前が指のリングのように輝く記事を読むために。

## 聖クロード学院の終業式

今年度の聖クロードの終業式は、まったく特別な輝きを放っていた。M……枢機卿猊下（ききょうげいか）がこの式典にご臨席なさったからだ。受賞者（ローレア）リストの読み上げは――主要な受賞者の氏名はこの後に掲載する――、院長氏の話の後に行われ、午前中いっぱいを費やした。午後は演劇に充てられた。『リチャード獅子心王』という短編の戯曲が、最も年若い生徒たちによってセンスよく演じられ、つぎに偉大なるラシーヌの『訴訟狂』がつづいたが、そこでは先輩たちの才知と洗練が際立って（きわだって）いた。この祝宴は長きにわたるものであったが、それでも観客たちは束の間（つかのま）の一（ひと）

時(とき)をただひたすらに惜しんだ。子供たちよ、本当におめでとう。彼らは両親に付き添われ、猊下の祝福に励まされながら、愛する学び舎(や)にしばしの別れを告げたのだ——素晴らしきヴァカンスの後で、また会おう。

以下、大学入学資格試験(バカロレア)の結果が掲載されていた。これは宣伝に役立つものだ。つぎに学院の最高賞(グラン・プリ)（校友会賞など）、最後に各クラスの優秀賞と努力賞。ジョルジュの名前は二度出てきた。この欄は切り抜いておこう。こういった形で世に広めてもらえたのは初めてのことだ。今朝、アレクサンドルはこの報告記事を目にするだろう。いくら昨日の神父との面会が荒れ模様だったとしても、友の名前が新聞に出ているのを見たら、感動するにちがいない。その友もまた感動していた。受賞者名簿のなかに二つの次点賞を授かったあの子の名前を見つけたから。

この新聞に載っていることなら、何でも注目に値するように思えた。見出しの下には、こう記してある——「七月十五日土曜日、聖ハインリッヒ」。今日の聖人が、聖ゲオルギウスか聖アレクサンデルだったらよかったのに。あるいはリュシアンを守護する聖ルキアノス、学院にちなんだ聖クロードでもいい。だけど、それらの祝日はとっくに終わってしまった。この後に控えているのは、聖アレクシオスだけだ。ジョルジュは他のページの記事にも目を通した。学院にかんする記事の裏面に、「三面記事」の欄があるのに気づいた。

つぎの瞬間、心臓の鼓動が止まった気がした。行を追う目が、焼けるように熱かった。

S……にて、七月十四日。

子供が毒を誤飲

昨日午後、アレクサンドル・モティエ少年（十二歳半）が薬と取り違えて猛毒をあおった。不幸な少年はまさに致命的な過失の犠牲となり、蘇生（そせい）も叶わなかった。

ジョルジュは顔を上げ、あたりを見まわした。まるで現実が信じられぬとでもいうように。物という物はいつもの場所にちゃんとあった——額に収まった『青衣の少年』と『ランプトン少年像』、寝乱れたベッド、椅子の背にかかった上着、テーブルの真ん中にはブーケ、その横には朝食のお盆、ココアの飲み跡で縁どられた磁器のカップ、中身をくりぬかれ、スプーンが刺さったままのグレープフルーツ。

もう一度、ジョルジュは新聞に目をうつした。いまさっき読んだものが変わらずそこにある。それは三面記事のトップニュースだった。見出しの最初に、えりすぐりの場所に、「銀行家の不正」や「バイクが自動車に追突」よりも前に置かれている。ページの裏面にあるのは、賞の授与、猊下の祝福、素晴らしきヴァカンスの兆し、優秀賞と努力賞に輝いたジョルジュの名前。アレクサンドル、そう、彼の名前だって載っている。二つの記事は対になっていた。待たされたばっかりに、離れられなくなってしまったかのようだ。聖クロードの祝宴の月桂樹のかげに、こんなにもか細く死の糸杉が生えていたのだ。喜劇は悲劇に取って代わられてしまった。

ジョルジュはソファーから起き上がった。新聞がおのずと絨毯のうえに滑り落ちてゆく。ゆっくりとドアのほうへ向かい、鍵をかける。鍵をかけたのはこのままでいたかったから——最後にもう一度、アレクサンドルとふたりっきりに。

〔ジョルジュは我を忘れて泣きじゃくった。すぐに後を追うことを考えたが、長い逡巡の末、かろうじて踏みとどまる。あの子は僕と再会するために死んだんだ、そして僕にはあの子がなしえた以上のことができない——そのことに気づいた彼は、苦しみながらも、友の死を受け入れる。リュシアンから「許してくれ」という悲痛な電報。彼もまた自殺であることを察し、自責の念に駆られていた。その日の午後、ローゾン神父がド・サール家を訪れる。アレクサンドルの最期の様子を語りにきたのだが、静かに耳を傾けるジョルジュの心境は複雑だった。会談の後、神父から一枚の写真を手渡される。それは、彼自身が撮ったという、あどけなく眠るあの子の生前の写真。神父もまた、あの子を深く愛していたのだ。復讐を断念したジョルジュは、駅まで送ってほしいという神父の頼みを黙って受け入れた」

街は人通りがほとんどなかった。どこかの窓から、音楽がここまで響いてくる。橋の隅っこで、子供たちが欄干のうえに寝そべりながら、唄を口ずさんでいた。

俺たちゃ二人のクソガキさ
いついつまでも愛しあう

親たちが彼らに戻ってこいと叫んでいる。ジョルジュは、街の流行り唄ではない、ある歌のことを思い出した。いつか、アレクサンドルが贈ってくれた受難の賛美歌だ。そこには苦悩と熱情に満ちた愛がうたわれていた。あのとき返事を書くなと言ったアレクサンドルは、そうした愛を語ってもらいたくないと思っていたのだ。

ローゾン神父とジョルジュは、たいした言葉も交わすことなく、駅に着いた。

「気をしっかりもってくださいね」同行者の手を握りしめながら、神父が言う。「心が辛(つら)いときは、私に手紙を書いてください。新年度を迎えたら、お互い話すことがたくさん出てくるでしょう。来年は聖なる年にしなければなりません」

「おそらく、こうも言えるでしょうね」ジョルジュは答えた。「あなたの言い方にしたがうなら、『お互いぜんぶ話しきってしまった』と」

ひとり帰途につく今になって、アレクサンドルについてゆく覚悟ができたのかもしれない。忠告や命令に耳を傾けるつもりはなかった。あの子が語った言葉、ローゾン神父にもリュシアンにも理解できず、ジョルジュ自身でさえ理解するのが遅すぎたあの言葉だけに耳を澄ましたかった。あの子はすべてを持ち去ったわけではない。夢を実現すべく、ジョルジュが後に残ったのだから——彼の命はあの子の命となり、ジョルジュ・ド・サールは魂においてアレクサンドル・モティエと一体になるだろう。

遠くから、汽笛の音が聞こえてくる。ジョルジュは、クリスマス休暇明けの、実家から学院へと向かう旅のことを思い出した。あの子にとってまだ何者でもなかったころの自分。すでに情熱と不安にとらわれながら、あの子のもとに必死でたどり着こうとしていた自分。それから、来週月曜の旅のことを考えた。今度の旅は、過去と未来をつなぐ最後の節目になるような気がする。相次いで浮かんできたさまざまな計画のなかでも、自分に与えられた最後の選択になりそうだ。世間には、墓の前で自殺する人もいる。アレクサンドルの死をうけて、いったい自分はどうしようというのだろう？

彼は橋のうえにしばらく佇み、河の流れに見入っていた。いまは誰もいないけれど、さっきまであの唄がうたわれていた場所だ。六月のとある午後、ここよりも幸福に満ちた河のほとり——そう思い描いたとたん、泳ぎにやってくるアレクサンドルの姿が見えてきた。闇(やみ)と汚れた水と人気のない岸辺しかなかった眼下の風景が、いつのまにか、太陽と澄み切った水と花咲く野辺に変わっていた。それでもこの河は、こちらを誘うように呼びかけてくる——飛び込んで抱きしめにいくというのも一つの手だぞ、片をつけるには、少々直截(ちょくさい)で古典的なやり方だがね。ジョルジュは眩暈(めまい)のようなものを感じた。護符(おまもり)にすがるように、財布に手を触れた。そこには、遺された宝のうちで最も大切なものが入っている。あの子の手によって書かれ、胸元で温められていた手紙、いまにも目を開きそうなあの子が赦しを請うように微笑んでいる写真、あの子がキスしてくれたギリシャの彫刻の写真——これらすべてが虚無しか生み出さないなんて、ありえない。そのことを証明するのが、自分のつとめではないのか。過去に照らされた未来こそ、その埋め合わせになるんじゃないのか。ジョルジュはそう思いながらも、罪の償いのための生贄として、指のリングを抜きとり、欄干ごしに放り投げた。きらっきらっと光が水面で踊っている。まるであの子を焼き尽くした紋章の炎のように。しかしエレウシスの少年と同じく、あの炎はアレクサンドルを清め、彼により神秘的で偉大な運命を授けてくれたのだ。

　ふたたび歩き出すと、ジョルジュは、星空をよく見ておきたくて顔をあげた。ヴァカンスの前にドミトリーから見上げた空と同じくらい、たくさんの星が瞬いている。けれど、彼にはあれらが輝かしい夜明けを告げているような気がしてならなかった。アレクサンドルは友のことを星たちにむけて語りかけていたのだ。だったら、今度はジョルジュが星になったあの子に語りかける番だ。

「君は祈りの子でもなければ、涙の子でもない。だけど、僕の愛、僕の希望、僕の信念そのものなんだ。君は死んでなんかいない、ひょいっと向こう岸に渡っただけさ。君は神なんかじゃなく、僕とおんなじ一人の男の子なんだよ。僕のなかで君は息づいている。僕の血は君の血。僕のものは、まぎれもなく君のもの。僕らの望みどおり、いつまでもずっと一緒だよ。じゃあ、僕のほうからもう一度言うね——『いつまでも、って何てすばらしいんだろう！』』

家が近づいてきた。心のうちに住む、もう二度と離れない客人とともに帰るのだ。ふたりのために、新たな生が始まろうとしている。今日の悲しみは、もう過ぎ去ったこと。明日は、ジョルジュの誕生日だ。アレクサンドルと迎える初めての誕生日。明日、ふたりは十五歳になるんだ。

アンドレ・ジッド
『ラミエ』

（森井良訳）

長らく筐底（きょうてい）に眠っていた未発表作。南仏の祭りの夜に出会った少年との交情をエロティックに描く私小説で、「ラミエ」とは、喘（あえ）ぎ声が「森鳩（ラミエ）」の鳴き声に似ていることからつけられた少年のあだ名。

あの日、郡の選挙が行われた一九〇七年七月二十八日、ちょうど郡庁所在地のフロントンで祭りがあった。候補者だったウジェーヌは、さしたるライバルもなく、手放しで早々に当選していた。音楽、イリュミネーション、花火、すべてが彼を祝して弾(はじ)けているようだった。ウジェーヌの村の開票が終わってから、私たちは夕食をとりにフロントンへと移動したのだった。宿屋の主人のラファージュ、医者のクーロン、助役のファーブルと一緒に。

夕食にはエスカルゴと臓物料理(トリップ)が出たが、私は食べるふりをした。それから、食べごたえのない鶏(とり)が出た。しかし昼の酷暑の後で、みな空腹より先に喉(のど)が渇いていたから、上等なワインが大量に振る舞われた。隣のテーブルでは運転手のレーモンと、三人の選(え)りすぐりの若者が食事していた。彼らはウジェーヌが情報を集めにいかせた自転車の伝令たちで、いまさっき、方々の村から選挙結果の吉報を持ってきたところだった。

バティスト、その弟のフェルディナン、もう一人は私の知らない顔で、他の二人に比べればどうということもなかった。偶然にも私はフェルディナンの傍に座っていた。ほとんど背中合わせだった。音楽とともに花火が広場のうえに打ち上がったとき、私はさりげなく、彼のほうにかがみ込み、膝のうえに手を載せながら寄りかかることができた。おそらく、彼はそれがわざとであることに気づいていたにちがいない。いま思えば、こちらに微笑みかけてきた気がするから。

夕食は長引いていた。私は若者たちと祭りのなかに紛れ込みたくてうずうずしていた。医者と助役と宿屋の主人は、我が友人のウジェーヌと政談をはじめていたので、私はほとんど気づかれずに抜け出すことができた。医者の息子のクーロンくんが、私たちの周りをうろついていたが、やがて私についてきた。

実を言うと、この子の気分を害したのではないかとちょっと心配していたのだ。一週間前の自動車レースで、彼を少しばかり急かしてしまったから——しかしこちらの思いとはまったく裏腹に、彼はとても愛想よく、案内役を買って出てくれた。村の大通りはかなり綺麗にイリュミネーションで飾られていた。人々が慌ただしく通り過ぎ、狭い広場のようなところでは、凡庸なオーケストラがダンスに必要な音楽を奏でていた。ぴったりとくっついて身を預けてくるクーロンくんが、このうえなく親切に思えた。おそらく私がくどいていたら、彼もいつかみたいに遠慮することはなかったにちがいない。

しかも、その後に私を誘ったのは彼のほうだった。少し夜が更(ふ)けてきた頃、疲れを言い訳にしながら、最初のサインとして、階段に腰掛けていた私のすぐ傍に座ってきたのだ。そこは人波から少し離れた、暗がりのなかだった。別の日の夜だったら、この歓(よろこ)びだけで私は充分に満足したことだろう。

しかし群集にはこちらを誘ってくるような魅力があったし、やがて私たちは、夕食のときに知りあった若者四人組とばったり再会してしまったのだ。レーモンは正統派の美青年、けれど女受けする美しさがまさっていたので、私には興醒(きょうざ)めだった。バティストにかんしてはそうとも言えず、とくにフェルディナンは別格だった。

バティストは十六歳、フェルディナンは兄より一歳下だった。この弟は農地ではほとんど見たことがない顔だったが、祭りの高揚も手伝って一段と美しくなっていた。とはいえ、私としては露骨に選り好みしたくなかったから、四人に対して平等に話しかけ、時にはダンスに駆り立てながら、彼らが言うところの「姉ちゃんたち」を連れてくるよう勧めたりもした。フェルディナンはだぼだぼに膨らんだ布製のズボンを履いていたが、サンダルの紐をつかって膝裏のところできゅっと締めつけてあるので、さながらトルコの奴隷兵のようだった。窮屈な上着のせいで、すらっとしなやかな体のラインが強調されていた。どんな帽子を被っていたかは思い出せないものの、セミロングの髪を無造作に額のうえに垂らしていたのは覚えている。はだけた上着から覗いている中のシャツは、この地方で流行りの紺色だった。

あるときはこの子と、あるときは別の子と腕を組み替えながら、私は道をそぞろ歩いた。群集と夜のおかげで、余計にはめを外していた。こちらが思い切ってやることを、彼らはことごとく待ち受けていたらしい。もうすでに大胆とすら言えなくなってきた行いを、すすんで受け入れていたからだ。

クーロンの親父が私を追い回しにきた。突然現れて、肩を叩いてくる。「おやおや、逃げ出すんですか！——さぁ、こっちへおいでなさい」とか何とか。私はついてゆくふりして、さっさと逃げ出した。

道の曲がり角で、レーモンとフェルディナンが暗がりに立っているのが見える。たしかに二人で言葉を交わしあっていたが、ふたたび一緒になると、闇のなかへ一目散に走り去ってゆく。瞬間、私の歓びは不安で乱されてしまった。あの子たちはどこに行くんだ？　いったい何をしている？

それからかなり経って、ようやくクーロンくんが車の近くまで探しにいってみたらどうかと提案してきた。車は医者の駐車場に停めてあった。実際、そこにレーモンとフェルディナンがいて、ふたたび自転車を漕ぎ出そうと夢中になっている。私は後者を脇に呼んで、尋ねる。レーモンと何しにいってたの？　しかし何も引き出せない。それでも私は怒っている様子を見せず、尋問していながらも、手や、微笑みや、声の調子で愛撫をつづける。

私たちは出発した。喜んで、私はこの後も付き合うことにしたのだ。でもなぜだろう？　フェルディナンが私たちを追いかけてくる。車が速すぎやしないか、彼がついてこられないんじゃないかと、気が気ではない。でも心配には及ばない。勇ましく彼は道を急ぎ、沿岸にさしかかると、私たちを追い抜きさえする。

そのあいだに、私はウジェーヌに一日の出来事を話した。ガロンヌ川の岸辺でジャンという少年に会ったこと、そして私が最初にアタックしたときにこの少年が発した言葉――「まさに、トゥージャくんが僕にしようとしてきたことですよ」――（トゥージャくんというのは、名前をフランソワといって、顔がひどく日焼けしていることから、私たちのあいだでは「杏くん」というあだ名で呼ばれていた。ウジェーヌの子飼いのなかでも一番年若い子だ）。ジャンにかんしていえば、威勢はいいもののまだ青すぎで、頭のよさ以外で惹かれるところがあまりない。彼よりさらに青く、そのくせ体がやけに成熟しているのはラザールというジャンの弟で、私は通りがかりに庭のベンチで彼を摘みとった。そのときの彼はまるで昼寝のようにすっかり寝そべっていたのだが、開いた片目が悪童みたいに邪で陰険なので、三日前から私は追いかけ回していたのだ。この悪ガキについて言おうと思ったら、どれほど多くの言葉を費やさねばならないことか！

昼間にこの二人、夜には医者の息子を相手にしたので、私はほとほと疲れ果ててしまっていた。欲望を取り戻すには、並外れた機会が必要だったわけだが、実はウジェーヌがよかれと思ってそのきっかけづくりをしてくれていたのだ。たぶん、フェルディナン自身も少しは協力してくれていたのだろう。でなかったら、なぜ私たちについてきたというのか？　フロントンでは兄や友人たちがまだお楽しみをつづけるかもしれないのに、結局のところ、仲間うちでついてきたのは彼だけだったのだから。

私がこの地に立ち寄ると、必ずウジェーヌは私を歓待しようと全力を尽くしてくれた。ある夜は杏くんを寄越し、ある朝はのっぽのジャックを連れてきたこともある。あまりに準備万端で急すぎるこれらの享楽に、私がごくまれにしか満足できなかったとしても、それは決してウジェーヌのせいではなかった。私は包み隠さず彼に言ったものだ。君の地所から帰るときは息も切れ切れ、渇きに飢えて、惨めなほど落ち着かない、と。

ウジェーヌはまさに古代リュディアのカンダウレス王の役を担っていたわけだが、そうした気前のよい王様として彼が手配したのは、以下のようなことだ。家に帰る前にもう少し村にとどまって、力のある選挙人たちと話をつけなければいけない、そう言いながら彼は車から降りた。そして運転手に私を通り道のところ――「三点地」と呼ばれている場所――まで送ってゆくよう言いつけ、こう付け加える。「そこからだったら、ジッドさんは歩いて帰れるだろう。フェルディナンが付き添ってくれるはずだし」

私はフェルディナンに直接尋ねるべきだったろう、本当にそれを当てにしているのか、いったい何を期待しているのか、こうやって自転車で私たちを追いかけながら何を望んでいるのか。そう尋ねなかったことが悔やまれる。しかし、いざ彼と二人っきりで道に出てみると、頭が真っ白になってしまったのだ。もはやそこで感じられたのは、歓びと、陶酔と、欲望と、詩情しかなかった。

しばらく私たちは大きな木々の下を歩いた。彼は地に足をつけて、片手で自転車を押していた。私にぴったりくっつきながら、私の手が自分の肩や腰にまわるのを許していた。彼の顔は汗で濡れていた。林を抜けると、月の光が二人を包んだ。

「すばらしい夜ですね、すばらしい夜」と彼は何度も繰り返した。私より彼のほうが体も心もずっと震えているのがわかると、日中の灼熱で満たされていた私の身裡に、大きな愛情が込み上げてきた。私たちはとても早足で歩いていた。彼を寝室に連れ込もうと考えていたから、早く帰りたくてうずうずしていたのだ。

けれどしばらくして、私はちょっと休もうと提案した。彼が自転車を堀のなかに置くと、二人して干し草の山に寄りかかった。まるで酔っ払ったように、彼が私にもたれかかってきた。立ったまま、腕のなかに抱きしめた。額を頬に優しく押しつけてくる。私は軽くキスをした。彼はまだ言いつづけていた。「なんてすばらしい夜なんだ！」そして唇を重ねたまま、とても優しい、喘ぐような声をもらしはじめた。まるで鳩がくーくーと鳴いているような声だった。

「帰ろう」と私は言った。「私の部屋に来る？　そうしたい？」

「あなたがそうしたいなら」

――そして、私たちはまた歩きはじめた。

少し経ってから、彼が私にこう言った。「あれがなくて残念ですね」（いま思えば、干し草の山に寄りかかる前に言ったのかもしれない）

「何が？」私は少し不安になって訊いた。意味がわからなかったのだ。私には一瞬、彼が自分自身のことを言っているように思えた。何かやましい特性があるとか、何かが欠けているということかと思って、私は驚いたのだ。欠けているどころか、むしろ逆だと確信していたから……。

「おわかりのくせに」彼は答えた。

「いや、ほんとにわからないんだ。どういう意味で言ったんだい？　何がないって？」

「女の子ですよ」

たぶん彼は、私のためを思って、礼儀としきたりからそう言ったのだ。純情にも、私が彼を娘の代役に見立てていると思ったのだろう。

「そんなのなくても平気さ」と告げてから、こう訊いた。「君は女の子と寝たことがある？」

少し戸惑いながら、彼は答えた。「何回かは――しょっちゅうではないけど」

おそらく、こう答えたほうがよかったろう――「一度も」。

彼の人となり、彼の話す言葉から、途方もなく純真であることが伝わってきた。私の前でそのことを少し恥じていて、必死に隠そうとしている。ウジェーヌでさえ、まだ彼とねんごろになってはいなかった。私が思うに、この日の夜のアヴァンチュールは、彼にとってまったく初めてのことに近かったのだ。

家にほど近いところで、彼は押してきた自転車を藪(やぶ)のなかに放り投げた。私は玄関の扉の前でしばらく彼を待たせることにした。台所から先に入って、地階を一回りしたのち、内側から扉を開けてやったのだ。なんと私は慌てていたことか！ もし彼がそこにいなかったら、月の明かりがいっぱいに射(さ)し込むなかで、細くゆっくりと開けた扉の後ろに彼の姿をふたたび見つけられなかったら、いったい私はどうしていたことだろう？ 家はもぬけの殻だったにもかかわらず、私たちはまるで一組の泥棒のように上がっていった。

やっと寝室に来た。そして広々としたベッドのうえに。私は明かりを消して、窓と日除(ひよ)けを夜空の月にむけていっぱいに開け放つ。

「よっしゃあ！ 二人とも真っ裸になるぞ！」と彼が叫ぶ。男の子っぽくはしゃいだ口調だが、若い娘のような見た目と奇妙なほどに対照的だ——私は脱がしはじめていた。月明かりでグレーに染まったこの小さな体の美しさは、どんな言葉をつかっても言い表せないだろう。窮屈そうに丈の合わない服を着ているときは、彼の美しさを想像だにしていなかった。かろうじて彫刻の「棘(とげ)を抜く少年」像ほど子供っぽくはないが、少しも嫌がることなく、不躾(ぶしつけ)すぎることもなく、愛の行為に身をまかせてきた。

これほど屈託なく、愛情深い、優雅な態度を、私はそれまで知らなかった。日焼けした肌はやわらかく、燃えるように熱く、私はそこらじゅうにキスの雨を降らせた。少し経つと、彼は勘違いしてしまったらしい。まったく楽しそうに、こう言った。

「そうだ！　お互いのあそこを舐めあおう」

とはいいながら、彼の口調が少し震えているのがわかって、私はこう確信した――彼はいきがって言っているだけだ、悪徳からではなく、自分の純情を恥じる気持ちから、最後までいってやろうと勇んで言っているにすぎない、と。

「やったことあるの？」私は訊いた。

「いや、一度も。でも、そういうもんだって話に聞いたから」

私は彼を引き留め、しかけていた動作をやめさせた。あまり邪でない私としては、今夜私たちが二人で残そうとしている想い出を、下品な過剰さで台無しにしたくなかったのだ。私はこれほど素晴らしい夜を経験したことがない。ときおり、じゃれあいを中断すると、起き上がって彼のほうにかがみ込んだままじっとしていた。彼の美しさに一種の不安を覚えて、なかば呆然としながら、眩暈のようなものに襲われていたのだ。やっぱりない、と私は思っていた。ローマのルイージも、アルジェのモハメッドも、これほどの優雅さと力強さを兼ね備えてはいなかったし、彼らから、これほど情熱的で繊細な愛撫をしてもらったことはなかった。

　満たされた気分のまま、夜を引き延ばしたいと願うなんて、私にはまったく珍しいことなのだ。ここでさよならを言う決心がつけられなかった。「いてほしいなら、いくらでもここにいますよ」と彼は言ってくれた。しかし彼は朝早くにまた仕事をしなければならなかったし、私を含めた仲間たちも、翌朝すぐに車で発（た）たねばならない。それに、私は心配だった。フェルディナンが中庭に出たとたん、ウジェーヌが帰ってくるのではないか、あるいは運転手に見られてしまうのではないかと……。時刻はすでに午前一時を過ぎていた。

　私は彼を帰らすことにした。階段を降り、扉を開ける音が聞こえてくる。廊下の窓から、私は眺めていた。中庭を横切る姿は見えなかった。

　ほどなくしてウジェーヌが帰ってきた。私は嬉々（きき）として語った。ともすれば、自分の幸せを誰彼なしに大声で触れまわっていたことだろう。ウジェーヌは私の物語にひどく夢中になって、とくにフェルディナンにかんする話に激しく萌（も）えていた。やがて私たちはあの子を「森鳩（ラミエ）くん」と呼ぶことにした。愛の営みのとき、闇のなかであんなにも優しげにくーくー鳴いていたからだ。

　もう夜もおそかった。私たちは別れたが、ウジェーヌも私も、それから一睡もできなかった。四時にはベッドから起き出していた。すぐに発たねばならなかったのに、昨夜の営みのせいで、私には荷づくりする暇がなかったのだ。

五時頃、ようやく車を出すことができた。トゥルーズで私の荷物を置いてから、みんなでガローブのノワール山中にいるポール・ローランスに会いにいった。道中は素晴らしかったが、思ったより時間がかかった。着いたのは一時頃で、もう昼食の時間だった。

この日の午前中ずっと、私の体と心は驚くほど溌剌(はつらつ)としていた。生気に満ちあふれ、まるでアルジェでモハメッドと過ごした初夜の翌日のようだった。私は方々を歩きながら、喜びに飛び跳ねていたことだろう。十年も若返ったような気分だったのだ。

ロジェ・マルタン・デュ・ガール

『灰色のノート』（『チボー家の人々』第一部より）

（中島万紀子訳）

家出した二人の少年が置いていった交換ノートには、生まれも宗教も違う彼らの「特別な友情」が綴られていた……チボーとフォンタナン、両家の若者たちの数奇な人生を描く大河小説の幕開け。

〔カトリックの富裕な名家の高圧的で厳格な父に育てられた少年ジャック・チボーと、プロテスタントの家庭で母と妹と暮らしている少年ダニエル・ド・フォンタナンは、二人とも文学好きなのをきっかけに友情をはぐくみ、灰色のノートを使って交換日記をしたためるようになるが、彼らの交わす言葉はしだいに熱を帯びたものになっていく〕

それは灰色の布表紙のついた学生用ノートで、教師の注意を惹かずにジャックとダニエルの間でやり取りできるよう選ばれたものであった。最初の数頁には次のような内容が殴り書きしてあった。

「ロベール敬虔王の生没年は?」

「ラプソディの綴りは *rapsodie* か *rhapsodie* か?」

「ラテン語で「奪った」あるいは「救い出した」を意味する*eripuit*はきみならどう訳す？」

そのほかのページは注釈や添削でいっぱいだったが、それらは綴じていないバラバラの紙に書かれたジャックの詩についてのものにちがいなかった。

途絶えることのない文通が、じきに、この二人の中学生の間に成り立っていった。

少しばかり長い最初の手紙は、ジャックからのものだった。

「パリ、アミヨ中学、ＱＱ、通称〝ブタの毛〟の疑り深い監視下での三年Ａのクラス、三月十七日月曜日、三時三十一分十五秒。

きみの魂の状態は、無関心、官能、それとも愛？　ぼくはどれかといえば三番目の状態に傾いているが、それはきみにとってもほかの二つより自然なものだろう。

ぼくとしては、自分の感情を探究すればするほど見えてくるのだ、人間は

**粗野なけだもの**

であると。そして、愛のみが人間を育ててくれるのだと。それはぼくの傷ついた心の

叫びなんだ、ぼくの心はぼくを裏切らない！　きみ、おお、ぼくのとても大事な友、きみなしには、ぼくはひとりの落ちこぼれ、ばか者にすぎなかったろう。ぼくは〈理想〉に身を震わせて感動するが、それはきみのおかげなのだ！

ぼくはこうした瞬間を決して忘れることはない、この、あまりに稀有だが、悲しいかな、あまりに短いこの瞬間を、ぼくたち二人が完全にお互いのものであるというこの瞬間を。きみはぼくの、ただ一人の愛する人だ！　ぼくは愛する人を決してほかには持たないだろう、というのも、きみについての熱烈な千もの思い出が、たちまちぼくに押し寄せてくるからだ。さらばだ、ぼくは熱がある。両のこめかみがどくどくっているし、目もかすんでいる。なにものもぼくたちを決して分かつことはない、そうだろう？　ああ、いつ、いつになったらぼくらは自由になるのだ？　いつになったらぼくらは、一緒に暮らし、一緒に旅ができるようになるのだ？　ぼくはさまざまな異国を熱愛するだろう！　永久不滅なさまざまな印象を一緒に集め、それらを詩に変えていくんだ、それらの印象がまだ熱いうちに！

ぼくは待つのが好きじゃない。できるだけ早くぼくに返事を書いてくれ。四時までにきみからの返事がほしい、もしきみが、ぼくがきみを愛しているのと同様にぼくを愛しているなら!!

ぼくの心できみの心を抱きしめるよ、ペトロニウスが彼の神々しいエウニケを抱きしめていたように！

*Vale et me ama !*（元気で、そしてぼくを愛してくれ！）

J.」

次のページにダニエルが書いた返事がある。

「ぼくの感じでは、どこか別の空の下でひとりで生きたとしてもそんなことは関係なく、ぼくらの二つの魂を結びつけている、この本当にかけがえのない絆は、たとえ離れていてもきみがどうしているかを逐一ぼくに推察させてくれるだろうと思う。ぼくらの親密な結びつきについては、月日が経つということはないような気が、ぼくにはしているんだ。

きみの手紙がぼくに与えてくれた喜びをきみに言い表してみせることなんて、そんなことは不可能だ。きみは前からぼくの友だったけど、そして今ではさらにもっとそうなっているんじゃないか？　ぼく自身の本物の半身になったんじゃないだろうか？　ぼくも、きみの魂を形成するのに貢献したんじゃないかな、きみがぼくの魂を形成するのに貢献してくれたのと同様に？　どうしよう、きみにこうして手紙を書きながら、ぼくはそうしたことを全部、なんと真なる確固としたことだと感じることか！　ぼくは生きている！　そしてすべてがぼくの中で生きている、身体、精神、心、想像力が。きみの愛情のおかげだ、そしてぼくはそれを決して疑うことはない、おお、ぼくの真のそして唯一（ゆいいつ）の友よ！

D.

追伸――母に、ぼくの自転車を売っ払ってしまうよう決心させたよ、なにしろほんとにオンボロすぎるんだもの。

*Tibi*（きみに）　D.」

またジャックからの手紙。

「*O dilectissime!*（おお、最愛なるきみよ！）

どうしてきみはあるときは陽気で、あるときは悲しげでいられるんだ？　ぼくはといえば、狂ったように一番陽気でいるときにも、時おり苦い思い出の餌食（えじき）になってしまうんだ。いや、自分でそう感じるのだが、もう決して、ぼくは陽気で軽薄にはなれないだろう！　ぼくの前にはつねに、たどりつけない〈理想〉の亡霊がそびえ立つのだろうから！

ああ、ぼくは時おり、あまりに現実的なこの世界の外で血の気のない顔をして人生を送るああした尼さんたちの恍惚を理解できるんだ！　翼を持っても、悲しいかな、牢獄の柵に当たって翼は折れてしまうだけだ！　ぼくは敵意に満ちた世界の中で一人ぼっちなんだ、ぼくの最愛の父はぼくを理解してくれない。ぼくはまだすごく年取っているわけじゃない、しかしながら、すでにぼくの背後には、打ちひしがれた植物や、雨に変わってしまった露、満たされない逸楽、苦い絶望しかないのだ！……

ぼくを許してくれ、愛する人よ、今はこんなに陰鬱な調子であることを。ぼくはおそらく成長の過程にあるのだ。ぼくの脳は沸き立ち、それにぼくの心もだ（もっと沸き立ってすらいる、そんなことが可能ならばね）。結びついたままでいよう。ぼくらは一緒に暗礁を、そして快楽と名付けられたこの渦を、避けていこう。

すべてがぼくの手の中では消え失せてしまった、しかしぼくには、きみに身を捧げているという逸楽が残っている、おお、ぼくの心の選びし人よ！
J.
追伸――この通信文は急いで書き上げた、暗唱の宿題に追われてね。しかもまだ一語も覚えていないんだ。ちぇっ！

おお、わが愛する人よ、もしきみがぼくのものでなかったら、ぼくは自殺してしまうだろう！

J.」

ダニエルもすぐさま返事を書いた。

「きみ、苦しんでいるのかい、友よ？　なぜ、きみは、そんなに若くして、おおとても大切なわが友よ、きみは、そんなに若くして、なぜ人生を呪うんだ？　冒瀆だよ！　きみの魂は大地に鎖で繫がれていると言うのかい？　勉強するんだ！　希望を持つんだ！　愛するんだ！　読むんだ！　どうしたらぼくはきみを、きみの魂を苦しめている悩みから癒してあげられるだろう？　こうした落胆の叫びに対して、どのような薬があるのだろう？　いいや、わが友よ、〈理想〉は人間の本性とは両立不可能なものではないんだ。いいや、それは、何かしらの詩人の夢を通して生み出されたただのキマイラというだけではないんだ！〈理想〉とは、ぼくにとっては（説明するのは難しい）、しかし、ぼくにとっては、地上のもっとも取るに足りないことごとに偉大なものを混ぜ合わせることなんだ。なされることすべてを、偉大なものにすることなんだ。〈創造主の息吹〉がぼくらのうちに崇高なさまざまな能力として宿したものすべてを、完全に発展させることなんだ。ぼくの言っていること、わかるかい？　それが、ぼくの心の奥に存するとおりの〈理想〉の姿なんだ。

結局のところ、もしきみが、最期（さいご）のときまで忠実なひとりの友を、たくさん夢想もしてたくさん苦しんだからこそたくさんの経験をしたひとりの友を信頼してくれるなら、もしきみが、きみの幸福しかかつて望んだことのないきみの友を信頼してくれるなら、くりかえしてきみに言わずにはいられないのだが、きみは、きみを理解することのできない人々のためにとか、きみを軽蔑（けいべつ）する外部世界のために生きるのではないということだ、かわいそうな子よ、そうではなくて、たえずきみのことを考え、たえずあらゆることに関してきみのように、きみとともに感じている誰か（ぼくだ）のために生きるんだ！

ああ！　ぼくらの特別な結びつきの甘やかさが、きみの傷口への聖油とならんことを、おおわが友よ！

D.」

すぐさま、ジャックは余白にこのように書き殴っている。

「許してくれ、とても大切な愛する人よ！　ぼくの荒々しい、大げさな、気まぐれな性格によるあやまちだ！　ぼくは最も暗い落胆から最もくだらない希望へと移ってしまうのだ。船底にいたかと思うと、その一瞬あとには、雲の上にまで舞い上がっちまうんだ!!　じゃあぼくは決して何も、ずっと愛するということはできないのだろうか？（ただしきみのことは別だ!!）（それにぼくの**芸術**も別だが!!!）これがぼくの運命なんだ！　この運命の告白を受け入れておくれ！

ぼくはきみを、その心の広さや、花のような感受性ゆえに、また、きみの思考すべて、きみの行動すべて、そして愛の感情のほとばしりにまできみが保っているまじめさゆえに、熱愛しているんだ。きみのあらゆる優しさ、きみのあらゆる動揺、ぼくはそれらをきみと同時に耐え忍ぶよ！　ぼくらが互いに愛し合っていることを、孤独によって憔悴（しょうすい）しきったぼくらの心が、これほどまでに分かちがたい抱擁のうちにひとつになれたことを、神に感謝しよう。

決してぼくを見捨てないでくれ！

そして永久に覚えていよう、ぼくらは互いが互いのうちにあることを。

**僕らの愛の**

熱烈な対象よ！

J.」

ダニエルの二ページにわたる長い返事。縦長の、しっかりした筆跡。

「この四月七日月曜日。

わが友よ、

ぼくは明日十四歳になる。去年ぼくはこうつぶやいていた。『十四歳か……』――まるでつかみどころのない美しい夢の中みたいな気がして。時は経ち、ぼくたちをしなびさせる。それでいて、根底では何も変わっていないのだ。相変わらず、ぼくら自身だ。何も変わってはいない、ただぼくが落胆して年老いたように感じていることを除いては。

昨晩寝るとき、ミュッセの本を一巻、手に取った。前回は、最初の数行でぼくは戦慄を感じ、時おりぼくの目からは涙が溢れさえしたものだ。昨日、眠れずに過ごす何時間ものあいだ、ぼくは高揚はしたが、何も心にやってこないと感じていた。文言は切りどころも上手だし、響きも良いと感じていた……。おお、冒瀆だ！　とうとう詩的な感情が、甘美な涙の奔流をともなってぼくの中に目覚め、ついにぼくは感動に打ち震えることができたんだ。

ああ！　ぼくの心が乾いてしまうことさえなければいいのだが！　ぼくは、人生がぼくの心と感覚を固くしてしまうことが怖いんだ。ぼくは年老いていく。すでに、〈神〉や〈精神〉、〈愛〉といった大いなる考えが、前ほどはもうぼくの胸の中で鼓動を打たなくなってしまった。それに、蝕むような〈疑い〉がときどきはぼくを食いつくしてしまう。悲しいかな！　なぜ、理性の力ではなくて、ぼくらの魂の力のかぎりに生きることができないのだろう？　ぼくたちは考えすぎる！　ぼくは若さのもつ、何も見ることなくそれほど考えることもなしに危険へと駆け出していくような激しさがうらやましい！　ぼくは、目を閉じたまま、ひとつの崇高な〈思想〉に、理想的で汚れのないひとりの〈女性〉に身を捧げることができればいいのにと思うのだ、いつも自分の殻に閉じこもっている代わりに！　ああ、ひどいものだ、こんな出口のない熱望なんて……！

きみはぼくのまじめさを褒めてくれる。でもそれは反対に、ぼくの惨めさ、ぼくの呪われた運命なんだ！　ぼくは、ひとつの花の蜜を吸いに行っては次にまた別の花にというふうに蜜を集めるミツバチのようではない。ぼくは、黒いスカラベみたいなんだ。ただひとつのバラの花の中に閉じこもってその中で暮らし、やがてそのバラの花びらが自分に閉じかかってくるとその至高の抱擁の中で窒息して、自分の選んだ花の両腕の中で死んでいくような。

ぼくのきみに対する愛情はこれと同じくらい忠実なものだ、おお、わが友よ！　きみは、この荒涼としたこの世でぼくのために開いてくれた優しいバラなのだ。ぼくの黒々とした心痛を、きみの心のくぼみの一番奥深くに埋もれさせてくれ、友よ！

D.」

ジャックは彼に以下のような厳しい数行を書き送った。

「わが友の十四歳を祝って。

この世界にはこんな男がいる、昼間は、いわく言いがたい悩みに苦しみ、そして夜には眠ることができない。彼は自分の心の中に、ひどい空疎を感じており、悦楽もそれを埋めることができなかった。頭の中には、自身のさまざまな能力が沸き立っている。さまざまな楽しみのただ中で、陽気な会食者たちに混じっていても、突然、暗い色の翼をもった孤独が自分の心を滑空するのを感じてしまうのだ。この世界には、何も望まず、何も恐れず、人生を毛嫌いしていてそれでいて人生を捨て去る力も持たない、そんな男がいる。その男は、**神を信じていない男だ**!!!

追伸――これをとっておいてくれ。これを読み返してくれ、きみがいつか憔悴しきって、闇(やみ)の中でむなしく叫ぶようなときに。

J.」

またもジャックからの、ひと息に書かれた、ほとんど判読しがたいほど字の乱れた以下の手紙。

「*Amicus amico!*(友より友へ!)

ぼくの心はあまりにいっぱいで、溢れてしまっている! その泡立つ流れからできるかぎり、この紙の上に流してみる。

苦しみ、愛し、希望するために生まれたぼくは、希望し、愛し、そして苦しんでいる! ぼくの人生の物語は二行で成り立つ。ぼくを生きさせているもの、それは愛だ。そしてぼくの愛はひとつだけ。それは**きみ**だ!

ぼくは幼いころから、自分の心のこの沸き立ちを、ぼくをまるごと理解してくれるような誰かの心の中にまるごと注ぎ込む必要を感じていた。かつて、なんとたくさんの手紙を書いたことだろう、兄弟のように僕に似ている想像上の人物に！　悲しいかな！　ぼくの心は陶酔しながら、自分自身の心に話していたんだ、いやむしろ、書いていたんだ！　それから突然、この理想像は肉体を持つべきだと神が思召したために、それがきみとして肉体を持ったんだ、おお、わが愛する人よ！　これはどのようにして始まったのだったか？　もう覚えていない。鎖のひとつの環から別の環へと、ぼくらは迷宮よろしくいろんな考えの間に迷い込んでしまって、いっとう最初の考えを見つけられない。しかしこの愛ほど情熱的で崇高なものを、人は夢にも思いつけないのではあるまいか？　ぼくはこれに比肩しうるものを探し求めるけれども見つからない。ぼくらのこの大いなる秘密と比べたら、すべてが色あせて見える。これは、ぼくら二人の存在を暖め、照らしてくれるひとつの太陽だ！　しかしこうしたことはすべて、書き表しえないのだ！　書いたもの、それは一輪の花の写真のようなものだ！

　だがもうじゅうぶんだ！

　きみはおそらく、救いを、慰めを、希望を、必要としているのだろう。それなのに、ぼくはきみに、愛情の言葉ではなくて、自分自身のためにしか生きていない利己主義的な心から出るこんな嘆きの文句を書き送っている。許してくれ、おお、わが愛する人よ！　ぼくはきみに、ちがう風には書けないのだ。ぼくは危機に陥っているところで、ぼくの心は峡谷の石ころだらけの層よりも乾ききっているのだ！　すべてに対する、そしてぼく自身に対する不確かさよ、お前はもっとも残酷な苦しみではあるまいか？

ぼくを退けてくれ！　もうぼくに手紙も書くな！　誰かほかの人を愛してくれ！

ぼくはきみ自身の献身にもう値しない！

おお、避けようのない運命の皮肉よ、ぼくをどこへ押しやろうというのだ？　どこへ⁇　虚無へだ‼!

ぼくに手紙を書いてくれ！　もしきみがもうぼくのものでないとなったら、ぼくは自殺してしまうだろう！

*Tibi eximo, carissime!*（きみ、比類なき最愛の人よ！）

J.」

ビノ神父はこのノートの最後に、教員によって逃亡の前の日に取り上げられた短いメッセージを挟んでおいた。

筆跡はジャックのものだった。鉛筆でのひどい殴り書きだ。

「卑怯にも、そして証拠もなく弾劾する人々、彼らに、恥を！

**恥と不幸を！**

この策略はすべて下劣な好奇心によって巡らされたものだ！　彼らはぼくらの友情をひっかき回したがったのだ、そしてそのやり口はおぞましい！

意気地のない妥協はしない！　嵐には頭を垂れずに立ち向かう！　むしろ死ぬ！

ぼくらの愛は誹謗中傷や脅迫など超えた高みにあるのだ！

それを証明しよう！

**生涯にわたって**、きみのものなる、　J.」


〔だが、ある日その灰色のノートが、教師に見つかって取り上げられてしまう。ジャックは校長に抗議し、ノートを返してくれと要求するが、聞き入れられない。そこでジャックとダニエルは二人で家出をすることに決め、家族の目を盗んでパリからマルセイユまでやって来た〕

彼らは日曜の晩、真夜中過ぎにマルセイユに到着したのだった。心の昂ぶりはすでにしぼんでしまっていた。彼らは体を二つ折りにして、ろくに照明のついていない客車の木製の座席で眠ったのだった。列車が駅に入り、転車台のたてる大音響に二人はびっくりして飛び起きた。そこで二人はプラットフォームに降り立ったのだった、目をぱちくりさせ、押し黙って、不安につつまれ、酔いから覚めたような気持ちで。

どこかに泊まらなければならなかった。駅の向かいの「ホテル」という表示のついた白い球体の下で、宿の主人が客を待ちもうけていた。二人のうち、どちらかというとしっかりしているダニエルが、一晩ツインの部屋をと頼んだ。主人は職業がら用心深そうにして、いくつか質問をしてきた。（すべて答えは準備してあった。パリの駅で、彼らの父親が荷物を忘れたので出発に間に合わなかった、たぶん明日の始発列車で着くでしょう、と）宿の主人は軽く口笛を吹いていたが、子どもたちをいやな目つきでじろじろ眺めまわしていた。ついに彼は宿帳を開いた。

「あんたがたの名を記入してください」

彼はダニエルに向かって話していた、なぜならダニエルのほうが年上に見えたから——十六歳にも見えるだろう——だが、とりわけその目鼻立ちや容姿全体から漂う品の良さが、なんとはなしに丁寧に接しなければという気にさせるのだった。ダニエルはホテルに入るときに帽子を取ったが、それは気おくれしたためではなかった。彼は自分の帽子を持ち上げてその腕を無造作に下ろすというやり方をするのだが、それは「わたしが帽子を取るのは特にあなたに対してというわけではありませんよ。わたしが礼儀作法を大事にしているからです」と言っているかのような動きだった。左右対称に生えているダニエルの黒い髪は、真っ白な額の真ん中に、目立った分け目を形づくっていた。細長い顔の線はしっかりした輪郭の顎で終わっていて、意志が強そうであると同時に穏やかで、粗野なところがまったくなかった。彼の視線は、おどおどしたところも虚勢を張ったようすもなしに、宿の主人の質問にも持ちこたえた。そして宿帳に、彼はためらうことなくこう書いたのだった。ジョルジュおよびモーリス・ルグラン。

「部屋代は七フランになります。ここでは前払いが習わしでね。始発列車は五時半に着くから、あんたがたの部屋をノックしますよ」

二人は、腹が減って死にそうだとはちょっと言いだせなかった。

部屋の調度はベッド二つと椅子一脚、洗面器が一つだった。部屋に入るなり、同じ当惑が二人を動揺させた。お互いに相手の前で服を脱がなくてはならないのか……。眠りたくてたまらなかった気持ちもすっかり消し飛んでしまった。気まずい瞬間を先送りしようとして、二人はそれぞれのベッドに腰かけてお金の計算をした。持ち寄ったのを足すと、彼らの貯金は百八十八フランにも上ったので、それを分け合うことにした。ジャックはポケットの中身を全部空けてみると、コルシカの小さな短刀やらオカリナ、二十五サンチームのダンテの翻訳本、それに溶けかかった板チョコが出てきたので、その半分をダニエルにやった。それから彼らは、どうしていいかわからずに、そのままでいた。ダニエルが時間を稼ごうとしてハーフブーツの紐を解いたので、ジャックもそれを真似した。ついにダニエルが心を決めた。彼はこう言いながらろうそくを吹き消したのだ。「じゃあ、消すよ……。おやすみ」そして二人はすばやくベッドに入ったのだった、黙ったまま。

朝、五時前に彼らの部屋のドアを揺さぶる音がした。彼らは白んでいく夜明けの光のほかは何の明かりもなしに、幽霊のように服を着た。会話をしなければならなくなることを恐れて、二人は宿の主人が淹れてくれたコーヒーを断った。そして、震えながらすきっ腹を抱えて、駅のスタンドにたどり着いた。

昼には彼らはすでにマルセイユを全方位にわたって歩きつくしてしまっていた。日が上りきって、自分たちが自由であることを認識すると、大胆さが二人に戻ってきていた。ジャックは自分のさまざまな印象を書き綴るのに、ちょっとした手帳を買った。

そしてときどき足を止めては、何か思いついたという目つきをして、何やら殴り書くのだった。彼らはパンとソーセージを買って港にたどり着き、びくとも動かない大型船舶や揺れ動いているヨットを前に、船の綱を巻いたものの上に座った。

　水夫が一人やってきて、綱を繰り出すからと言って二人を立ち上がらせた。

「いったい、こういう船はどこに行くんですか？」とジャックが思い切って尋ねた。

「船によりけりだよ。どれのことだい？」

「あのでっかいのは？」

「マダガスカル行きだよ」

「本当？　出るところがもうすぐ見られるのかな？」

「いいや。あれは木曜日にならないと出ない。でも出るところが見たいんなら、今日の夕方五時に来るんだな。こいつ、ラ・ファイエット号がチュニスに向けて発(た)つよ」

　彼らはこうして情報を得た。

「チュニスか」と言った。「アルジェリアじゃないよな……」

「アフリカであることには変わりないよ」とジャックが、パンをひと口嚙(か)み切りながら言った。山積みになった雨除(あまよ)け幌(ほろ)に寄りかかってしゃがみ、持ち前の赤くて硬くて、狭い額に草のように生えているぼうぼうの髪をして、骨ばった頭、飛び出した耳に細い首で、形の悪い小さな鼻にしょっちゅうしわを寄せて、彼はブナの実をかじっているリスみたいな様子をしていた。

ダニエルは食べるのを中断していた。

「ねえ……どうだろう、あの人たちにここから手紙を書いておくとか……」

小さな相棒にじろりと見られて、彼は突然言いやめた。

「きみ、気でも狂ったのか？」とジャックは口いっぱいに頬ばったまま叫んだ。「向こうに着いたとたんにつかまりたいっていうのか？」

ジャックは怒りの表情で、友だちに目を据えていた。どちらかというと優美とは言えず、そばかすが散っているために醜く見えるこの顔の中で、きつい青色で小さく、つり気味で意志の強そうな彼の目は、はっとさせるような生気に満ちていた。そしてその目つきは非常に変化に富んでいたのでほとんど解読不可能だった。あるときは真剣なのに、その後すぐにいたずらっぽくなったり、あるときは優しく、甘ったれた風にさえなるのに、突然意地悪く、ほとんど残酷ともいえる風にもなるのだった。ときどきは涙に濡（ぬ）れるが、たいていは乾ききって激しく燃えていて、ほろりとすることなどは到底ありえないように見えた。

ダニエルは今にも言い返しそうになった。しかし黙った。彼はなだめるような顔つきを、防御もせずに、ジャックの苛立ちの前にさらした。そして微笑みはじめた、まるで詫びるかのように。ダニエルの微笑み方には特徴があった。形の良い唇をもつ彼の小さな口が、左側に突然引きあがって、そこから歯がのぞくのだった。そしてその生真面目な目鼻立ちに、この思いがけない陽気さが魅力的な独創性を与えていた。

　どうしてこの大人っぽくて思慮深い少年は、このわんぱく坊主の支配に対して反逆する気にならなかったのだろうか？　彼の受けた教育や、享受している自由は、ジャックに対して、議論の余地なく兄らしく振る舞う権利を与えていはしなかったのだろうか？　しかも、二人が出会った中学では、ダニエルは優等生で、ジャックは落ちこぼれだったのだ。ダニエルの明晰な精神は、求められていた努力よりもすでに進んだところまで行っていた。ジャックはといえば、それとは反対に、ろくに勉強はしていなかった、いやむしろ、勉強はしていなかった。知性がないのだろうか？　そうではない。しかし、不幸にして、ジャックの知性は、勉学の知性とはまったく別の方向に伸びていっていたのだ。彼の心の中の悪魔が彼に、つねに百ものいたずらをするようそそのかしていた。彼は誘惑というものに抵抗できたためしがなかった。しかも彼は無責任なように見えていたし、自分の中の悪魔の気まぐれをただただ満足させる子であるように見えていた。まだ述べていない一番奇妙なことがある。彼はまったくもってクラスの一番びりではあったが、同級生や教師たちでさえ、彼に一種の興味を抱かずにはいられなかったのだ。人格などは習慣や規律の中でまだまどろんでいるようなこれらの子どもたちの中にあって、また、寄る年波や決まりきった仕事に活力をすでに使い果たしてしまったようなこれらの先生たちの傍らで、この落ちこぼれっ子は、優美とは言えない顔立ちをして、しかし率直さと意志との爆発的な力を持っており、自分自身でそして自分のためだけに創った虚構の世界の中に生きているように見えるのだった。危険があろうと決して恐れることなく、この上なくとっぴな冒険にためらわずに身を投じるこの小さな怪物は、周りの者を怯えさせもしていたけれども、無意識のうちに一目置かずにはいられない気持ちを起こさせてもいたのだった。ダニエルは、真っ先にこの個性的な人物に魅了された者の一人だった。自分より粗削りで、しかしこんなにも発想が豊かで、たえず自分を驚かし、教え導いてくれるこの人物に。しかもダニエル自身もまた、なにかしら燃えるようなものを、そして、自由と反抗に惹かれるという、この同じ傾向を持っていた。ジャックはといえばカトリックの学校の半寄宿生で、宗教行事が重要な位置を占めている家庭の出身ともなれば、まず最初は、自分を取り巻くさまざまな柵から一度ならず逃れ出る楽しみのためだったのだ、このプロテスタントの少年の気をひいて面白がることは。そしてダニエルを通して彼は、自分の世界とは対極にある世界をすでに予感していたのだった。しかし数週間のうちに、燎原の火のごとく、彼ら二人の仲間意識はほかの者を寄せつけない情熱へと変じ、それぞれがわれ知らず苦しんできた精神的な孤独に対する薬を、ついに二人ともがそこに見つけたのだった。貞潔な愛、神秘主義的な愛、その中で彼ら二人の若さが融合して、未来に向けて一緒に跳んだのだ。彼ら二人の十四歳の魂を荒廃させていた、過剰でしかも矛盾に満ちたもろもろの感情すべて、つまり蚕だとか暗号文字だとかに関する熱中から、彼らの意識のもっとも内奥の疚しい気持ちに至るまで、その日その日を生きるごとに彼らのうちに引き起こされる、生きていることのあのうっとりするような味わいに至るまで、そうした感情すべてを彼らは共有したのだ。

マルセル・プルースト

『ソドムとゴモラI』(『失われた時を求めて』第四篇第一部より)

(芳川泰久訳)

プルーストが果敢に「同性愛」の主題に切り込んだ巻から、男爵（だんしゃく）と仕立屋の密会シーンを中心に抄訳。覗（のぞ）き見する「ぼく」のうろたえぶりと、重なりあう植物／昆虫のエロティックなイメージが見もの。

その日（つまりゲルマント大公夫人の夜会があった日だが）、ぼくは大公のいとこのゲルマント公爵夫妻を訪問するに先立ち、だいぶ前から夫妻が帰宅するのをこっそりうかがっていた。そして見張っているあいだに、特にシャルリュス氏についてひとつの発見をしたのだ。それじたい重要な発見なので、その発見に必要な位置とスペースをあたえることのできるいまこのときまで、ぼくは語るのを延ばしてきた。それで、ぼくは素晴らしく眺望のよい場所をすでに離れていたが、それはぼくの家の最上階で、じつに快適に改修されていた。そこから見ると、ブレキニーの館まで上っていく起伏のある坂を一望できる。その坂を、フレクール侯爵家の車置場になっているバラ色の小さな鐘楼がイタリア風に陽気に飾っていた。しかし、じきにゲルマント公爵夫妻が帰ってくるだろうと思い、階段のところで見張っているほうが便利だとぼくは考えたのだ。それまでいた高い場所を離れるのは、いくらか心残りだった。けれど昼食を終えたこの時刻なら、さほど残念がる必要もない。なにしろ、朝ならブレキニーの館やトレームの館の従僕たちが、絵のなかの豆粒のような人物に見え、手に羽根ばたきを持ちながら、急な坂をゆっくりと上ってくるのに、遠くから眺めていても、そうした姿にはもうお目にかかれなかったからだ。

地質学者の観察はできなくとも、少なくとも植物学者の観察くらいはできるので、ぼくは階段のよろい戸ごしに、高価な植物と公爵夫人の所有する小灌木(かんぼく)を眺めていたのだが、それらは中庭で執拗(しつよう)と思えるほど外気にさらされていて、まるで結婚させようとしている若い男女をしきりにいっしょに外出させるようなものだった。そして起こりそうもないことなのだが、昆虫が思いがけない偶然から、こんなふうに提供されたままなおざりにされた雌しべを訪れることがあるのだろうか、とぼくはいぶかしく思っていた。好奇心から少しずつ大胆になったぼくは、一階の窓のところまで下りていった。窓は開いていて、よろい戸も半分しか閉まっていない。ぼくにははっきりと、外出の用意をしているジュピヤンの声が聞こえていたが、彼には日よけの陰にいるぼくを見つけられるはずはなかった。そこにぼくはしばらくじっとしていたのだが、とつぜん、脇(わき)にとび退(の)いた。シャルリュス氏がヴィルパリジ侯爵夫人を訪ねようと、ゆっくり中庭を横切っていて、ぼくは見られるといけないと思ったのだった。

シャルリュス氏は腹を突きだし、真っ昼間の光で見ると老いが目についた。髪には白いものも混じりはじめている。ヴィルパリジ夫人の具合が悪くなったので、シャルリュス氏は彼女を訪問したのだが、夫人の加減が悪くなったのは、シャルリュス氏自身がひどく仲たがいしたフィエルボワ侯爵の病気が原因だった。シャルリュス氏がこんな時間にだれかを訪問するなんて、おそらく生涯ではじめてのことではなかったか。というのも、社交界の生活に合わせるのではなく、自分たちの個人的な習慣にそれを合わせるように変えてしまうのがゲルマント家の人たちなのだが、彼らは社交界の中心なのに、自分たちは社交界には関係ないと思っていて、だから自分たちの習慣と比べて価値のない社交界の生活なんて、屈服させて当然と考えていたが——そんなわけで、マルサント夫人は面会日を決めずに、毎朝十時から正午まで女の友人たちの訪問を受けていた。ゲルマント家の連中はこのように特異だったが、その一員のシャルリュス男爵は、いまの時間を読書や骨董品あさりなどにとっておいて、夕方の四時から六時以外には決して人を訪ねなかった。六時になると、シャルリュス氏はいつもジョッキー・クラブに出かけるか、ブーローニュの森に散歩しに行く。

それから少したってから、ぼくはふたたび身体を引っ込めて、ジュピヤンに見られないようにした。そろそろ彼が事務所に行く時間だったからだ。事務所からは、夕食までにはもどらないのだが、一週間前に、彼の姪が見習いを連れて田舎の顧客先にドレスを仕上げに行ってしまってからは、夕食にいつも帰るとはかぎらなかった。ぼくは、やがてだれにも見られるはずがないとわかると、もうそのまま動かないと心に決めた。かりに奇蹟が起こるとすれば、はるか彼方から、多くの障害や距離や妨げとなる脅威や危険を乗り越えて、使者としてつかわされる昆虫が、まだかまだかと到来をずっと待ちつづけている未受精の雌しべのもとに飛来するかもしれず、そんなことはほとんど望むべくもないのだが、見逃してはいけないと思ったのだ。こうした飛来を待ち受ける雌しべは、雄花に劣らず受身でないことをぼくは承知していた。雄花の雄しべは、昆虫がよりたやすく花に受けとめられるように自ら進んで向きを変える。そして同じようにここにある雌花も、昆虫がやって来たら、なまめかしく自分の雌しべの先端にある突起状の「花柱」を撓ませることだろうし、昆虫がいっそう着実に入り込めるように、まるで猫をかぶっている情熱的な若い娘がするように、知覚できないくらいわずかに自分の方から寄っていくだろう。

植物の蘊蓄をつづけると、植物世界の法則はそれじたい、よりいっそう高次の法則に支配されている。通常、昆虫の訪れが、つまり別の花の子種の寄与が花の受精に必要となるのだが、自家受精が、すなわち花の自分自身による受精が同一家族内で結婚を繰り返す場合と同じように、退化や生殖不能をもたらすのに対し、昆虫による交配が同じ種の次の世代に、前の世代にはなかった活力をもたらすからだ。しかしながら、こうした飛躍が過度のものとなり、その種がものすごく繁殖することもある。そうなると、ちょうど抗毒素が病気から守ってくれるように、甲状腺が肥満を抑制し、敗北が慢心を罰してくれるように、疲労が快楽を罰し、そして今度はその疲労を睡眠が癒してくれるように、そんなふうに自家受精の行為が例外的に都合よくネジを締め、ブレーキをかけ、極端に標準を逸脱した花をふたたび常態にもどしてくれる。

ぼくの考えは坂道を下るように先に進んだが、それについてはもう少し後で述べることにしよう。すでに、花々のこうした見え透いた策略から、文学作品の無意識的な部分をそっくり説明する結論のようなものをぼくは引き出していたのだが、ちょうどそのとき、ヴィルパリジ侯爵夫人のところから出てくるシャルリュス氏の姿が見えたのだ。彼が入って行ってから、まだ数分しか経ってはいなかった。おそらく彼は、親戚の老婦人その人から、あるいは単に召使いから、ヴィルパリジ夫人はちょっと気分がすぐれなかっただけで、それもだいぶよくなった、というかむしろ完全に治ったことを聞いたのだろう。このとき、シャルリュス氏はだれにも見られていないと思い込んでいて、陽射しに目を伏せた顔の上では、おしゃべりをするときの活気も意志の力によって彼のうちに保たれていた緊張もゆるみ、作りものの生気も弱められていた。彼は大理石のように青白く、頑丈な鼻をしていて、その繊細な顔立ちには、肉づきの美しさを一変させてしまう故意の目つきも、ちがった意味を生じさせてしまう故意の目つきも、もう授けられてはいなかった。もはやゲルマント家の一員でしかない彼、つまりパラメード十五世は、そのままですでにコンブレーの礼拝堂の彫像のように見えた。それでもシャルリュス氏の顔のなかでは、ゲルマント一族全体にみられる鷹揚（おうよう）な目鼻立ちが、より精神化された繊細さを、とりわけいっそう穏やかな繊細さを帯びているのだった。ぼくはシャルリュス氏のために残念に思うのだが、彼がヴィルパリジ夫人のところから出てきたとき、見ると、これほど無邪気に温和さや善良さが顔に広がっているのに、ふだんは暴力行為や不快な風変わりな言動をふんだんにないまぜにし、陰口や冷酷さや怒りっぽさや傲慢（ごうまん）さを混ぜ込んでしまい、彼はそれらを見せかけの粗暴さのもとに隠しているのだった。

　陽射しに目を細めながら、シャルリュス氏はほとんど微笑（ほほえ）んでいるように見えた。そんなふうにくつろいで素のままのような顔を目にして、ひどく愛情深く無防備なものをぼくはそこに見出（みいだ）したので、もしも人に自分が見られていると知ったら、シャルリュス氏はどれほど怒るだろう、と考えないわけにはいかなかった。というのも、一時的にとはいえ、そうした特徴や表情や微笑をこれほどまでに帯びたこの男がぼくに連想させたのは、あんなに男らしさに夢中になり、あれほどさかんに男らしさを自負し、だれもがおぞましいくらい女のようになったとうそぶく彼がとつぜんぼくに連想させたのは、なんとひとりの女だったのだ！

　ぼくはシャルリュス氏に気づかれないように、ふたたび場所を変えようとしたのだが、その余裕もなければ、その必要もなかった。ぼくが見たのは、いったい何だったのだろう！ 中庭でふたりは向かい合ったのだ。きっと一度も出会ったことなどなかったのだろう。なにしろシャルリュス氏がゲルマントの館に来るのは、いつもは午後でしかなく、それはジュピヤンが事務所にいる時間だったのだから。シャルリュス男爵は、半ば閉じていたその目を急に大きく見開くと、異様な注意をこめて、店の敷居のところにいる元チョッキ職人を見つめた。一方、元チョッキ職人は、シャルリュス氏を前にその場でとつぜん釘(くぎ)づけとなり、植物みたいに根を下ろしたようになって、感嘆の面もちで老(ふ)けはじめた男爵のふとった身体を凝視していた。けれどもさらにいっそう驚いたことに、シャルリュス氏の態度が変わってしまうと、ジュピヤンの態度も、まるでなにか秘法の掟(おきて)にでもしたがっているかのように、たちまちシャルリュス氏の態度に調和しはじめたのだった。いまや男爵は、自分の感じた印象を隠そうとつとめ、そうやってうわべだけの無関心を装っているにもかかわらず、まさにそこを立ち去るのがいやでたまらないように見え、行ってはもどり、自分の瞳の美しさを最も強調できると考えているやり方で虚空を見つめ、投げやりで滑稽でうぬぼれの強い表情を浮かべた。するとジュピヤンはたちまち、ぼくのいつも知っている善良で謙虚な態度を失って——男爵と完全に釣り合いをとって——頭をまっすぐに起こし、うぬぼれたっぷりの物腰を全身にまとい、ぶしつけにもグロテスクに一方の拳を腰にあて、尻を突きだし、媚びを売るように科をつくったのだが、それは思いがけずも、蘭の花がとつぜん現れたマルハナバチに対しとりえたかもしれない態度と同じだった。彼がこれほどまでに感じの悪い格好ができることを、ぼくは知らなかった。それに、この種の二人による無言劇の一方を即興でこなすことが彼にできることも、知らなかった。彼ははじめてシャルリュス氏の前に出たのに、この場面はまるで長いこと稽古してきたように見えた。これほどの完成の域におのずと至るのは、外国で同国人に会うときだけであり、そうなると表現手段が同じだから、それまで一度も会ったことがなくても、了解はひとりでにできあがるものだ。

もっとも、この場面はほんとうに滑稽というわけではなかった。ますます美しさを増す奇妙さ、というか自然さが、そこには刻印されていた。シャルリュス氏は超然とした態度をとろうとし、うわの空で目を伏せようとしたが、ムダだった。ときどき彼は目を上げ、そうしてジュピヤンに注意深い視線を投げかけるのだった。けれども、シャルリュス氏はジュピヤンを見つめるたびに、その視線にうまく無言の言葉が添えられるようにしたので、それは、知人や見知らぬ人にふだん向ける視線とは似ても似つかないものになっていた。彼はジュピヤンを独特の目でじっと見つめていたのだ。「ぶしつけをお許しねがいたいが、お背中に白い糸が長くたれてますよ」とか「間違っているはずはありません、あなたもきっとチューリッヒの方ですよね、骨董屋の店でよくお見かけしたような気がするのですが」と言おうとしている人の目だった。

　そんなふうに、シャルリュス氏の流し目には、同じ一つの問いが二分ごとにジュピヤンに激しく差し向けられているように思われたが、それはちょうどベートーヴェンのあの問いかけるような楽句（フレーズ）みたいに、いつまでも同じ間隔を置いて繰り返され、新しいモチーフを導入し、調子の変化を導入し、「反復」を導入することになるのだった。けれどもそれとは逆に、シャルリュス氏とジュピヤンの視線の美しさはまさに、少なくとも一時的には、それらの視線が行きつくあてをどこにも持たないように見えるところに起因していた。そのような美しさを、男爵とジュピヤンが示しているのを見たのははじめてだった。どちらの目にも立ちあらわれていたのは、チューリッヒの空ではなく、どこかオリエントの都市の空のようだったが、ぼくにはまだその都市の名前の察しがつかなかった。シャルリュス氏とチョッキの元仕立屋を引き止めたのが何であったにせよ、ふたりのあいだには協定が結ばれたように見えた。そうした視線はもう不要になったが、それは儀式的なプレリュードにすぎず、決められた婚姻に先だって催される祝宴にも似ていた。

さらにこれを自然に比べてみると、このふたりはまるで二羽の鳥だった。一人の同じ人間を数分も観察してみれば、次々に、人間から鳥人間や虫人間などに見えてくるだけに、そうした比喩を増やすことじたい自然なことだが、ふたりはまるで二羽の鳥で、それもオスとメスであり、オスは進もうとし、メスは、つまりジュピヤンは、このかけひきに対しいかなるサインによってももう応えようとはせず、それでも驚きもせずに新しい友をぼんやりとじっと見つめていた。オスが最初の一歩を踏み出した以上、じっとしているほうがおそらくもっと相手の欲望をそそり、それこそが有効だろうと判断して、ジュピヤンはいわば羽づくろいをするだけにとどめたのだ。とうとうつれない素振りだけでは、ジュピヤンには物足りなくなったようだった。相手を征服したという確信から、言い寄らせて自分を求めさせるまでのあいだには、ほんの一歩の距離しかなかった。

それでジュピヤンは仕事に行くことにして、館の正門から外に出たのだった。けれども、二、三度振り返ってから、ジュピヤンはようやく通りに逃げだしたのだ。すると、男爵はジュピヤンのあとを見失いはしないかと恐れて、彼に追いつくためにすばやく駆け出していった。その際、虚勢を張っているのか、口笛を吹きながら、門番に「じゃあ、また」と声をかけたが、台所のわきの小部屋で客の相手をしている半ば酔った門番には、聞こえた様子もなかった。ちょうどシャルリュス氏が大きなマルハナバチのように口笛の音を残して門を出ていったとき、もう一つの、こちらは本物のマルハナバチが、中庭に入ってきたのだった。ことによると、これがあんなにも長いこと蘭の花が待ちわびていたマルハナバチかもしれない。めったにないことだが、花粉を蘭の花に運んできたマルハナバチかもしれなかった。その花粉がなければ、蘭の花は受精をすることができない。けれどもぼくは、別のことに気を逸らされてしまい、飛び跳ねる昆虫を追うことはできなかった。というのも、数分して、こちらの注意を引くように、ジュピヤンがもどってきたからだった。おそらく、彼が持って行こうとした包みを、シャルリュス氏が現れて気も動転して忘れてしまい、それを取りに来たのかもしれない。あるいはごく単純に、おそらくもっと自然な理由からもどってきたのかもしれないが、そのあとから男爵がついてきていたのだった。男爵は、ことを早

く進めようと決めたのか、チョッキの仕立屋に火を貸してくれと頼んだ。しかしただちに気づいて、

「火を頼んでおいて、ご覧のとおり、葉巻を忘れてきてしまったよ」と言った。歓待の掟が、規範となっている見栄をも打ち負かしたのだ。

「お入りなさいまし。なんでもお望みのものを差し上げましょう」とチョッキの仕立屋は言ったが、その顔の表情は、歓びから軽蔑にとってかわっていた。二人の背中で店のドアが閉まると、もうぼくには何の音も聞こえなかった。

マルハナバチの姿は、もう見えなくなっていた。あれが蘭の花に必要な昆虫だったのかわからなかったが、ぼくはもう疑ってはいなかった。めったに来ない昆虫と囚われの身の花にも、奇跡的な婚姻の可能性はあるのだ。それに対し、シャルリュス氏は——これは、なんというか、思いがけない偶然どうしの単なる比較にすぎず、植物学のある種の法則と、ときに同性愛と悪しざまに呼ばれるものとを比べるからといって、科学的な主張などはこれっぽっちもないのだが——何年も前から、ジュピヤンのいない時刻にしかこの館に来なかったのに、たまたまヴィルパリジ夫人の不調のおかげでチョッキの仕立屋と出会い、彼とともに幸運にめぐりあったのだ。そうした幸運は、男爵のような種類の男たちにとって、いずれわかるように、ジュピヤンよりずっと若

*fig.001*

く、ずっと美しくさえあるような連中の一人によってもたらされることだろう。それは、男爵のような人びとをこの地上で官能の歓びにあずからせるために予め運命づけられた男であって、つまり年寄りの紳士しか愛さない男のことなのだ。

もっとも、ぼくがここでいま述べたばかりのことは、数分してからようやく理解することになったにすぎない。それほど、現実には見えない特性がくっついていて、なにかの機会に現実からそうした特性が剝ぎとられるまでは、そのままなのだ。いずれにしても、いまはもう元チョッキ職人と男爵の会話が聞こえないので、ぼくは困りはてていた。そのとき、たった一枚のひどく薄い仕切り壁だけで、ジュピヤンの店と隔てられている貸店舗がこの建物のなかにあることに気づいたのだ。そこに行くためには、もう一度わが家のアパルトマンに上がってから、台所まで行き、使用人専用の階段を通って地下貯蔵室まで下り、その内部を中庭の幅の分だけたどり、家具職人が数か月前まで木材を保管していた場所でジュピヤンが石炭を置くつもりにしていた場所に着いたら、階段を数段上がると、その店の内部にいたる。そうすれば、ぼくの通る道筋は安全で、だれにも見られることはない。それが最も用心深い方法だった。

ところがぼくが採用したのは、この方法ではなかった。だれかに見られないようにしながら、広々とした中庭を壁沿いに回り込んだのだった。人に見られずにすんだのは、こちらの賢明さによるよりも、偶然のたまものだったと思う。そして、地下貯蔵室を通ればじつに安全なのに、ぼくがかくも無謀な決心をしたことに、あるとすれば、三つの理由が考えられる。まず何より、ぼくは気が急（せ）いていたからだった。次に挙げるとすればおそらく、以前、ヴァントゥイユ嬢の窓の前に隠れていて図らずも目撃してしまったモンジューヴァンの場面、つまり女の人どうしの場面をぼんやりと思いだしたからかもしれない。事実、ぼくがこっそり立ち会ったこの種の事柄は、いわばその演出に、この上なく無謀でじつにありそうもないような様相がふくまれている。まるでこうした暴露劇に立ち会うのは、いくぶんかは人目をはばかる危険に充（み）ちた行為をなんとか行なったことへの報酬のようでもあった。

　そして子供じみた性質のせいで、三番目の理由はなかなか打ち明けにくいのだが、ぼくが思うに、無意識のうちでこれが決定的なものになったのだろう。それは、軍務に就いている友人のサン＝ルーから聞いた軍事原則と切っても切れない。不意に、あのいつもぴんと背筋を伸ばし、頭を高く誇らしげに保ったサン＝ルーの姿が蘇（よみがえ）ってきた。太陽の光線を吸い取ったようなブロンドに輝く肌をした金髪の美男子。その鋭い視線に見つめられると、生まれつきの厳しさのようなものがこちらにまで伝わってくる。そのサン＝ルーから聞かされたことを理解しようとして、ぼくはじつに詳しくボーア戦争について、南アフリカの支配をめぐってイギリスとオランダ系白人のボーア人とのあいだに起きたあの戦争について、省察を押し進めたことがあったのだ。もっとも、その軍事原則は結局のところ否定されることになるのだが。で、それからというもの、ぼくは昔の探検物語や旅行記を読み返すようになった。そうした読み物にぼくは夢中になり、日常生活のなかでも、自分をさらに鼓舞するために読んだものを適用していた。発作のために、いく日もいく晩もつづけて眠れず、横になれず、飲み食いもできずにいることを余儀なくされて、衰弱と苦痛がひどく、自分はもうそこから決して抜け出せないと思う瞬間、ぼくは読み物にでてくるような旅行者のことを考えるのだった。砂浜に打ち上げられ、毒草を食べて中毒を起こし、海水に浸かった服を着たままで高熱をだして震えていて、それでも二日後には気分もよくなったと感じ、あてずっぽうに道をとって、だれか住人はいないかと探しに行くのだが、住人がいても、それはひょっとすると人食い人種かもしれない。そんな旅行者の例に、ぼくは元気づけられ、希望をあたえられた。そしてぼくは一時的に意気消沈していたことを恥ずかしく思うのだった。イギリス軍と敵対しながら、茂みを見つけるまで平坦地を横切らなければならないときでも、恐れずに身をさらしたボーア人のことを思い浮かべ、「あれよりぼくが臆病だなんて、考えられない。作戦地域ときたら、自分の家の中庭たにすぎないし、ドレフュス事件のせいで幾度か決闘をしたけれど、何も恐れなかったじゃないか。ぼくの恐れる唯一の剣が、近所の連中の視線だなんて。彼らだって、中庭を眺めるよりもすべきことがほかにあるだろう」と考えたのだった。

けれども床をできるだけきしませないように店に入って、気づいたのだが、ジュピヤンの店のどんなに小さな音でもこちらに筒抜けだったのだ。ジュピヤンとシャルリュス氏がどれほど無謀で、どれほど幸運を味方につけているかを、ぼくは思ったのだった。

動けなかった。ゲルマント家の馬丁がおそらく、主人たちの留守のあいだを利用したのだろうが、ぼくのいまいる店のなかに、それまで車置場にあった梯子をうまい具合に移しておいたのだった。そして梯子に登れば、上部についている小窓を開けて、まるでジュピヤンの店にいるように二人の話を聞くことができただろう。しかしぼくは音をたてるのが心配だった。おまけに、その必要もなかった。ぼくのいまいる貸店舗に、数分遅れてようやく着いたことも、悔やむには及ばなかった。というのも、はじめのうちジュピヤンの店から聞こえてきたのは、不明瞭な音でしかなく、その音からすると、ほとんど言葉は発せられなかったと思う。たしかにその音はとても激しかったのだから、もしその音にたえず並行して一オクターヴ高いうめき声がつづかなければ、ぼくのいる隣では、ひとりの人間がもうひとりの人間の喉をかき切っていて、そののち人殺しと生き返った犠牲者とが風呂に入って、犯罪の痕跡を消している、と思ったことだろう。のちにそこからぼくは結論を引きだしたのだが、苦痛と同じくらいやかましいものがあって、それは快楽であり、特にすぐに身を清めようとする配慮がそこに加わる場合、なおさらである。

ようやく三十分ほどもたったころ、会話がはじまった。じつはそのあいだに、ぼくはこっそりと梯子によじ登り、小窓から覗こうとしたのだったが、小窓じたいは開けなかったのだ。シャルリュス氏がくれようとした金を、ジュピヤンはきっぱり拒んでいるようだった。

やがてシャルリュス氏は店の外に一歩を踏みだした。

「どうしてあごをそんなふうに剃ってらっしゃるんです？」とジュピヤンは男爵に甘い声の調子で言った。

「立派なひげは、じつに素晴らしいのに」

「やだやだ、うんざりだよ」と男爵は答えた。そのあいだも彼はドアの敷居のところにぐずぐずしていて、ジュピヤンにこの界隈のことをあれこれ訊いていた。

「角の焼き栗屋については、何も知らないのかな？　いや、左側のじゃない、ありゃ醜い。そうじゃなくて偶数番地の側の、真っ黒な髪のたくましいヤツさ。それから向かいの薬屋には、自転車で薬を配達するじつに感じのよいのが一人いるね」

こうした質問はおそらく、ジュピヤンの気分を害したのだろう。というのも、男に裏切られた魅力的な若い女のような恨みをこめて姿勢を正しながら、彼は、「わかりましたよ、あなたは移り気な人なんですね」と答えたからだった。悲しげに、冷淡に、わざとらしく口にされたこうした非難は、おそらくシャルリュス氏の心にとどいたのだろう。自分の好奇心が惹(ひ)き起こした悪い印象を消そうと、彼はジュピヤンになにか頼みごとをしたのだが、小声すぎてぼくには言葉を聞き分けられなかった。それはおそらく、二人が店のなかにいつづける必要があるなにかで、チョッキ職人の苦しみを消し去るくらいその心を打ったのだった。なぜならジュピヤンは、灰色の髪の下にある脂(あぶら)ぎって充血した男爵の顔をまじまじと見つめ、自尊心を深くくすぐられたばかりの人のように幸福に浸りきった様子で、シャルリュス氏に求められたものをあたえようと決心すると、

「あんたは、でかいケツをしてるよ！」といった品のない指摘をしてから、男爵に向かって、にこやかに感動した様子で、優位に立ちながらも感謝をこめて、「よしよし、さあさ、大きな坊や！」と言ったからだった。

ぼくはジュピヤンの言葉と言い方に驚いたが、そこに秘密のサインのようなものがふくまれていることに思い当たり、深い淵をのぞき込んでしまったように感じた。気がつくと、シャルリュス氏が話していた。

「電車の車掌のことにもどるけどね、なんたって、帰ってくるときの気晴らしになるかもしれないからだよ。じっさいにこの身に起こったことだけど、まるでバグダッドを歩きまわるカリフが一介の商人と間違えられるみたいなもので、シルエットに惹かれて、好奇心をそそったかわいらしい人のあとをつけていったことがある」とシャルリュス氏はねばり強く繰り返したのだ。

「時には、夜の十一時にオルレアン駅に行き着いて、もどらなければならない！ オルレアン駅で済めばまだしもさ！ たとえば一度など、前もって話のきっかけもつかめず、あのぞっとするような車両に揺られて、まさにそのオルレアンまで行ってしまったことがある。私はオルレアン近郊のレ・ゾブレで若い人といっしょに下りたが、なんということだ、家族がホームで待っていたのだよ！ そいつの欠点をあらゆるかたちで想像していたが、まさか家庭持ちとはね。パリに連れもどってくれる列車を待ちながら、慰めといえば、駅に掲げられていた、アンリ二世のお気に入りのディアーヌ・ド・ポワチエの館の写真くらいのものだった。そんなふうに一人っきりでもどる憂さを晴らすために、寝台車のボーイや鈍行列車の車掌と近づきになるのも悪くないと思うのさ。しかしきみに気分を害してほしくはないんだ、これはみんなタイプの問題にすぎないのだからね」と男爵は結論を下すように口にしたのだった。「たとえば社交界の若者たちに対しては、肉体を所有したいという欲望が私にはまったくないね。それでも、そうした若い連中に一度ふれてみないことには落ち着かないんだ。身体にさわるって意味じゃないよ、若者たちの琴線にふれるということさ。庶民の出じゃない若者の話にもどるがね、私はいま、一人の不思議な坊やに夢中なんだ。頭のいいブルジョワの若僧だが、私に対して、とんでもない無礼な態度をとるのだ。この私が非凡な人物であるのに対し、その坊やは自分が顕微鏡でしか見られないような細菌でしかないことを、まったくわかっていない」とシャルリュス氏が言ったとき、ぼくは足が震えて、音を立てるのではないかとひどく恐れた。立っているのもやっとで、動こうにも足がいうことをきかない。傍らにある梯子をようやくつかみ、大きく息を吸った。呼吸することも忘れていたのだ。ブルジョワの若僧の坊やか。シャルリュス氏がこのぼくに夢中だったとは……。いまこうして思いをめぐらしているのは自分のはずなのに、まるで別の人間がそうしているみたいで、だれかの耳でシャルリュス氏の声を聞いているようだった。

「だが結局、そんなことはどうでもいい。あのロバのような愚かな坊やは、この威厳のある司教の法衣を前にして、というのも私の一族からは司教も出ているからだがね、好きなだけ鳴くがいいのさ！　それに、こちらを避けようとする若い連中にこそ私は魅力を覚えるんだが、もちろん、彼らは畏怖の念にかられて避けるのだよ。なにしろ、ひとえに私への尊敬のあまり、彼らは口を閉ざして、私を愛していると声を張り上げはしないのだから。もっともそうした魅力を感じるには、その連中の社会的な地位が高くなければならない。とはいっても、彼らが見せかけの無関心を装っても、正反対の結果を生むかもしれないな。無関心をバカみたいに引き延ばされても、こっちはうんざりしてしまう。そうだ、もっときみになじみのある階層を例にとろう。いわゆる〈ホテル〉で、私が何日か過ごした際のことだが、そのとき私は、顔見知りのフロア・ボーイの一人を、珍しく、車のドアを閉めるちょっとした係に指名したんだ。だがこいつが、こちらの申し出を受けようとはしない。しまいにかっときた私は、申し出の意図が不純なものでないことを証明するために、そいつにばかばかしいくらい高い額を渡してやるようにはからって、せめて五分でも話をしようと部屋に来させようとしたのさ。そのフロア・ボーイを待っていたけど、ムダだったね。だからその男にひどく嫌気がさし、そんなふざけた卑劣なやつの顔など見たくもなくて、通用口から外に出たものだったよ。あとで分かったのだが、そのフロア・ボーイは私の手紙を一通も受け取ってはいなかったんだ。手紙はみんな途中で握りつぶされていた。最初の手紙は、ねたんだフロア・ボーイに、二通目はお堅い昼番のコンシエルジュに、三通目は夜番のコンシエルジュに。しかもその男は、そのフロア・ボーイにほれていて、セックスまでしていたんだ。しかしそれでも私の嫌悪感はつづいていた。だからたとえその男を単なる狩猟の獲物として銀の皿にのせて提供されたとしても、吐き気を催してそいつを突き返しただろう。いや、これはまずかった、われわれはまじめなことを話していたんだな。いまとなっては、期待していた話はもうおしまい。それにしても、きみは大いに役立ってくれないかな、仲介役として。いや、そうじゃない。ただそう考えただけで、何だかわくわく淫らな気分になってくる。ちっともおしまいなんかじゃないぞ」

鱗の落ちたぼくの目から見ると、この場面の最初から、シャルリュス氏のなかで、まるで魔法の杖が振られたみたいに、たちどころに完璧な劇的変化がなされていた。それまでは、わかっていなかったので、ぼくには見えなかった。言葉の便宜上から悪癖と呼ばれているものは、それも各人の悪癖は、人びとがその存在を知らないうちは、目に見えない妖精のように各人につきまとっている。善良さや陰険さにしても、名前や社交的つきあいにしても、容易にあらわれることがなく、人はそれらを隠したまま身につけている。ホメロスの作ったオデュッセウス自身にしても、当初はアテネがアテネだとわからなかった。けれども神々なら、すぐに他の神々にはそれとわかるし、似た者どうしもたちまちにして相手を見分ける。そんなふうに、シャルリュス氏もジュピヤンに気づかれたのだ。これまでのぼくは、シャルリュス氏の前に出たとき、妊娠した婦人を前にしてその身重の身体に気づかず、微笑みながら「ええ、わたし、いまは少し疲れてますので」と繰り返されるのに、執拗に「いったい、どうなさったのですか?」とぶしつけに訊くような、うかつな男と同じだった。ところがだれかに「あの人は身重なのです」と言われると、とたんにそのうかつな男はその腹に気づき、もうその腹まわりしか目に入らなくなる。この目を開いてくれるのは、理性にほかならない。誤りがひとつ消えると、そのぶんさらに感覚がひとつわれわれにあたえられるのだ。

ちょうど腰から下が馬になっているギリシャ神話のケンタウロスのように、シャルリュス氏の半身に別の存在が結びつこうが、それで彼がほかの男たちと区別されることになろうが、その存在が男爵と一体となろうが、これまでぼくは一度もそのことに気づかなかった。抽象的だったものが、いまでは具体化されたのだ。ついに正体の割れたこの存在は、たちまちその力を失い、人目につくようになった。新しい人間へのシャルリュス氏の変貌は、じつに完璧だった。なので、彼の顔や声のくいちがう対照ぶりにしても、振り返れば、ぼくとの関係の浮き沈みじたいにしても、それまでぼくの頭には支離滅裂に思われたなにもかもが、理解できるものとなり、明白だと示されたのだった。ちょうどひとつの文章が分解されて、文字がでたらめに並べられているかぎりいかなる意味も示さないのに、しかるべき順序に文字を置き直せば、ひとつの思想を表現し、忘れられはしないのとまさに同じだった。

さらに、先ほどヴィルパリジ夫人のところから出てくるシャルリュス氏を見たとき、どうして彼を女のようだと思ったのか、いまやぼくは理解していた。まぎれもなく女だったのだ！　彼が属している種族の連中は、見かけほど矛盾してはおらず、男性的なものを理想とするのは、まさに彼らの気質が女性的だからで、彼らが実生活で他の男たちに似ているのは、見かけのことにすぎない。だれもが、その目のなかに刻印されたシルエットを持っていて、それを通して宇宙の万物を眺めているのだが、そのシルエットは瞳という切り子面に彫り込まれていて、彼らにとっては、それがニンフの姿ではなく、青年の姿なのだ。呪いをかけられた種族であり、嘘と偽りの誓いのなかで生きなければならない種族なのだ。なにしろ、あらゆる人間にとって、生きる上で最大の歓びをつくるのは欲望であるはずなのに、この種族は、その欲望が罰せられるべき恥ずかしいもの、口にするのもはばかられるものとされているのを知っているからだ。自分の神を否認しなければならない種族なのだった。なぜなら、たとえキリスト教徒であれ、被告人として法廷の証言台に出頭するときには、キリストの前で、キリストの名前で、あたかも誹謗から身を守るように、自分たちの生命そのものであるものを否定しなければならないからだ。母のない息子なのだった。母の目を閉じてやるときでさえ、その母に嘘をつき通さねばならない。

ところで、蘭の花があれほど前から待ち望んでいた花粉を、マルハナバチは運んできたのかどうか。それをぼくは眺めていたのに、シャルリュス氏のせいで気をそらされてしまった。蘭の花が花粉を受けとめる機会をもてるかどうかは、じつに起こりそうにない偶然によるほかないので、一種の奇蹟と呼ぶこともできる。けれどもぼくがいましがた目撃したのもまた、ほとんど同じ種類の、劣らぬくらい素晴らしい奇蹟にほかならなかった。二人の出会いをそのような視点から考えるようになったとたん、ぼくにはなにもかもが美の刻印を押されているように見えたのだ。

雄性の花が雌性の花とあまりに離れているので、昆虫が飛来しないと花は受精できなくて、昆虫にそうした受精をちゃんと行なわせるように自然は途方もなく巧妙な仕組みを創造している。あるいは花粉の運搬を風がになう場合、昆虫を惹きつけなくてもよいのだから、もはや無用になった花蜜の分泌を止め、昆虫を惹きつける花冠の鮮やかささえ廃止し、花粉を雄性の花からいっそう離れやすくし、通りがかりに雌性の花がいっそうこれを捕らえやすくしている。さらに巧妙な仕組みだが、花が必要な花粉だけを、その花でしか実を結ばない花粉だけを受けるように、別の花粉に対する免疫をつける液を花に分泌させることもある。こういった巧妙な仕組と比べても、年寄りになった倒錯者に愛の快楽を保証するための亜変種の倒錯者の存在は、負けず劣らず素晴らしいものに思われた。亜変種の倒錯者とは、すべての男に惹かれる男ではなく、自分よりもはるかに年長の男たちにだけ惹かれる男なのだ。それは、学名リュトルム・サリカリアというエゾミソハギのように、三種の異なる花柱を持つ花々の受精を統御する現象にも匹敵する調和と相応の現象でもある。この亜変種について、ジュピヤンがいましがたぼくに一例を示してくれたが、しかしながらそれは、人間という植物の採集家や精神という植物の研究者ならだれでも観察できるほかの例に比べて、たとえその例が希少だとしても、それほど驚くべきことではない。その例が示す華奢な青年は、頑健で腹のでた五十男に言い寄られるのを待っていて、ほかの若者が言い寄ってもいっこうに関心を示さない。ちょうど、学名プリムラ・ヴェリス、つまりキバナノクリンザクラという雌雄両性花のなかで短い花柱を持つものは、やはり花柱の短いプリムラ・ヴェリスによってしか受精せず、花柱の長いプリムラ・ヴェリスの花粉を歓んで受け入れたとしても、いっこうに実を結ばないようなものなのだ。しかも、シャルリュス氏の実態について、ぼくは後になって理解したのだが、彼にはさまざまな種類の結合が存在していて、そのうちのいくつかは、多様で、目にも止まらぬくらいの早技で、とくに二人の当事者どうしの接触が不足しているため、さらにいっそう庭の花を連想させるのだった。そうした花は、決してふれてはいないのに、隣の花からの花粉で受精する。じっさい、ある種の人たちの場合、シャルリュス氏は自宅に彼らを呼びつけて、何時間かのあいだ自分の言葉の支配下におさめただけで、どこかの出会いで火のついた自身の欲望を鎮めることができたのだった。単に言葉をかけるだけで、結合は簡単に行なわれたが、それは、原生動物である滴虫類で起こりうる結合と同じくらい簡単なものだった。

おそらく、ゲルマント家での晩餐のあとで彼に呼びつけられた夜にぼくの身に起こったことが、そうだったのだろう。ときには、男爵が訪問者に面と向かって激しい罵倒を浴びせれば、それで充足が得られるということもあった。ちょうどある種の花が、ぜんまいのような仕掛けをつかって、離れていても水滴を振りかけ、知らず知らずのうちに共犯者になっていた昆虫を面食らわせるようなものだ。シャルリュス氏は、支配される者から支配する者になると、不安が一掃されたと感じて心も鎮まり、そうなると訪問者がたちまち欲望をそそる対象には思えなくなって、追い返してしまうのだった。

要するに、倒錯じたいは、倒錯者があまりに女に似ているので女と有効な関係を持てないことに起因していて、そのことによっていっそう高次の法則に結びついている。その法則によって、多くの雌雄両性花は受精しないままで、つまり自家受精では実を結ばないのだ。たしかに、男を求める倒錯者が、しばしば自分たちと同じくらい女性化した倒錯した男で我慢することはある。しかし倒錯者たちが女性に属していないというだけで十分で、彼らは女性の萌芽(ほうが)を自らのうちに持っていながら、それを使うことができない。このことは、多くの雌雄両性花に起こっていることだし、ある種の雌雄同体動物にさえ起こっていることでもあって、ちょうどカタツムリのように、自分自身では受胎できないが、他の雌雄同体(カタツムリ)動物によってなら受胎できる場合がそうなのだ。そうして倒錯者たちは、進んで古代オリエントやギリシャの黄金時代につながり、さらに先へとさかのぼって、雄花と雌花を別々の個体につける雌雄異株(しゆういしゅ)の花も単性の動物も存在していないような試行時代に至り、原初の雌雄同体時代に至ろうとする。

女性を解剖すると男性器官の痕跡がいくつか見られ、男性を解剖すると女性器官の痕跡が見られるが、それらは雌雄同体時代の名残をとどめているように思われる。はじめのうちぼくには理解できなかったジュピヤンとシャルリュス氏の無言劇（パントマイム）も、ダーウィンによって、キク科植物と呼ばれた花が昆虫に向けて行なう誘惑の身ぶりと同じくらい好奇心をそそるものに思われたのだった。その誘惑の身ぶりとは、頭状花序の外周部に並ぶ小花を高くかかげ、遠くから見えるようにしたり、同様にある種の花柱の長さの異なる花は、雄しべをたわめてひっくり返し、昆虫に道をつけてやったり、あるいは昆虫に液を提供していて、ごく単純に言っても、いまこの瞬間、中庭にいる昆虫を惹きつけている花冠の鮮やかさや花蜜の芳香さえ、同じくらい興味深いとぼくは思ったのだった。

この日から、シャルリュス氏はヴィルパリジ夫人を訪問する時刻を変えることになったのだが、それはほかの場所でもっとたやすくジュピヤンに会えないからということではなく、ぼくにとってもそうだったが、午後の陽射しと灌木の花がおそらく彼の思い出に結びついていたからだろう。そのうえシャルリュス氏は、ジュピヤンとその姪を、ヴィルパリジ夫人やゲルマント公爵夫人をはじめ、輝かしい顧客にすっかり推薦しただけではなかった。彼の推薦にも動こうとしなかったり単になかなか応じなかった何人かの婦人たちは、ときに見せしめにされたり、ときに彼の激怒を買ったり、その支配の企てに反対したという理由で、男爵の側の恐ろしい復讐（ふくしゅう）の対象となったのだった。それだけになおさら、ほかの顧客たちは、ジュピヤンの姪である若い刺繡（ししゅう）職人のもとに通いつめもした。シャルリュス氏はジュピヤンをますます儲（もう）かるようにしてやり、結局、彼を秘書としてとりたてるまでになり、ぼくたちがやがて見ることになる身分に落ち着かせたのだった。

「まあ！　幸せな男ったらないわね、あのジュピヤンときたら」と女中のフランソワーズは言うのだった。彼女には、好意が自分に向けられたものか他人に向けられたものかで、これを過小にみなしたり誇張したりする傾向があるが、もっともこの場合、彼女には誇張する必要はなく、そのうえ羨望（せんぼう）も感じてはいなかった。本気でジュピヤンを気に入っていたのだ。

「まあ！　男爵さまはとてもいいかただわ。申し分なく、信心深く、理想的なかただわ！　もしわたしに嫁にやる娘がいて、こっちが金持ちの社交界の人間だったら、目をつぶったまんまで、娘を男爵さまに差し上げるんだけどね」と彼女は付け加えた。

「でもね、フランソワーズ。そんなことをしたら、その娘さんにはお婿（むこ）さんがいっぱいになってしまうわね。思いだしてみてごらんなさい、あなたはすでにその娘さんをジュピヤンに上げることにしてるんですよ」と穏やかにぼくの母は言ったのだった。「あらまあ！　奥さま」とフランソワーズは答えた。「だってあの人も女をとても幸せにできるひとりですからね。お金持ちがいて、哀れな貧乏人がいる、それだけのことで、そんなこと生まれもった性質には、なんにも関係ありませんよ。男爵さまとジュピヤンは、まったく同じ種類の人たちなんですから」

それにそのときのぼくは、このはじめて明らかにされた事実を目撃して、千載一遇の出会いという選ばれた様相をあまりに大げさに考えていた。たしかに、シャルリュス氏のような男たちはだれもかれも、途方もない人間なのだ。なにしろそうした人間は、人生の可能性に譲歩するのでなければ、もっぱら別の種族の男を、つまり女を好む男を、したがって、男を愛せない男を求めてしまうからだった。まるで蘭の花がマルハナバチに言い寄るように、中庭でシャルリュス氏のまわりをうろうろするジュピヤンの姿を見たぼくが思ったのとは反対に、人から気の毒がられるこの種の例外的存在は、この物語の進行につれてわかっていくように、じつは大勢いるのだ。とはいえ、理由が明らかになるのは末尾にいたってでしかないが、彼ら自身、少なすぎることよりむしろ多すぎることに愚痴をこぼしている。

というのも、『旧約聖書』の「創世記」の語るところでは、神のみもとにまで叫びのとどいた悪業の一切をなしたのがことごとくソドムの住人なのかどうかを知ろうとして、神は二人の天使をソドムの町の門のところに配置されたのだが、まさに慶賀すべきことに、この二人の天使じたい、じつに主による選択ミスなのだった。主はこの仕事を一人の肛門性交者（ソドミスト）にだけ託すべきだったと思われる。ソドミストなら、「私は六人の子の父親で、愛人の女が二人います」という住人の言い訳を聞いても、振りかざした炎の剣を自分のほうから下ろしたり、制裁を和らげたりしなかっただろう。むしろソドミストなら、「そうだ、そしてお前の妻は嫉妬（しっと）の苦しみにさいなまれている。しかしゴモラの町からお前がこの女たちを選んでこなかったとしても、夜になればヘブロンの羊飼いとともに過ごすことになるのだ」と答えたことだろう。そして彼はただちに相手を、火と硫黄（いおう）の雨で破壊されようとしているソドムの町のほうへ逆もどりさせたにちがいない。ところがこれとは反対に、二人の天使は卑劣なソドミストたちをすべて逃げるにまかせた。「創世記」にちなんだ言い方をすれば、たとえ彼らが少年を見かけて、ロトの妻のように振り返っても、そのせいでロトの妻のようには塩の柱に変えられることはなかった。その結果、彼らは数多くの子孫をもち、その子孫のあいだに、この身ぶりが習慣として残ったのだ。さながらふしだらな女たちが、ショーウィンドーに陳列された靴を見る振りをしながら、顔はひとりの男子学生のほうに向ける身ぶりをするのと同じなのだ。

　こうしたソドミストの子孫は、その数がとても多いので、連中に「創世記」の別の一節を当てはめて、「もし人が地のちりを数えることができれば、その子孫も数えることができよう」と言うこともできるが、連中は地上のあらゆるところに定着して、あらゆる職業に就き、どんなに閉鎖的なクラブにも巧みに入り込んでいるので、ひとりのソドミストがそこに入会を認められない場合は、過半数をしめる反対票の黒球はソドミストのものなのだ。それでも連中は、呪われた町を遠い先祖が去るときについたあの嘘を受け継いでいるので、懸命に男色（ソドミー）を非難する。連中がいつかソドムにもどる日が来るかもしれない。たしかに、連中はありとあらゆる国でコロニーを形づくっていて、東方（オリエント）ふうで教養のある、音楽的で口さがないこのコロニーは、いくつかの魅力的な特徴と堪えがたい欠陥とを備えている。連中の姿は、より深められた形で、これにつづく物語の過程で見られることだろう。ただしとりあえず、致命的な誤りに機先を制しておきたかったのだ。その誤りとは、人がユダヤ復興運動（シオニズム）を鼓舞するのと同じように、ソドミストの運動を生み出して、ソドムの町を再建しようとする点にある。ところがソドミストたちは、ソドムの町の者と見られたくないために、町に着いてもすぐにそこをあとにしてしまうだろうし、妻をめとり、別の都市に愛人を囲い、しかもそこでありとあらゆるきちんとした気晴らしを見つけるだろう。彼らがソドムの町におもむくのは、是非とも必要な日々に限られていて、背に腹は代えられないそうした時期になると、彼らの町はがらんとしたものになることだろう。つまり結局、なにもかもがロンドンやベルリンやローマやペトログラードやパリと同じように進むと思われる。

いずれにせよ、その日、ぼくが公爵夫人を訪問するに先だって考えたことは、そんなに先のほうにまでは達していなかった。そしてジュピヤンとシャルリュスの結合に気をとられたために、ひょっとするとぼくは、マルハナバチが花を受精させる場面を見損なったのではないか、と残念に思っていたのだった。

ポール・ヴェルレーヌ／アルチュール・ランボー

「尻(しり)の穴のソネット」

（森井良訳）

小暗(おぐら)く皺(しわ)を寄せた紫の撫子(なでしこ)のように
それは呼吸している、慎(つつ)ましく苔(こけ)のなかに身をひそめて
いまだ愛に濡(ぬ)れたまま、苔はなだらかな奥行きに沿ってむしている
真っ白な〈尻〉から折り返しのなかにいたるまで

幾筋ものミルクに似た涙が
流れていった　そして酷(むご)たらしい風に押し戻されつつ
点々と散らばる赤茶けた泥土(でいど)を乗り越えて
勾配(こうばい)が呼び込むほうへと消えてゆく

僕の〈夢〉はその吸い口としばしば繋（つな）がった
僕の魂は、肉のまぐわいに嫉妬（しっと）して
そこを獣の涙袋に、嗚咽（おえつ）の巣に変えてしまった

それは痙攣（けいれん）したオリーヴ、優しく音（ね）を震わすフルート
管のなかには、この世のものならぬキャラメルナッツ（プラリーヌ）が降りてくる
そこは女々しい〈約束の地〉、湿地に囲まれたカナーンだ！

〔フランス文学史上最もスキャンダラスなカップルが共作した作品。表向きは女性の身体の部位を讃（たた）える詩のパロディだが、男性同士の性愛、スカトロジー、A（＝アヌス）感覚がひそかに謳（うた）われている〕

fig.002

# ポール・ヴェルレーヌ／アルチュール・ランボー

# 「往復書簡」（一八七三年七月三日・四日・五日・七日）

（森井良訳）

カップルの破局を告げた発砲事件前夜のドキュメント。ロンドンでの激しい同棲（どうせい）生活に耐えきれなくなったヴェルレーヌは一人別れの帰途につく。「戻ってきて」とけなげに懇願するランボーだったが……。

〔パリ・コミューンの喧騒（けんそう）さめやらぬ一八七一年九月、すでに詩人として名を馳（は）せていたヴェルレーヌは、えたいの知れない田舎の少年をパリの自宅に呼び寄せる。がっしりした体にぼさぼさの髪、汚れた上着をはおった少年の瞳（ひとみ）は異様なくらい青々と燃えていた。彼こそがアルチュール・ランボー、弱冠十六歳にして悪魔的な詩業をものにした天才詩人である。互いの創作を認めあい、すぐに意気投合した二人だったが、彼らを結びつける絆（きずな）は芸術上のそれにとどまらなかった。狂暴でありながらこのうえなく純粋な美少年に、十歳年上の詩人が魅入られてしまったのだ。行く先々でトラブルを起こす怒れる若者と、その尻（しり）ぬぐいに奔走する気弱なアラサーの先輩。そして一息つけば、二人してまた酒と大麻（ハシッシュ）と愛欲の日々。一八七二年夏、自由を求めて国外へ出奔したカップルは、ブリュッセルとロンドンを放浪しながら詩作漬けの生活を送り、一方で周囲との軋轢（あつれき）をますますつのらせてしまう。仲間から蔑まれ、妻から三行半を突きつけられ、双方の母親からうるさくせがまれても、男同士の交情を断ち切ることがどうしてもできない。不安と未練から幾度となく帰郷を試みるも、金の当てをなくし、妻子にも会えず、パリの不穏な雰囲気に恐れをなしたヴェルレーヌは、ついに相方との地獄の道行きを決意する。一八七三年五月、二人はベルギーの港からドーヴァー海峡を渡り、ふたたびロンドンの地に降り立った。下宿屋に部屋を借り、仲間たちの援助と家庭教師で糊口をしのぎながら、束の間の自由を謳歌した二人だったが、またしても年若い恋人の傍若無人ぶりが度を越してくる。七月三日、疲れ切った詩人が市場から安いニシンと油を買って戻ってくると、少年は毎度の軽口を叩いた——「やーい、オバサン！　そうやって瓶と魚をぶらさげてると、まるで馬鹿みたいに見えるぜ」。ぶちっと切れた「馬鹿」は、買い物を放り投げて港に駆け込み、そのままベルギー行きの船にひとり乗り込んでしまう——そこから、愛憎半ばする五日間の応酬がはじまった」

## ヴェルレーヌからランボーへの手紙　一八七三年七月三日

海上にて

わが友へ、

この手紙が君のもとに届くとき、君がまだロンドンにいるかどうか私は知らない。だが、君に言っておきたい。よく考えたうえで、君は最終的に理解すべきだ。私は是が非でも行かねばならなかった。あのような激しい生活、君の気まぐれよりほかに理由の見当たらない喧嘩ばかりの日々に、もうこれ以上なじむことができなかったんだ！ただ、それでも私は君を大いに愛していたのだから（この件については、思い邪なるものに災いあれ！）、次のこともはっきり告げておきたい——もし今から三日以内に、完璧な条件で妻と復縁できなかったら、私は口のなかに銃弾をぶち込むつもりだ。三日分のホテル代、一丁の拳銃、これだけでも高くついてしまう。つい先刻の私の「どけちっぷり」は、こういう事情があったからだ。そう聞いたら、君も許してくれるにちがいない。

どうもありえすぎることだから言うんだが、ついにこうした愚挙をするはめになったら、そのときは少なくとも馬鹿なりに勇ましくやりとげようと思っている。私の最後の想いは、友よ、君に捧げるつもりだ。さっき埠頭から私の名前を呼びつづけてくれた君にね。あのときは、君とよりを戻したいとすら思わなかった。ぶちっと切れる必要があったからね——最後に！

くたばるとき、キスを送ってほしいかい？

君の哀れな

P・ヴェルレーヌ

いずれにしても、私たちが再び会うことはないだろう。もし妻が来たら、君にアドレスを進呈するよ。手紙をくれたらと思う。

それまで、今日から過不足なくきっかり三日間は、ブリュッセルへ局留郵便で——もちろん私の名前宛に。

借りている三冊の本をバレールに返しなさい。

＊＊＊

## ランボーからヴェルレーヌへの手紙　一八七三年七月四日

戻ってきてくれ、戻ってきてくれ、親愛なる友、唯一の友、戻ってきてくれ。いい子になるって誓うから。あんたに対して不機嫌にしていたのは、冗談にしがみついて意固地になっただけなんだ。僕はそのことを口では言えないほど後悔してる。戻ってきてよ、そしたらうまく水に流せるさ。あんな冗談を真に受けるなんて、不幸にもほどがある。もう二日も、涙が止まらないんだ。戻ってきてよ。勇気を出して、親愛なる友。何も失われてなんかいないよ。あんたがまた海を渡ってくればいいだけの話さ。ここでまた一緒に勇ましく、辛抱強く暮らしていこうよ。あぁ、お願いだから！　そもそも、これはあんたのためでもあるんだ。戻ってきてくれ、あんたの荷物は全部とってあるよ。いまやわかってくれていると思うけど、僕らの言い争いのなかには、何も本当のことなんかなかったんだ。恐ろしい瞬間だったよ！　でもあんた、僕が船から降りてくるよう合図したとき、どうして来てくれなかったんだ。僕らが二年も一緒に暮らしたのは、あんな瞬間に行き着くためだったのか！　いったいどうするつもりだ！　ここに戻りたくないっていうなら、僕があんたのところに行けばいいの？


そうだよ、悪かったのは僕さ。

あぁ！　あんたは僕を忘れやしないだろう、ねぇ？

いや、あんたは僕を忘れることなんかできない。

僕はね、いつだってあんたをものにしているのさ。

ねぇ、友人に答えてよ、僕たち、もう一緒に暮らしちゃいけないの？　勇気を出せよ。早く僕に答えろよ。

僕はこれ以上ここに長居できないんだ。

ひたすら良心の声に耳を傾けろ。

とにかく早く、僕があんたのところに行くべきか言ってくれ。

あんたに一生を捧げる
ランボー

早く、返事を書いてくれ、僕は火曜月曜の夜までしかここにいられない。まだ一ペニーも手にしてないし、この手紙をポストに出すこともできない。あんたの本と原稿は、ヴェルメルシュに全部預けておいたよ。

もう会っちゃいけないっていうなら、僕は海軍か陸軍に入るつもりだからね。

あぁ、戻ってきてよ、二十四時間、僕はずっと泣きつづけてる。会いに来いって言ってくれよ。僕は行くから、そう言ってくれ、電報をくれ——僕は月曜の夜に出なきゃいけないんだ。あんたはどこへ行く？　どうしたいの？

＊＊＊

ランボーからヴェルレーヌへの手紙　一八七三年七月五日

親愛なる友よ、「海上にて」というあんたの手紙を受けとった。あんたは間違ってるよ、今回にかぎっては、大いに間違っている。まず、あんたの手紙には何も確かなところがないじゃないか。奥さんが来ないのか来るのか、来るとしたって三ヶ月以内か三年か、僕には知れたもんじゃない。「ぶちっと切れる」にかんしては、僕はあんたのやり口をよく知ってるよ。つまり奥さんとあんた自身の死とを待ちわびながら、暴れたり、ほっつきまわったり、人に迷惑をかけたりするつもりなんだろう。何だい、あんた、あんたにはまだわからないのか、お互いの怒りがどっちも嘘(うそ)だってことが！　だけど、最終的に悪いのはあんたになるんだよ。僕が再度呼びかけた後でさえ、あんたはうわべの感情にとどまりつづけたんだからね。僕以外の奴(やつ)とうまく暮らしていけると思っているのかい。よく考えろよ！——あぁ、無理に決まってるじゃん！——あんたが自由でいられるのは、僕といるときだけなんだよ、僕は今後めちゃくちゃ優しくなるって誓っているし、自分の悪かった点はすべて悔いているし、ようやく心もすっきりしてきたし、なによりあんたを愛しているんだから、もしあんたが戻ってきたくないとか、僕に来てほしくないとかいったら、それだけであんたは罪を犯していることになるんだよ、いっさいの自由を失って、あんたは何年も何年も後悔するだろうし、たぶん、いままで感じてきたどの倦怠(けんたい)よりもひどい苦しみに苛(さいな)まれることだろう。そうなったら、僕と知り合う前の自分がどんなだったか、よく思い出してみるんだね。

　僕にかんしていうと、母親のところには帰らない。パリに行くよ。月曜の夜には何とか出発していたいと思ってる。他ならぬあんたのせいで、出発前にあんたの服を全部売らざるをえなくなるだろう、他にしようがないからね。まだ売り払ってはいないけど、取りに来させるのは月曜の朝になってからだと思う。パリにいる僕に手紙を出したいなら、サン＝ジャック通り、二八九番地、L・フォラン気付、A・ランボー宛に送ってくれ。フォランなら僕のアドレスを知ってるだろうから。

もちろん、奥さんが戻ってくるなら、僕の手紙であんたの貞操を傷つけないようにしよう――もう二度と手紙は書かないつもりさ。

唯一真なる言葉は、これだ――戻ってきてくれ、あんたと一緒にいたい、愛してる。もしこの言葉に耳を傾けてくれるなら、勇気と誠意を見せてほしい。

そうじゃなかったら、僕はあんたを哀れむよ。

でも愛してる。キスを送るよ。また会おう。

ランボー

グレート・コール通り、八番地、云々（うんぬん）……月曜の夜か火曜の昼までに、もし僕を呼び出すなら。

＊＊＊

ヴェルレーヌからスミス夫人（ロンドンの下宿の女主人）への英語で書かれた手紙の下書き　一八七三年七月八日？

奥さま、私は今日パリ、**リヨン通り、一二番地**に帰るつもりです。お願いですから（できる~~であろう~~だけ早く）、部屋にまだ残っているものをすべて、私の箱に詰めて~~すぐす~~送ってもらえますか。あなたの忠実な僕（しもべ）P・Vより。

上記の住所に私の荷物が届きしだい、送料分のお金を送らせていただきます。

〔この手紙じたいは見つかっていないが、前日に受けとったランボーの手紙（七月五日付）の封筒裏に下書きが残されている。ヴェルレーヌはこの直前にもスミス夫人宛てに同様の封書を送っていて、密（ひそ）かにロンドン行きの意志を伝えていたらしい。まさかその一通が恋人に読まれるとも知らずに……〕

＊＊＊

ランボーからヴェルレーヌへの手紙　一八七三年七月七日

親愛なる僕の友へ、

　あんたがスミス夫人に送った手紙を読んだ。~~残念ながらもう手遅れだよ。~~ロンドンに戻りたいんだろ？　みんなにどう迎えられるか、わかってないんだね！　あんたとまた一緒にいる僕を見たら、アンドリューや他の連中が一体どんな顔してくるか。でもそうなったとしても、僕は逃げずに堂々と振る舞うつもりだよ。ちゃんと真面目（まじめ）な考えを聞かせてくれ。僕のためにロンドンへ戻るつもりなの？　で、何日に？　その気になっているのは、僕の手紙のせいなのかな。言っとくけど、部屋にはもう何もないよ——全部売っ払ったからね、外套（パルトー）以外は全部。二リーヴル十、儲（もう）かったよ。ただ、下着類はまだ洗濯屋にあるし、僕は自分のためにたくさんのものを取っておいた。ジレ五着、シャツ全部、パンツ、カラー、手袋、そして靴すべて。本と原稿はどれも安全なところに保管してある。結局、売れたのは黒とグレーのズボン、外套一着、ジレ一着、鞄、帽子入れだけ。ていうかさぁ、僕に直接手紙をくれないのはいったいどういうわけ？

そうだ、ねぇ、僕はあと一週間ここに残ろう。そしたら、来てくれるよね？　本当のところを言ってよ。あんたはきっと勇気の跡を示してくれたんだろう。その勇気が本物であることを願ってるよ。僕を信頼してくれ、これから僕はめちゃくちゃいい性格になるんだから。

僕はあんたのもの。待ってる。

ランボー

〔ランボーの手紙を読んだヴェルレーヌは、少年を滞在先のブリュッセルに呼び寄せた。結局、妻との復縁も叶わず、自分の頭をぶち抜くこともできなかったのだ。話しあいの末、二人は別れを決心するが、妻に気兼ねする一方がパリ以外の場所に行くよう説得するのに対し、他方はあくまで上京の計画を変えようとしない。七月十日、弱りきった詩人と悪びれる様子もない若者は、親しみ慣れた緑の魔酒（アブサン）を浴びるほど飲み交わす。部屋に戻った二人を待ち受けていたのは、またしても激しい罵り（ののし）の応酬。是が非でもこの日の列車に乗ろうと息まくランボーに対し、ついに運命の銃口が向けられる。一発目は彼の左手に、もう一発は向かいの壁に――二人のあいだの溝は決定的なものとなった。一線を越えたヴェルレーヌは逮捕され、裁判にかけられる。禁固二年。苦悩と悔悛（かいしゅん）の日々。しかし心を入れ替えた彼が監獄から出てくるころ、すでにかつての恋人は文学を捨て、あてどもない放浪の旅に出てしまっていた……」

ラシルド

# 『ムッシュー・ヴィーナス』（抄）

（中島万紀子訳）

「古典ＢＬの女王」として近年注目される女性作家の代表作。貧しい絵描きの青年と高貴な生まれの令嬢が互いに階級・ジェンダー・セクシュアリティを越境しながら、独特の愛を形づくってゆく。

# 第一章

ラウール・ド・ヴェネランド嬢は手探りで、門番に教えられた狭い廊下で扉を探していた。

この八階には明かりというものがまったくなかったし、いかがわしくて荒れ果てた部屋の中に突然入りこんでしまったらと彼女は怖くなっていたが、そのとき自分のシガレットケースに思い至った。その中になら、ちょっとした明かりになるものが入っている。一本のマッチの光で、十番と書かれた扉を見つけ、表札を読んだ。

マリー・シルヴェール　造花師　デザイナー

それから、鍵は扉に付けてあったので彼女は入った。しかし敷居のところで、林檎の焼ける匂いが喉を捉え、その歩みをぴたりと止めさせた。彼女にとって林檎の匂いほどおぞましいものはなかったのである。だからこそ、嫌悪にぞっとする思いで、自分の来訪を告げるより前にこの屋根裏部屋を仔細に眺めたのだ。

ランプが煙をあげているテーブルに座ったひとりの男が、非常に細かい作業に没頭している様子でドアに背を向けていた。彼の上半身を取り巻いて、ゆったりとした上っ張りの上に薔薇の花づなが螺旋状に走っていたが、非常に大きな柘榴色の肉厚なサテンの薔薇がいくつも付いていて、両脚のあいだを通って肩まで伸び、襟もとまで来て巻きついていた。彼の右側には匂紫羅欄花の束が、左側には、菫の茂みが立っていた。

乱れた粗末なベッドが部屋の片隅にあったが、その上には紙でできた百合が積み上げられていた。

作りそこないの花の枝が何本か、そして汚れた皿がいくつか、空っぽのリットル瓶の下敷きになって、すっかりへたった二脚の藁椅子のあいだに散らばっていた。ひびの入った小さなストーヴが天窓のガラス部分にまで煙突を伸ばしており、前に並べられた林檎を、その赤い一つ目でじっと見守っていた。

男は、開いたドアから忍びこむがままになっている冷気を感じた。彼はランプの笠を上向けて振り返った。

「部屋ちがいでしょうか、ムッシュー？」と、訪問者の女は不愉快な驚きにうたれて尋ねた。「マリー・シルヴェールさんにお会いしたいのですが」

「確かにここですよ、マダム、そして、さしあたって今のところ、マリー・シルヴェールというのは、僕です」

ラウールは微笑するのを禁じ得なかった。男の声の響きでなされたこの返答には、何かしら異様で滑稽なところがあったし、薔薇をいくつも手に持ったこの若い男の当惑したような姿勢も、その雰囲気を打ち消してはくれなかったのだ。

「あなたがお花を作っているんですか？　本物の造花師のようにお作りになるんですね！」

「どうやら、そうせざるをえないんです。僕の姉は病気でして。ほら、あそこの、あのベッドの中で、姉は眠ってるんです……。かわいそうに！　ええ、とても具合が悪くて。ひどい熱で指が震えるんです。まともなものは何も作れなくなってしまって……。僕のほうは、油絵は描けるんですが、でも姉の代わりに働けば、動物を描いたり写真の模写をしたりするよりは暮らし向きが良くなるんじゃないかと思ったもので。注文も、雨あられと降り注ぐってわけには、めったにいきませんけど」彼は結論としてこう付け加えた。「まあそれでも、今月はなんとかなりそうです」

彼は頸を伸ばして病人の眠っているのを見やった。百合の花々の下では何もうごめいてはいなかった。彼は若い女に椅子の一脚を勧めた。ラウールは着てきたカワウソ毛皮の外套を身体のまわりにぎゅっと巻き付けて、身の毛のよだつ思いで腰を下ろした。彼女はもう微笑んでいなかった。

「マダムのご用件は……？」と若い男は、花づなを持っていた手を放して、たいそう開いていた上っ張りの胸元をかき合わせながら尋ねた。

「住所をいただいたんです」とラウールは答えた。「あなたのお姉さまのね。本物の芸術家だということで薦められて。どうしてもお姉さまとお話をしないといけないんです、舞踏会の衣装のことでね。起こしていただくわけにはいかないでしょうか？」

「舞踏会の衣装ですって？　ああ、マダム、ご安心ください、姉を起こすには及びません。僕が承ります……。さてと、何がお入用なんです？　一輪ずつの花、花づな、それとも飾り模様の花ですか？……」

居心地が悪くて、若い女は立ち去りたくなっていた。行き当たりばったりに彼女は一輪の薔薇を手に取り、その花芯を眺めてみた。この造花師はそれを、水晶の滴で濡らしておいたのだった。

「あなたは才能をお持ちです、豊かな才能をね」と彼女は繰り返した、サテンの花びらを押し開き押し開きしながら……。

あのこんがり焼けた林檎の匂いは、彼女にはもう耐えがたかった。

芸術家は、この新規の女性客の正面に座り直し、テーブルのへりのところにランプを引き寄せた。こうして座ると、二人のあいだ、二人は互いに足の先から頭のてっぺんまで見ることができた。彼らの視線が交錯した。ラウールは目が眩んだようになって、帽子から垂らしたヴェールの陰で瞼をしばたたいた。

マリー・シルヴェールの弟は赤毛、非常に濃い赤毛で、ほとんど鹿毛色といっていいほどで、張り出した腰のあたりは少し丸みを帯びていたが、脚はまっすぐで、踝のところは細く締まっていた。

彼の髪は、額の低いあたりまで生えていて、波打つことも輪っかになることもなく、しかし硬くて太く、櫛に食いつかれるときには反抗するのだろうと察せられた。黒い眉毛はかなりほっそりしていて、その下の目は、愚かしい表情をたたえつつも不思議な印象を与えていた。

彼、この男は、苦しんでいる犬どもがうっすらと濡れた瞳で哀願するみたいにしてものを見るのだった。こういう動物じみた涙は常に、すさまじい出てきかたをするものだ。彼の口は、引き締まった輪郭、煙草の烟がその男じみた香りをまだ充満させてしおれさせてしまってはいない健全な口の輪郭を保っていた。ときおり、彼の歯がその口元にあまりに白く、あまりに緋色の唇のあいだに姿を見せるものだから、どうしてこんなミルクの滴がいくつも、こんな二つの熾火のあいだで乾いてしまわずにいるのだろうといぶかってしまうほどだった。顎にはえくぼがあり、子どものようなすべすべの肌で、愛くるしかった。頸にはひとつ小さなしわがあったが、肥えつつある新生児によくあるしわだ。かなり幅広な手と拗ねたような声、それと密に生えた髪だけが、彼にあっては、性別を明かしている徴なのだった。

ラウールは自分の注文のことを忘れていた。奇妙な麻痺状態が彼女をとらえてしまって、話すという活動までも鈍らせていたのだ。

とはいうものの、彼女は気分が前より良くなっていた。熱い湯気を噴き出している林檎も、もう不快には思わなかった。それに、汚れた皿のあいだに散らばったこうした花々からも、何かしら詩情が立ちのぼっているようにすら、彼女には思えてきていた。

感激した口調で、彼女はふたたび口を切った。

「そうなんです、ムッシュー、仮装舞踏会がありまして、わたしはいつも、自分のために特別にデザインさせた装飾を身につけることにしているんです。わたしは水の精(ニンフ)に扮(ふん)するつもりなのだけれど、グレヴァンがデザインした衣装で、白いカシミアのチュニックに緑のスパンコールがちりばめられ、巻いた葦(あし)が添えてあるものなんです。だから川辺の草花をあしらわなければと思って、睡蓮(すいれん)だとか、慈姑(くわい)だとか、青浮草や蓮(はす)だとか……。これをあなたは一週間で仕上げることがおできになるかしら？」

「できますとも、マダム、芸術作品を仕上げますよ！」と、今度は彼のほうが微笑みながら、若い男は答えた。それから鉛筆を一本握ると、一枚のブリストル紙の上にラフスケッチをいくつも殴り描きした。

「そうです、そうです」とラウールが、目で追いながら賛意を示した。「とても甘やかなニュアンスで……ね？どんな細かいところもおろそかにしないでください……。そう！あなたのお望みの値段でね！……。慈姑には矢の形をした長い雌蕊(めしべ)がついていて、それに睡蓮は鮮やかなピンク色で、茶色い和毛(にこげ)で覆(おお)われていて……」

彼女は鉛筆を手に取ると、輪郭をいくつか手直しした。彼女がランプのほうに身を傾けると、外套を留めているダイヤモンドから一条の光がほとばしった。シルヴェールはそれを見てうやうやしい調子になった。

「この仕事は」と彼は言った。「百フランいただくところですが、あなたには製作費だけ、五十フランにいたしましょう、ほとんど儲けは出ませんけれども、結構ですよ、マダム」

ラウールは紋章のついた財布から、札を三枚取り出した。

「これを」と彼女はあっさりと言った。「あなたを信頼してお任せします」

若い男は、喜びがこみあげてあまりに唐突な動作をしたので、またしても上っ張りの前がはだけてしまった。彼の胸のくぼみにラウールは、彼の唇を際立たせているのと同じ赤褐色の影をみとめたが、それは撚り合わさって、互いにもつれあっている金色の糸のようなものだった。

ヴェネランド嬢は、自分がそれほどの抵抗なしにあの林檎をひとつ食べられそうな気がした。

「あなたの年齢は？」と彼女は、この透きとおるような肌から目を離さずに尋ねた。その肌は花づなの薔薇よりもなめらかなサテンのようだった。

「僕は二十四歳です、マダム」そして、不器用にこう付け加えた。「何なりとお申し付けください」

若い女は頭でうなずいた、瞼は閉じたまま、敢えてさらに見ようとはせずに。

「そう！　あなたは十八歳くらいに見えますね……。おかしくありませんか、花を作る男性なんて……。この住まいは実によくないですね、病気のお姉さんがいるのに、こんな屋根裏部屋だなんて……なんてこと！……。天窓からなんてほとんど陽が入らないはず……。いいえ！　いいえ！　お釣りなんて寄越さないでください……三百フランなんて、何でもないのだから。そうそう、わたしの住所を言います。書きとめてください。ヴェネランド嬢、シャンゼリゼ大通り七十四番地、ヴェネランド館。品物はあなたが自分で持ってきてください。そのつもりでいますからね？」

その声はとぎれとぎれで、彼女は頭がやけに重いのを感じていた。

シルヴェールは機械的に、雛菊を一本拾いあげてそれを指のあいだで転がしていたが、無造作に、布地をちょいとつまんでみる女工のような器用さで、それを一本の若草のような形にしていた。

「今度の火曜日に、かしこまりました、マダム。僕が参りましょう。お任せください、傑作をお約束しますよ……。あなたがあんまり気前がよくていらっしゃるので！……」

ラウールは立ち上がった。神経性の震えが、彼女の体全体を揺さぶっていた。いったい、この惨めな者たちのところで熱病でももらってしまったのだろうか？

若い男のほうはといえば、じっと動かず、ぽかんと口を開けたまま、喜びに浸りきって、三枚の青い紙きれをいじっていた。三百フラン！……彼は胸の前で上っ張りを掻き合わせることなどもう頭になかった。その胸ではランプが金色のスパンコールを照らしだしていた。

「わたしの指示を持たせて、うちのお針子をこちらへやることもできたのだけれど」とヴェネランド嬢は、心の中の非難に答えるかのように、そして自分自身に対して弁解するかのようにつぶやいた。「でも、お宅の見本を見て、自分で来る気になったんです……。そういえば、あなたは画家だとおっしゃいませんでしたか？　あなたの作品ですよね、あれは？」

頭をひと振りして、彼女は、灰色のぼろ着とソフト帽のあいだの壁に掛けてある絵を示していた。

「はい、マダム」と芸術家は、ランプを持ち上げながら言った。素早い一瞥でもってラウールは、面白味のない風景画の全体を見てとった。関節のこわばった五、六頭の羊が、柔らかい緑の草を猛りたって食んでいるものだったが、うわべばかり遠近法を遵守するあまり、そのうちの二頭は脚が五本あるように見えるのだった。

シルヴェールは無邪気に賛辞を、励ましを、待ち受けていた。

「奇妙な職業ですね」とヴェネランド嬢は、その絵にはもうかかずらうことなく再び口を切った。「というのも、結局、あなたは石工になったりするほうがいいのではありませんか、そのほうが自然でしょう」

彼は愚かしく笑いだした。生計を立てるためにあらゆる可能な手段を使うという理由でこの見知らぬ女が自分を非難するのを耳にして、少し当惑したのだ。そこで、何かしら答えなければと思って、

「いやあ！」と彼は言った。「それでもまあ男であり続けられてはいますよ！」

そして例の上っ張りは相変わらず開いたまま、彼の胸の金色の巻き毛を顕わにしていた。

押し殺したような痛みがヴェネランド嬢のうなじを横切った。彼女の神経は、この屋根裏部屋の悪臭ただよう空気の中で、昂ぶりすぎていた。一種の眩暈が彼女を、この裸形のほうへと引きつけるのだった。彼女は、うしろに一歩しりぞき、この強迫観念から身をもぎ放し、逃げ去りたかった……。ある狂気じみた官能が、彼女の手頸をぐっと摑んだ……。彼女の片腕が解き放たれ、彼女は手をこの職工の胸の上に置いた、

まるで実在するということを自分でも信じていない怪物の金髪の頭の上にその手を置いたかのように。

「男だってわかりますとも！」と彼女は、皮肉な大胆さをこめて言った。

ジャック・シルヴェールは混乱して身震いした。この、彼が初めは愛撫(あいぶ)だと思ったものは、彼にとっては今や、侮辱的な接触に思えていた。

貴婦人用のこの手袋が、彼には自分の惨めさを思い起こさせるのだった。

彼は唇をかみしめ、そして、ちょっと行儀の悪い感じを出そうとして、こう言い返した。

「もちろん！　ご存知でしょう、毛なんかいたるところに生えてますとも！」

このひどい物言いに、ラウール・ド・ヴェネランドは死ぬほどの恥辱を感じた。彼女は顔をそむけた。すると、百合の花の散らばった真ん中に、醜悪な顔が、二つの青緑色の光を不吉に光らせながら、彼女の目に飛び込んできた。それはマリー・シルヴエール、件(くだん)の姉だった。

いっとき、びくともせずに、ラウールは目をこの女の目に据えたままにした。それから高飛車に、かすかに頭を振って挨拶(あいさつ)するとヴェールを下ろしてゆっくりと出て行ったが、ジャックはといえば、ランプを手に棒立ちになったまま、彼女を見送りに出るという考えさえ浮かばないのだった。

「姉さんなら、これについて何て言う?」と彼は、我に返ると言った。その時はラウールの馬車はすでに大通りに入って、シャンゼリゼ大通りのほうへと走っていた。

「あたしならね」とマリーは、せせら笑って寝床に倒れこみながら言ったが、百合がきらきら輝くと寝床の不潔さがいっそう際立つのだった。「こう言うよ、あんたがどじさえ踏まなければ、あたしたちのこの取引はうまいことといくよ。彼女、ぞっこん惚れたんだよ、あたしのかわいい弟ちゃん!」

〔第二章:ラウールは年老いた敬虔な伯母とともに豪奢な館に暮らしている。両親に死に別れたラウールを、この独身の伯母が育てたのであった。性の目覚めを迎えて不安定になった姪に敬虔な伯母はなすすべもなく、周囲は結婚を勧めるがラウールは頑として拒むのだった。剣術や絵画など、男性的な趣味を持つラウールを、伯母はしばしば「甥」と呼んでいた。そんなラウールが、私財をなげうって恵まれない芸術家にアトリエを提供しようと言いだし、ついに伯母を説き伏せる。ジャックによる花飾りを纏ったラウールは舞踏会でセンセーションを巻き起こしたが、その造花師を紹介してほしいという女性たちの頼みは断るのだった〕

〔第三章：ジャックとマリー・シルヴェールは、ラウールから与えられたアトリエの豪華さに呆然とする。ジャックは自分の才能を買われたと信じ込むが、娼婦だったマリーは、ラウールはジャックの容姿に惹かれただけだと言い放つ。マリーが買い出しに出かけ、ジャックはアトリエに一人きりになる〕

彼は戻ってきて、柱時計のうしろの大きな寝椅子に身を投げ出した。一分前から、彼は絹に対する欲望で体がすっかりくすぐったくなっていた。羊毛のように分厚いあの絹、それがこのアトリエの家具の大半に張られているのだ。彼は転げまわった。毛房や椅子の座面にキスしたり、背もたれを抱きしめたり、クッションに額をこすりつけたり、そのアラビア風の模様を人差し指でなぞったりしながら、嫁入り道具を前にした結婚前の娘のようなはしゃぎぶりで、色とりどりの縁飾りをとおして家具の脚輪までも舐めたりしながらはしゃいでいた。

彼は夕食のことも忘れていただろう、もしひとつの手が威圧的に入ってきて、彼の幸せな熱狂を中断しなかったならば、彼をこっぴどく揺さぶり起こさなかったならば。しじゅう不平ばかり鳴らすマリーの、あの鋭い嫌味が聞こえてくるのではと案じながら彼は飛び起きた。すると彼はヴェネランド嬢の姿をみとめた。彼女は音もなく入ってきていたのだった。おそらく、彫像の台座の前で賛嘆に浸っているこの芸術家の不意を打とうとしていたのだ。彼女にはすでに絵筆が絵の具に浸され、画布は濡れて、あとは仕上げるばかり……となっているかもしれないという期待すらあった。それなのに彼女が見出(みいだ)したのは、新調したスプリングのトランポリンで道化師の練習に身を投じているひとりの子どもだった。そのことは、いっとう最初は彼女をがっかりさせた……。それから、彼女は笑った、そしてその次には、これも実に無理のないことだ、と心の中で認めたのだった。

「さあ」と彼女は、命令をする女主人の手短な口調で言った。「さあ、道理をわきまえた一人の男になるよう努力してもらいますよ、わたしの哀れなシルヴェール。わたしはあなたを手助けしに来たのです、あなたに不都合もないと思いますけれど」

彼女は彼をじろじろ眺めた。

「そうそう、あなたの仕事着は？　あなたは自分ひとりで、然(しか)るべく身繕いできるといいと思っていたのだけれど」

「ああ、マドモワゼル、わが大切なる庇護(ひご)の女神さま」と若い男は、姉マリーに教わったとおりに、立った姿勢に直ると自分の髪に指を通しながらこう始めた。「この荘重な日が、わたくしの生活をどのようなものにするか決定し、わたくしはあなたに負うことになるのです、栄光を、富を、それから……」

彼は言葉に詰まった。ラウールの黒くて華麗で閃光を放つような両目に気おくれしたのだ。

「ムッシュー・シルヴェール」と彼女は彼の芝居じみた口調を真似して言った。「あなたは道化師といったところですね、わたしの思うには……。でもあなたは常識をかけらもひとつ負ってはいません……。あなたはわたしに何ひとつ負ってはいません。そして、わたしは恐れているのです、あなたはせいぜい、あのあまりにこわばった羊たちが柔らかすぎる草原に居る絵を描くぐらいしかできないのではないかと。わたしはあなたより一歳年上です。あなたが芍薬の造花を一本ひねるあいだに、どこへ出しても恥ずかしくない裸体画を一枚描きあげられます。だからわたしはあなたの作品を手厳しく批評させてもらってもいいと思っているんです」

彼女は彼の肩を摑んでアトリエをひと巡りさせた。

「あなたはこんな風にあの乱雑ぶりを整理したわけですね？　あなたの美的感覚っていうのはあなたの中で、いったいどこに埋まってしまっているのかしら、ええ？　お答えなさい……。あなたを絞め殺したいくらいです」

彼女はソファーの上に自分の外套を脱いで放って、ほっそりとした姿を現した。髪を非常に高い位置にねじって結いあげ、ブランデンブルク風の飾り紐ですっかり縁どられ、曲がりくねった尾の付いた、黒ラシャの体にぴったりとした服を纏っていた。いかなる宝石も、今回は、このほとんど男物のような衣装に華を添えるために煌めいたりはしていなかった。彼女はただ、左の薬指に、ライオンの鉤爪が二つ嵌め込まれたカメオ細工の印章指輪だけをしていた。

彼女がジャックの手を再び取ったとき、彼は引っ掻かれた。心ならずも、恐怖の感覚が彼の中に忍び込んだ。この女、この生き物は悪魔だ。

彼女はあらゆるものに、この上なくモラルを逆なでするような揺さぶりをかける調度をほどこさせた。悪趣味に眉を顰め、ジャックは口を尖らせるのだった……！ニンフたちは中国風のサチュロスたちの背にしなだれかかっているし、胸像は鉄兜をかぶっているし、鏡はひっくり返って天井を映しているし、丸椅子は画架の華奢な支柱のあいだに転がっているし、武具飾りは虚勢を張ったようなポーズを取っている。

「僕たちはもう駄目だ」とリュヌ通りの造花師は考えた。

「さあ、いらっしゃい。あなたは自分で服を着なければならなくなるわけだけれど、うまくできるかは、わたしは大いに怪しいと思ってます」

彼女、ラウールはせせら笑いながら、鈍重なこの男の子には手の打ちようがないと心に思っていた。

ドアカーテンが引かれた。ジャックは叫び声をあげた。

「ああ！　わかった、そんなに驚くなんて、寝室があるなんて考えもつかなかったんだね。あなたがたの脳みそではそんなこと思いつけないものね」

彼女は枝つき燭台(しょくだい)に備わっている蠟燭(ろうそく)の一本に火をつけ、ジャックを従えて、青白い布を張り巡らせた一室に入った。柱つきのベッドがあり、そのヴェネツィア風の垂れ布には銀色の背景に単彩画法で、フランドル・ステッチの刺繡(ししゅう)がほどこしてあった。ラウールは単に、自分の夏用の部屋の余りものを内装業者に渡しておいたのだった。赤大理石の浴槽のある浴室が隣にあった。

「ここに籠(こも)ってみなさい……ドア越しにお話ししましょう」

じっさい、彼らはおしゃべりをしたのだった、浴室のカーテンをはさんで。彼のほうはといえば、彼ら姉弟(きょうだい)が着く前に用意してあったために冷めてしまった風呂(ふろ)の中でばしゃばしゃ遊びながら。彼女のほうはといえば、彼の愚かな行動を笑いながら。

「ねえ、覚えておきなさい、わたしは男の子だということ」と彼女は言うのだった。

「それからわたしが伯母からは甥っ子と呼ばれている芸術家だということと……それ

に、わたしはジャック・シルヴェールに対しては、幼馴染みの男の子として振る舞うということを……。さあ、お風呂はおしまい？　浴槽の上にリュバン石鹸とその脇に櫛があります。この坊やは楽しい子かな？　おやおや、面白い子かな？……」

ジャックはどうしていいかわからず、試行錯誤していた。いずれにせよ、上流社交界というものは、彼の知っている世界よりも自由であるはずだった。

そして、大胆になってきた彼は、いたずらっ子みたいに思いついたことを口にしはじめ、彼女に自分を見ていないかどうか尋ねるのだった、だって見られているとしたら、当然気づまりだもの、と……。

彼は彼女に打ち明け話を始め、自分の哀れな父親がどんな風に赤貧の中、彼の生まれ故郷でもあるリールで死んだかを語った。ある日父親は一杯余計に飲み過ぎたのだった。また、彼の母親が別の男とつるむために、彼ら姉弟をどんな風に追い出したかも語った。姉弟は年端もいかぬうちにパリに向けて旅立ったのだった……。娼婦の姉は、すでにその道にはとにかく詳しかった！　彼らは働いてみじめな固いパンを稼ぎだしてきた……。彼はマリーの自堕落な生活についてはまったく語らなかったが、自分の胸を締めつけている悲しいけだるさを追い払うため、嘲るように話し始めた。彼らは人から施しを受けていたのだ、と……そんなこと、なかなか自分で認められるものではないですよ！　悲しいかな！　それはよくよく屈辱的なことでしたよ、と。そして彼は水の煌めきを通して、印章指輪によって付けられたさっきのひっかき傷を見つめながら、ヴェネランド嬢をとっととものにすればいいというマリーの淫蕩（いんとう）な勧めのことは忘れていた。

　ついに、浴槽の中で大音響が響き渡った。

「たくさんだ！」と彼は言い放った。急に、自分の体の清潔さもまたラウールのおかげであるという恥ずかしさに動揺したのだ。

　彼は拭（ふ）くものを探して、水を滴（したた）らせたまま、両腕を宙に差し伸べていた。誰かがカーテンをいじっているような気がした。

「おわかりですよね、ムッシュー・ド・ヴェネランド」と彼はふくれっ面（つら）をして言った。「男同士といえども、礼儀にかなっているとはいえませんね……。あなた、見ていらっしゃる！　もしあなたが僕の立場だったらいい気持がするかどうかお伺いしましょう」

　そして彼は、この女はどうしても誰かに襲いかかってほしいんだなと考えた。

「この女（ひと）は今にもっと夢中になるさ」と彼は非常に不機嫌な調子でつけ加えた。五感は風呂に入った清涼感ですっかり鎮（しず）まっていた。彼はバスローブを羽織った。

カーテンの陰の床の上に釘付けになったヴェネランド嬢からは、いろいろ小細工する必要もなく彼が見えていた。蠟燭の甘やかな光が、彼の、桃の表面のようにすっかり産毛で覆われた金色の肉体の上に柔らかく投げかけられていた。彼は浴室の奥のほうに向きなおって、ヴォルテールの芝居の一場の主役を演じていた。「深紅の口」という名の宮廷人の女性が微に入り細にわたって物語るというものだ。

あの古代ローマの大理石の彫像「美尻のヴィーナス」にも比肩しうるその腰のくびれは、脊柱の曲線がなまめかしい平面へと消えていき、しっかりと固く、脂肪もついた愛らしい二つの蛇行線として再び盛り上がっており、琥珀色で透明なパロスの大理石の球のように見えるのだった。腿は、女の腿よりも少し弱々しいかんじだったが、それでも性別を消し去ってしまうような締まった丸みを有していた。ふくらはぎは高いところにあって、上半身全体を押し上げているように見え、そして、自分の価値など知らないように見えるひとつの肉体のこのぶしつけなさまは、それだけにいっそう刺すような潑剌たる魅力があった。弓なりに反った踵は、知覚できない一点でわずかに支えられているのではないかと思えるほど丸かった。

伸ばした腕の二つの肘には、二つの薔薇色のくぼみがあった。腋の下の切れ込みのずっと下の方に、乱れた金色の巻き毛がいくつかはみ出ていた。ジャック・シルヴェールが言っていたのは本当だった、毛なんかいたるところに生えていたのだ。しかし、例えばそれだけで自分の男らしさが証明されると請け合ったりしたならば、彼は考えちがいをしているということになろう。

ヴェネランド嬢はベッドのところまであとずさった。彼女の神経質な手はシーツのあいだで引きつっていた。彼女は、猛獣使いのしなやかな鞭でどやしつけられたとたんに豹があげるような唸り声をあげていた。

「人間の裸形の恐るべき詩情よ、わたしは、無感動になった眼でお前を読みとろうとして、初めて震えを覚えているこのわたしは、ついにやっとお前を理解したぞ。男だ！ これが男だ！ ソクラテスでも、知恵の偉大さでもない、キリストでも、献身の荘厳さでもない、ラファエロでも、天才の輝きでもない、ただの、ぼろ着をはぎ取られたひとりの貧しい男、ただの平民の表皮なのだ。彼は美しい、それがわたしは怖い。彼は無造作だ、そこにわたしは戦慄する。彼は軽蔑に値する、だからこそわたしは彼を賛美する！ そしてここにいるこの男、いっときだけ貸し与えられた下着に包まれた子ども、つまらぬおもちゃに取り巻かれて、でもわたしの気まぐれでそれもじきに取り上げられてしまう子ども、わたしは彼をわが主人としよう、そして彼はその体の下でわたしの魂を捻じ曲げるだろう。わたしは彼を買った、しかしわたしが彼に属しているのだ。売られたのはわたしなのだ。感覚よ、お前たちがわたしに心を返してくれる！　ああ！　恋の悪魔よ、お前がわたしを囚(とら)われの女にしたのだ、わたしから鎖をはずし、わたしの牢番(ろうばん)よりもわたしを自由な状態にしておきながら。わたしは彼を捕らえたと思ったのに、彼がわたしを奪ってしまった。わたしは雷に打たれたような一目惚れなんて笑ったものだが、わたし自身が雷に打たれてしまっている……。そして、いつからラウール・ド・ヴェネランドは、乱痴気騒ぎにも冷然としたままだった彼女は、若い娘のように弱々しい一人の男を前にして、脳が沸きかえるのを感じるようになってしまったのだ？」

彼女はこの言葉を繰り返した。「若い娘！」

半狂乱になって、ひと飛びで彼女は浴室の扉のところに舞い戻った。

「若い娘！……。いや、いや……すぐさまの所有、荒々しさ、馬鹿げた陶酔、そして忘却……。いや、いや、わたしの不屈の心がこんな物質の供犠(くぎ)などに参加することになってはいけない！　わたしの興をそいでほしい、わたしが彼を気に入ってしまう前に！　ほかの男たちと同じように、彼もまた楽器であってほしい、自らの振動の残響になる前にこのわたしが粉々にしてしまうような楽器であれかし！」

彼女はやむにやまれぬ動きで垂れ布を開けた。ジャック・シルヴェールは辛うじて体を拭きおわったところだった。

「坊や、自分が素晴らしく美しいって知ってるのかな?」と彼女は彼に、ひねくれた率直さで言った。

若い男は仰天の叫びをあげて、バスローブを掻き合わせた。それから傷ついた様子で、恥ずかしさにすっかり青白くなって、彼は受け身な様子でローブを滑り落ちるがままにした。というのも、彼にはわかっていたからだ、このかわいそうな男には。姉が片隅に姿を現し、せせら笑っているではないか。「ほら！ さあ行くんだ、まぬけめ、お前は自分は芸術家なんだと思ってたわけだがね。さあ行くんだ、密輸のおもちゃ坊や、さあ行くんだ、閨房(けいぼう)の慰み坊や、自分の仕事をおし」

この女は自分の作った造花の束の中から彼を引っ張り出したのだった、まるで本物の花の中から珍しい昆虫を引っ張り出して、アクセサリーの宝石よろしく置こうとするみたいに。

「さあ行くんだ、磯でうごめく虫けら！ あたしらは貴族のお嬢さんのお仲間なんかじゃないんだよ。退廃の貴婦人がたが選ぶ立場におありなさんのさ！……」

彼には、こうした罵り(ののし)がどれも、彼の真っ赤になった耳のところでざわざわと音を立てるのが聞こえるように思われるのだった。そして汚れ(けが)のない彼の体の金色も、同じように肉色に赤みを帯びてきていた。いっぽうで彼の乳の二つの突起は水を浴びたために生き生きして、ベンガル百合の二つのつぼみのように突き出てきていた。

「ハドリアヌス帝の寵を受けた美少年アンティノオスはきみの先祖の一人なんだろう？」とラウールは両腕を彼の頸に投げかけながらつぶやいたが、彼女の背が高いために彼の両肩にもたれかかるのを余儀なくされていた。

「その人のことは、聞いたこともありません！」と屈辱を受けた勝利者は、頭を垂れながら答えた。

ああ！　金持ちの家のために薪を割り、道の溝の底でパン屑を掻き集め、彼の姉、あの娼婦の陰険な助言を受けても、健気に耐え忍んできたああした困窮のすべて！……巧妙に演じたお針子というこの役割、運命の神をもうんざりさせるほど姉弟が粘り強く使ったこうしたこまごました滑稽な道具類、そうしたものすべてはどこに行ってしまったのか？　それに、そうしたもののほうがどんなにましだったことだろう！　正直さは彼に息苦しい思いをまったくさせなかったし、そうしていれば周りの人もとことんまで善良で居つづけてくれたろう、彼から幻想も奪わず、いつかお金を返すための財産を自分に作り上げるだけの時間も残してくれただろうに……。

「わたしのことを愛してくれるか、ジャック？」とラウールはこの裸の体に触れて身震いしながら尋ねた。堕落の恐怖が、この裸体を骨の髄まで凍らせてしまっていた。ジャックは、ラウールの服の裳裾（もすそ）の上にひざまずいた。彼の歯はカチカチ鳴っていた。そして突然、泣きじゃくりはじめた。

ジャックは飲んだくれとふしだら女の息子だった。面目を保つためには、彼は泣くことしかできないのだった。

ヴェネランド嬢は彼の頭を上向かせた。彼女は、こうした燃えるような涙が転がり落ちるのを目にした。一滴一滴、彼女の心の上に落ちかかるのを感じた。彼女がもう自分にはないのだと思いたがっていた、この心というものの上に。部屋は突然、曙光（しょこう）に満たされたように彼女には感じられた。彼女は、魔法にかけられた空気の中に突然投げかけられた、えも言われぬ香りを吸い込んだように感じた。彼女の存在は、地上のすべての感覚を、天上のすべての熱望をいちどきに含みこんで、巨大に膨らんだ。そしてラウールは、打ち負かされて、高慢になって、こう叫んだ。

「立つんだ、ジャック、立つんだ！　きみを愛している！」

彼女は自分の裾を彼の膝（ひざ）の下から引き抜くと、アトリエの戸口のところまで、こう繰り返しながら走って行った。

「わたしは彼を愛している！　わたしは彼を愛している！」

彼女はもう一度振り返った。

「ジャック、ここではきみが主人なんだ……わたしはもう行く！　永久にさようならだ。きみはもうわたしに会うことはないだろう！　きみの涙がわたしを浄めてくれた。そして、わたしの愛に免じて許してほしい」

彼女はむごいほどの喜びに狂ったようになって逃げ去った。肉体の官能より官能的で、満たされない欲望よりも苦しいけれども、快楽よりも充足した喜びだった。初恋の感情と呼ばれるこの喜びに半狂乱になっていたのだ。

「さてと」と落ち着きはらってマリー・シルヴェールは、彼女の出て行った後に言った。「魚はかかったようだね……これですっくりいくだろうて、やれやれさ！」

〔第四章：去ったラウールを金づるとして呼び戻すために、ジャックの姉のマリーはジャックの名で「戻ってきてほしい」という手紙を書き、ラウールに渡すためにヴェネランド館に赴く。ちょうどレトルブ男爵が、ラウールに恋する仲間たちの名を並べ立てたのち、自身がまさに彼女に求婚しようとしていたところだった。ラウールは手紙を読むと青くなり、マリーを通すと千フランを与え、あなたの弟など知らないと言って追い返す。その後レトルブの愛の告白を聞いたラウールは「あなたを恋人にします。でもわたしは紳士です」と告げる。二人はヴェネランド館でラウールの伯母とともに夕食をとり、翌日逢引(あいびき)する約束をして別れた」

翌日、茶色の二人乗り馬車が十時ごろに呼ばれ、ラウールは熱に浮かされたような陽気さで、飛びかかるようにして乗り込んだ。たしかに、自分はそうするだろうと、彼女はそのことを自分に誓ってすらいたのだった、そして〈彼〉は、結局のところ他の男たちより自分のほうが優れていると思っているのだ、彼は彼女のことをおそらくよりいっそう楽しませるだろう。感覚の誤りは、魂の開花ではない。そして人間の形状の美しさはそれに執着する欲望を、永遠に続く狂気をもって掻き立てつづけることはできないのだ。

彼女は手袋のボタンをはめながら歌を口ずさんでいた。馬車の姿見は彼女にその姿を送り返していたが、彼女の光沢のあるレースの胴着は良く似合っていて、彼女は自分が〈女〉であると感じ、嬉(うれ)しくなるくらいだった。

「お嬢さま、敷地に乗り入れましょうか？」と御者が、馬車を快速で走らせたのちに、窓のほうへ身をかがめてこう尋ねた。

「いいえ！　停めて頂戴、わたしが降りたら、左側の門から入って、そこで晩までわたしを待っていておくれ！……」

ラウールの声はかすれてしゅうしゅう言っていた。彼女は降りると、停まっている辻馬車を見つけ、そこに馳せつけた。

「ノートルダム・デ・シャン、モンパルナス大通りへ！」と彼女は言った、そのあいだにも乗ってきた馬車は、空っぽになって、彼女の命令に従って左側の門のほうに向かっていた。

道中ずっと、彼女はそんなふうにしようと考えていたわけではなかったが、身を投げうつような行為をひとたび思いつくや、もう言うことを聞かなくなった体が、今しがた反逆を起こしたというわけだった。ラウールは何の異論も唱えず、それに屈してしまっていた。

着いてみるとモンパルナス大通りのアトリエは、彼女には陰鬱な様子に見えたが、奥には、青一色の寝室が、空の片隅のように開いていた。ラウールがここの敷居を跨ぐやいなや、マリー・シルヴェールは引き下がった。

「さてね」とマリーは言った、「わたしらのちょっとした取引に片をつけるのは昼食のあとにするかね。お熱いことになるのは請け合いさ、ふしだら女め！」

ヴェネランド嬢はジャックと二人きりになるために、分厚いドアカーテンをほどいて下ろした。

「ジャック!」と彼女は厳しく呼ばわった。

彼は長枕(ながまくら)に顔を埋めた。このあまりといえば醜悪な行為を信じたくない様子で。

「僕はあんな手紙は書いていません!」と彼は叫んだ。「あなたにはっきり言えます、そんなことする度胸もありません。しかも、僕はもうどこかへ去ってしまいたい、病気なんです。このベッドに居ろって強制されたせいで病気になってしまったんだ……マリーは何だってやりかねません、僕は姉さんのことはよくわかってる! 一方のあなたは!……。僕はあなたを苦しめることなんてできない!……」

エネルギーが尽きて、彼は毛布の一番奥ふかいところに再びもぐりこんでしまった、ぶたれた動物みたいに体を小さく丸めて。

「ほんとに本当?」とラウールは、甘美な戦慄に揺さぶられながら尋ねた。

彼はぼさぼさの頭を再び明るいところまでもたげたが、その素晴らしい金髪の色味は、薔薇色の陰影を帯びていた。

「じゃあ、どうしてあの手紙が届けられてしまうのを放っておいたんだ?」

「僕は知りませんったら! 僕は熱があるってマリーが言い張ってたんですが、姉さんお得意の〈熱〉です。僕に薬を飲ませて、僕、それで毎晩譫妄状態になって。それは姉さんが言うにはキニーネだそうです。僕は姉さんを引き留めるつもりだったんですけど、ただ力が出なくなっていて。ああ！　あなたはもうこの不幸のアトリエをたたんでくださっていいですよ！　なんてことだ！……」

　息を切らしながら、彼は起き直ろうとしたが、そこでラウールは奇妙なことに気づいた。彼は女もののブラウスを着ていたのだ、花づなのついたブラウスを。

「きみにそんな格好をさせたのも姉さんなのか？」とラウールは、彼の頸のところの花づなに触れながら尋ねた。

「僕、下着を着てるんだと思います？　ぼろ着を着てたのはずいぶん昔のことになります。寒いって言ったら、これを肌に着せかけられて……これが女もののブラウスだなんて、僕に分かるかっていうんです！……」

「ああ、女ものだよ、ジャック！」

　彼らはいっしゅん顔を見合わせた、この椿事に笑うべきかどうか迷いながら。

　マリーがアトリエの奥から叫んだ。

「テーブルセッティングは二人用でいいんだね？……」

　すると、恥辱に酔ったようになり始めて、その中に平穏を見出すためなら何にでも同意する気になってきたラウール・ド・ヴェネランドは、扉を閂（かんぬき）で閉じてしまったが、一方のジャックは、決心して心から笑いだしていた。次いで彼女は、ためらいながら、ベッドのほうに戻ってきた。ジャックは、甘ったるくて愚かしくて人を魅了する、子どものような笑い声をあげていた。優雅さに満ちて、挑発的で、悪寒の走るような笑いだった。彼女は、この馬鹿笑いから発散している力を自らに説明しようとはしていなかった。彼女はそれが自分の身を包みゆくがままにしておいた。溺（おぼ）れた人が最後の足掻（あが）きをしたあとで波が自分を包むに任せ、永久に流れに身を委（ゆだ）ねてしまうみたいに。彼女は青い垂れ布を少し押し開けて、若い男の頭に光が当たるようにした。

「具合が悪いのか？」と彼女は機械的に言った。

「もう悪くないです、あなたにお会いしたからには！……」と彼は勝ち誇った様子で答えた。

「わたしの頼みをきいてくれるか、ジャック？」

「どんな頼みでも、マドモワゼル！」

「じゃあ、黙れ。ここにはきみの話を聞きに来たわけではない」

そうとう気を悪くして、彼は黙った。このお高くとまった女には、おそらくこんなお追従（ついしょう）も目新しくないんだろうなと心に思いながら。本物の社交界の女たちは、親密な間柄になると厄介なのだ、そして、初心者の彼はあまりに手探りにすぎるのだった、そのことは彼も自分で意識していた。

「僕、眠ります！」と彼は、鼻のところまでシーツを引っ張り上げながら唐突に言い放った。

「そうさ！　眠りなさい」とヴェネランド嬢はつぶやいた。爪先立って、彼女は日よけを下ろしに行き、それから常夜灯を灯した。その艶消しのクリスタルは、あたりに雲のような影を投げかけた。

ときどき、ジャックは睫毛を上げたが、このすらりとした黒ずくめの女によってひそやかに完遂されたこれらのことごとは、彼にむごいほどの混乱をもたらしていた。

ついに、彼女は小さな鼈甲の箱を手に近づいてきた。

「きみにこれを持ってきた」と彼女は母性的な微笑みを浮かべて言った。「きみの姉さんのキニーネなんかとは似ても似つかぬ薬だ。もっとすぐに眠れるよう、これを飲むんだ！……」

彼女は彼の頭を片腕で抱えると、金めっきの銀の匙を彼の口元に持っていった。

「お利口にしようね！……」と彼女は、その暗い視線を彼の目に注ぎ込みながら言った。

「欲しくない！」と彼は怒った口調で言い放った。

今こそ彼は思い出していたのだ、祭日に、セーヌ河岸で二十五サンチームのみすぼらしい本を買ったことを。題名は『ブランヴィリエ夫人の勲』というもので、それからというもの彼は、大貴族の婦人たちの恋愛のことを考えると、つねに毒薬が思い浮かぶようになってしまっていた。彼の脳は、少しばかり弱ってはいたが、すぐさまベロアの覆面をかぶった人物が、服を脱いだ紳士に対しておこなう犯罪の試みをまざまざと思い起こした。彼は、その紳士が引き攣った動作でカップを押し返すのを目の前に浮かべた。ラウールは間違いなく自分を厄介払いしようとしているのだ。自らの評判が危うくなると、何があろうとためらわずにやってのける類の女はいるものだ！ だからジャックは片手の拳を体の前に出して、攻撃の動きをされたらすぐに彼女をやっつけてやろうと身構えた。返答の代わりに、ラウールは持っている匙の中身を歯の先端で噛んだ。

「僕は乳呑み児じゃない！」と彼はどうしていいかわからなくなって言った。「噛み砕いてもらう必要なんてありません！」

そして彼は眉ひとつ動かさずに蜂蜜の味のする緑がかったその薬を飲み下した。ラウールはジャックの両手を握りながらベッドのへりに腰かけ、幸せそうだが同時に心を痛めたような微笑みを彼に向けていた。

「愛しい人」と彼女はとても低くつぶやいたので、ジャックには深い淵の底から聞こえてくるように思えた。「わたしたちは、きみのまったく知らない奇妙な国にこれから属することになる。それは狂人たちの国だけれど、そうはいっても野蛮人たちの国ではない……。わたしはきみから下卑た感覚をはぎ取って、もっと精緻な、もっと洗練されたほかの感覚を与えてやりに来たのだ。きみはわたしの目で見、わたしの唇で味わうようになる。この国では、人は夢を見る、そして、存在するためにはそれだけで事足りるのだ。きみもこれから夢を見る、そうすれば、きみがこの神秘の国でわたしに再びあいまみえる時、きみは理解することだろう、わたしが今ここできみに語っているうちはきみに理解できないすべてのことをね！　行くんだ！　もうきみを引き止めはしない、そしてわたしは自分の心をきみの快楽に結びつける！……」

ジャックは頭をのけぞらせて、彼女の両手をつかもうとしていた。彼は少しずつ、羽毛の驟雨の中を転がっていくような気がしていた。カーテンは流動的な輪郭を帯びはじめていたし、寝室の鏡は数を増していき、天のいと高きところから突き落とされた黒焦げの聖霊のように滑翔する、黒くて巨大な一人の女のシルエットを千倍にして送り返してきていた。持てる筋肉をすべて緊張させ、四肢をすべてこわばらせて、奪われてしまった下卑た抜け殻のほうへと思わず戻ろうとしていたが、彼は次第次第に沈潜していった。ベッドは消え去ってしまっていた、そして彼の体も。彼は青い色の中でくるくる回っていて、例の滑翔する聖霊に似た存在に姿を変えていっていた。最初は墜落したのかと思ったのだが、反対に、彼はこの世界のはるか上に自分を見出していた。彼は、説明不可能ながらも、サタンの傲岸な感覚をおぼえていた。それは、楽園から堕ちたがそれでも地上を統べていて、神に額を足で踏みつけられていながら、人間どもの額を踏みつけにしているという感覚だった！

彼には、もう何世紀にもわたってこうして生きてきたように思えていた。あの黒い姿の女とともに、輝くような裸形できらきら光りながら。

彼の耳元では、性別もなく、すべての悦楽を手に入れさせてくれる、奇妙な愛の歌がざわざわと鳴っていた。彼は恐るべき強度と焼けつくような太陽の熱さをもって、愛していた。誰かが彼を、ぞっとするような陶酔と、なんともいえず卓越した技巧とをもって、愛していた。その卓越ぶりは、喜びが消え去るかと思うとまた生まれてくるように感じられるほどだった。

彼らの目の前の空間は、無限に開いていた。変わりなく青色で、変わりなく鏡のように反射し……かなた、遠くでは、寝そべった動物のようなものが、重々しく彼らを見つめていた……。

ジャック・シルヴェールは、このほとんど神々しいとすら思える幸福の瞬間に、自分がどのようにして起き上がったのか、まったくわからなかった。我に返ると、彼は自分が立っているのを見出した。ベッド下のマットとして敷いてある大熊の毛皮の頭蓋の上に、力強く踵を置いていた。ヴェネツィア製の姿見に映る彼の目は錯乱した様子で、寝室はとても静かだった。ドアカーテンのうしろで声がこう尋ねた。

「お夕食を召し上がりますか、マドモワゼル?」

ジャックは請け合ってもいいくらいだった、お昼を召し上がりますか? と訊かれてから一分と経っていないと……。

彼は急いで服を着て、化粧用の酢に浸した海綿で両のこめかみを湿らせ、口ごもりながらこう言った。

「あの女はどこ? 帰ってしまわないでほしいんだ!」

「わたしはここだ、ジャック!」と答えがあった。「きみのそばを離れてはいない、だってきみはまだ譫妄状態にあったからね」

ラウールが、浴室を目隠ししている垂れ布を持ち上げて現れた。彼女は変わりなくすらりとしていて、黒ずくめの服装だった。彼女の指は、頸のうしろでネックレスの留め金を留め直しているところだった。

「嘘だよね？」とジャックは震えながら叫んだ。「僕、譫妄なんか起こしてない。夢だって見なかった。どうしてきみは嘘つくの？」

ラウールは彼の両肩を摑んで、有無を言わせぬ圧力をかけて彼の体をたわめた。

「どうしてジャック・シルヴェールがわたしに〈きみ〉なんて言葉を使うのだ？　わたしは彼にそんなことを許可したか？」

「ああ！　僕は疲労困憊なんです！」とジャックは再びしゃんとしようとしながら繰り返した。「男が、具合を悪くしている男をそんな風にからかうもんじゃありませんよ、ラウール！　あなたのことはもう〈きみ〉なんて言いません……ラウール！　僕はきみを愛してる！……ああ！　今にも死にそうだ！……」

支離滅裂に口走り、半狂乱になって、彼はラウールの両腕の中に顔を隠した。

「もう終わったの？」と彼は泣きながらつけ加えた。「もう本当に終わったの？……」

「繰り返して言うが、きみは……夢を見たんだ。それだけだ」

そして彼女は彼を押し返し、もうそのことはこれ以上聞きたくない様子でアトリエに足を踏み入れた。

「お食事の用意ができました！」とマリー・シルヴェールがお辞儀をしながら告げた。

まるで、何事も自分を驚かすものはないといった様子だった。ラウールは料理が湯気を立てているテーブルのほうに行った。そして彼女は、巻いたナプキンの脇に金貨をひと山置いた。

「これは彼の席だと思うが？」と彼女は非常に静かな口調で言って、身じろぎもしないマリーを見つめた。

「はい、お二人を差し向かいにしました」

「よろしい」とラウールは変わらず無関心な声で答えた。「あなたがた二人とも、どうぞ美味しい食事を！」

そして彼女は、手袋をはめながら出て行った。

〔第五章：約束をすっぽかされたレトルブがさんざん待ったあげく激怒しながら帰ろうとしているところに、ラウールが現れる。約束と反対のことをする理由を問われたラウールは「自分が女だからだ」と言う。ラウールはレトルブに自宅まで送ってほしい、食事を共にしようと提案する。レトルブは従ったがまだ怒りがおさまらない。そこへラウールが打ち明け話を始めた〕

「友よ」と彼女は唐突に言った。「〈僕〉は恋をしているんだ！」

レトルブはびくっとして、持っていた大きな杯を置くと、絞り出すような声でこう答えた。

「サッフォーよ！……。さあ」と彼は皮肉な身振りをしてつけ加えた。「そんなことだろうとおもっていた。つづけたまえ、ムッシュー・ド・ヴェネランド、つづけたまえ、わが親愛なる〈男〉友達よ！」

ラウールは唇の端に、見下したような皺を寄せた！

「貴君は思いちがいをしている、ムッシュー・ド・レトルブ。サッフォーになるというのは、そこらのありふれた人間になることさ！　わたしの受けた教育は、寄宿学校生の罪やら、売春婦のもつ欠点やらをわたしに禁じているのでね。貴君なら、下卑た恋愛の水準よりも上に、わたしを置いてくださると思うが。いったいどういうわけで貴君はわたしに、そんな品性下劣な真似ができるとお思いなのかね？　礼儀のことなど気遣いなしに話してくれたまえ……わたしはここ、自分のうちにいるのだからね」

軽騎兵隊の元将校は、自分のフォークを捻じ曲げようとしていた。じっさい、彼は自分が、スフィンクスの洞穴の中に真っ逆さまに落ちてしまったのだということをよくわかっていた。

「わたしの頭は一体どうなってしまっていたんだ？　ああ、マドモワゼル。わたしはテレンティウスの『わたしは人間である』という文言を忘れていましたよ！　彼の言うように、人間に関わることなら自分に無縁なものはないんでした」

「たしかに、ムッシュー」と肩をすくめながらラウールは再び口を切った。「わたしには恋人が幾人もいました。幾人もの恋人を、わたしが図書室に本を持っているのと同じように持っていました、知るため、学ぶために……。でも情熱を持ったことはなかった。わたし自身の本を書いたことはなかったんですよ、このわたしは！　わたしはいつも自分がひとりぼっちの女だと思ってきた、でもわたしは二人だった。人を最も愚かにするような悦楽のただ中にあっても、自分自身の主人で居続けるなら、人は弱くない。わたしの心理学的なテーマをさらに……まあルイ十五世的な観点からお目にかけるならば、たくさん本を読みたくさん研究をした結果、言ってみるならば、読んでみた著述家たちの深いお考えのうち、ほんの少しの部分にしかわたしは納得がいかなかったのですよ、古典にせよそうでないにせよ！　今では、わたしの心というこの誇り高い識者は、ちょっとばかりファウストのような真似をしてみたがっているんだ……若返らせたいというのさ、自分の血をではなく、恋と呼ばれているこの古くさい代物（しろもの）をね！」

「ブラヴォー！」とレトルブは、魔術的な召喚に立ち会ったり、不思議な櫃（ひつ）からひとりの魔女が飛び出てくるのを目にしたりすることになりそうだと確信しながら言った。「ブラヴォー！　力をお貸ししますよ、わたしにできることならばね！　つねに心の準備はできていますとも！　わたしだって、ごく使い古された手順に伴う永久不変のリフレインにはほとほとうんざりなんだ。わたしのかわいいファウストよ、わたしは新発明のために乾杯して、その特許にお金を払うまでです。なんてこった！　ごく新しい型の恋か！　それこそわたしにぴったりな恋だ！　しかし、単純によく考えてみよう、ファウスト君。女は最初のうちは誰しも、恋というものを自分が今まさに創（つく）りだしたのだと考えるに決まっていると、わたしには思えるね。というのも恋というものは、われわれ哲学者にとってしか、古くさいものではないのだよ！　乙女たちにとっては、恋はまだ古くさくなんてないのだ！　そうだろう？　論理的になろうじゃないか！」

　彼女は焦（じ）れたような身振りをした。

「わたしはここでは」と彼女は、保温こんろからザリガニのパイ包みを取りながら言った。「現代の女たちのエリートを代表しています。女性の芸術家と、女性の大貴族の見本なのです。衰弱していく人種を永続させるとか、女には共有できない快楽を与えるといった考えに反逆するああした女性たちの一人なのだ。そうとも、わたしはあなたがたの法廷にやってきた。わたしの姉妹たちから代表として一任されて。わたしたち全員が不可能なことを望んでいるのだということをあなたがたに宣言するためにね。それほどあなたがたはわたしたちを愛するのが下手なのだよ」

「どうぞご発言を、親愛なる弁護士殿」とレトルブは笑うことはなしに活気づいて促した。「ただ言っておくが、わたしのほうはといえば、裁き手にも当事者にもなりたくはない。だからあなたの演説は三人称でなさい。『それほど彼らはわたしたちを愛するのが下手なのです』とね……」

「ええ」とラウールは続けた。「粗暴か、無能か。それがジレンマなのです。粗暴な連中は苛立たしいものだし、無能な連中はこちらを堕落させる。そして粗暴にしろ無能にしろ、快楽を得るのに急ぐあまり、〈彼ら〉ときたらわれわれに、われわれ、つまり彼らの犠牲者にですよ、われわれを幸福にすることで彼らをも幸福にすることのできる唯一の催淫剤を与えることを忘れている。つまりそれが、〈恋〉なのです！……」

「おや！」とレトルブが、頭を振りたてて遮った。「恋のための催淫剤としての恋ですか！　洒落ていますね！　わたしは賛成だ。法廷はあなたと同意見、あなたの勝訴です！」

「古代においては」と容赦なく彼女は自説を続けた。「悪徳は聖なるものだった。なぜなら当時の人間が強かったからです。わたしたちのこの世紀においては、悪徳は恥ずべきものだ。なぜなら悪徳はわれわれの衰弱から生まれるものだからです。もしわれわれが強くて、さらに言うならもし、美徳に反する不満を持っているならば、例えば創造者になることなどによって、悪徳を成す人間になることは許されるだろう。サッフォーは〈娼婦（しょうふ）〉にはなりえなかった、彼女はむしろ、新しい火に仕える巫女（みこ）です。わたしが、もしひとつの新しい倒錯を創りだすとすれば、わたしは女司祭になるだろう。しかしわたしの治世のあとでは、わたしの模倣者たちが、おぞましい汚濁の中で這（は）っていくのだろう……。あなたにはいささかも思われないだろうか、サタンを模倣する傲慢な男たちは、傲慢を発明してしまった聖書のあのサタンよりももっと罪深いと？　サタンはその過（あや）ちそのものによって尊敬されるべきではないだろうか、その過ちは前例がなく、神についての省察から発しているのだから……」

ラウールは胸を刺すような感情によって極度に興奮して、混じりけのない水で満たした自分のグラスを手に、立ち上がっていた。彼女は、自分のほうに身をかがめているアンティノオスの像に向かって祝杯をあげようとしているかのようであった。

レトルプもまた、自分の大盃にキンと冷えたシャンパーニュを満たして立ち上がった。十杯目を飲み干したあとだったため、軽騎兵というものがふだんそうであるよりは心の浮き立った様子で、しかし、こんな場に居合わせた道楽者よりは礼儀正しい様子で、彼はこう叫んだ。

「ラウール・ド・ヴェネランド、またの名を現代の恋愛のクリストファー・コロンブスに、乾杯！……」

そして、また腰を下ろしながら言った。

「弁護士殿、本題に入ろうではありませんか。というのも、わたしは貴君が〈恋する男〉であることはわかりましたが、なぜ貴君がわたしを裏切ったのかはうかがっていませんからね！……」

ラウールは苦しげに再び口を切った。

「狂ったように恋する男！　そうとも！　すでにしてわたしは、わたしの偶像のための祭壇をうち建てるつもりなのだ、けっして理解されない保証があるというのに！……。悲しいかな！　自然に反しているけれども同時に真の愛でもある情熱は、ぞっとするような狂気以外の何ものかに、果たしてなりうるだろうか？……」

「ラウール」とレトルプ男爵はまごころをこめて言った。「たしかに、納得だ、あなたは狂っている。でもわたしはあなたに治ってもらいたいのです。残らず話してください、そしてどういうわけであなたが、サッフォーのひそみに倣うことなく、誰かしら可憐な娘に恋する男になったのかわたしに教えてください」

　ラウールの青白い顔は燃え上がった。

「わたしはひとりの男に〈恋する男〉なのだ、ひとりの女にではなく！」と彼女は、暗くなった目をアンティノオスの輝く目から逸らしながら言い返した。「わたしは、誰かの存在を夫のイメージとして考えたいと思えるほど誰かから愛されたことがない……。しかもわたしの脳がもっと快いものを探し求める暇もなくなるほどの悦楽も、与えられたことがないのだ……。わたしは〈不可能なこと〉を欲した……。わたしはそれを手にしている……。つまり、いやちがう、わたしはそれを手にすることはけっしてないだろう！……」

　ひとしずく、その濡れた透明さはいにしえのエデンの園の光から奪ったものにちがいない涙が、ラウールの頬を流れ落ちた。レトルブはといえば、完全なる絶望のしるしに、開いた両腕を振り回していた。

「この女は〈恋する男〉なのか、ひとりの……お、男に！　不死の神々よ！」彼は叫んだ。「われを憐れみたまえ！　脳みそが崩れ落ちそうだ！」

一瞬の沈黙があった。それからラウールは、非常にゆっくりと、非常に自然に、ジャック・シルヴェールとの最初の出会いを彼に物語った。ちょっとした気まぐれがどんな風に、度外れな情熱という規模に育つに至ったか、そして彼女が、男としては軽蔑しているが美の化身としては熱愛している存在を、どんな風に金で買うに至ったかを。（彼女はジャックのことを〈女〉と言えないので「美の化身」と言っていた）

「そんな男が存在しうるのか？」と、呆然とした男爵は口ごもりながら言った。そこでは逆転ということだけが認められた唯一の体制であるかのような、未知の領域に引っ張り込まれてしまった格好だった。

「存在するんだ、わが友よ。そしてそれは両性具有者ですらなく、不能者ですらなく、ひとりの美しい、二十一歳の雄なのです。その魂は、女性のもろもろの本能を備えていて、外装を間違ったというわけだ」

「わたしはあなたを信じます、ラウール、信じますよ！　で、あなたは彼の情婦になるわけではないのですか？」と、この道楽者はさらに尋ねた。およそ色事にはほかの解決策はあるはずもないのだと確信しながら。

「わたしは彼の情夫になるでしょう」とヴェネランド嬢は相変わらず、混じりけのない水を飲み、マカロンを粉々にしながら答えた。

レトルブは今度は、ものすごい勢いでどっと笑いだした。

「……わたしが金を払おうと思っていた特許の手順とは、それなのかね？」と彼は言った。

厳しい視線に彼は黙った。

「キリスト教の殉教者の存在を否定したことは一度もありませんか、レトルブ？」

「もちろんありませんよ！　わたしには、いつもほかにやるべきことがあったんでね、親愛なるラウール！」

「ヴェールをかぶって修道女になる乙女の、神からの召命（しょうめい）については否定しますか？」

「それについては明白な事実に屈しますとも。ムーランのカルメル会修道院に素敵な従姉妹（いとこ）がいるんでね」

「不貞の妻に対して貞節であり続ける可能性は否定しますか？」

「わたしについては否定するが、わたしの大の仲良しの仲間のひとりについては否定しませんね！　ああ！　これ、この水差しは一体魔法にかけられてでもいるのかね？　あなたの質問には怖くなりますよ」

「そう！　親愛なる男爵、わたしはジャックを、ひとりの婚約した男が死んだ許嫁（いいなずけ）を希望もなく愛するみたいに、愛するでしょう」

彼らは夕食を終えていた。彼らはテーブルを押しやり、それをひとりの召使いが目立たぬように下げに来た。それから、横並びになって彼らは寝椅子(ねいす)に体を伸ばした、それぞれがトルコ煙草(たばこ)を口にくわえながら。

レトルブはラウールのドレスについて考えていなかったし、ラウールもこの若い将校の口ひげには少しも関心をもっていなかった。

「そういうわけで、あなたは彼を囲っておくのですか？」と男爵は非常に屈託のない口調で尋ねた。

「わたしが破産するまでね！　わたしは〈彼女〉には、王の〈名づけ子〉みたいに幸せになってほしいんだ！」

「相互理解の努力をしようじゃありませんか！　もしわたしが正式の打ち明け相手ということならね、わが男友だちよ、〈彼〉と呼ぶか〈彼女〉と呼ぶか決めようじゃありませんか。わずかに残っている常識までわたしが失ってしまわないようにね」

「よろしい。〈彼女〉にしよう」

「で、姉のほうは、何と呼ぶ？」

「召使い女、でじゅうぶんだ！」

「その元造花師には以前、恋愛沙汰(ざた)などもあったかもしれないが、〈彼女〉にはまたそういうことも起こりうるのかな？……」

「……そうなったら、大麻(ハシシ)で……」

「なんてこった！　それは複雑になってしまうな。で、もし、何かの拍子に大麻では足りないなんてことになったら？」

「わたしが彼女を殺すさ！」

これを聞くと、レトルブは立って行って当てずっぽうに一冊の本を手に取った。そしてそれを声に出して自分に読みたいという奇妙な欲求をおぼえた。突然、シャンパーニュの酔いも手伝って、ラウールが男色で知られるアンリ三世のような男性用胴衣を纏(まと)って、アンティノオスに一輪の薔薇(ばら)を捧(ささ)げているように彼には見えた。彼の耳はブーンと鳴っており、こめかみはどくどく言っていた。次いで、目の前で躍っている本の行に沿って、声を詰まらせながら読みあげ、フランスのすべての軽騎兵の髪を逆立たしめるような馬鹿(ばか)げたことをしゃべり散らした。

「黙りなさい！」とヴェネランド嬢が夢見るようにつぶやいた。「わたしの思念の純潔さを保たせてほしいものだ、わたしが〈彼女〉のことを考えているときくらい！」

レトルブは体をひと振りした。やって来てラウールの手を握った。

「ごきげんよう」と彼は穏やかに言った。「もしわたしがピストルで頭を撃ち抜いてしまわなければ、明日の朝、〈彼女〉に会いにいっしょに行きましょう」

「あなたの友情が凱歌を奏するでしょう、わが友よ。そもそも、愛でもってラウール・ド・ヴェネランドを愛することはできないのですよ」

「そのとおりだ！」とレトルブは言い返した。

そして彼は非常に素早く出て行った。なぜなら眩惑が彼の想像力を占拠してしまっていたからだ。

寝室に行く前にラウールは伯母の部屋に立ち寄った。伯母は、巨大な祈禱台の上で頭を垂れて、乙女マリアの祈禱を唱えていた。

「思い出してください、乙女マリアさま、あなたさまにおすがりした者の中で、見捨てられた者がいたなどということは一度も耳にしたことはありません……」

「乙女マリアは、性別を変えるという恩寵を誰かに求められたことはないんだろうか？」と、若い女は、この信心深い老女に挨拶のキスをしながらため息まじりに考えたのだった。

〔第六章：ラウールが、レトルブとジャックを引き合わせる。ジャックは前日の夢による影響から抜け出ていない様子である。レトルブとマリー・シルヴェールも当然そこで出会ってしまった。ラウールとレトルブとジャックの奇妙な会見が繰り広げられる。レトルブが一足先に去ったあとで、ラウールとジャックのやり取りが続いた」

「きみには、煙草を吸うことを禁じる！」と彼女は、ジャックの腕を揺さぶりながら叫んだ。

「わかった！　もう煙草は吸わないことにします！……」

「それから、ここではわたしの許可なしに男に話しかけることも禁じる」

ジャックは啞然として、例の愚かしい微笑みを保ったまま、じっとしていた。

突然、ラウールは彼に飛びかかり、彼が抵抗するいとまも与えず、自分の足元に横たわらせた。それから、白いメルトン生地の上衣から露わに出ている彼の頸を摑んで、その肉に自分の爪を食い込ませた。

「〈僕〉は嫉妬しているんだ！」と彼女は半狂乱で吼えたてた。「わかったか、今となっては？……」

ジャックは動かなかった。彼は引き攣った両の握りこぶしを、振り回して使う気にはならずに、濡れた両目の上にあてがっていた。

彼に痛い思いをさせているのを感じて、ラウールの神経は和らいだ。

「きみも気づくはずだけどな」と彼女は皮肉な調子で言った。「わたしの手は、きみの造花師の手みたいではないってことにね。それに、わたしたち二人のあいだでは、より男らしいのは相変わらずわたしのほうだってことにね？」

ジャックは返事をせずに彼女を盗み見ていた、口の両端に苦い皺を刻みながら。

押しつけられた無気力状態の中でジャックの女性的な美しさはよりいっそう際立ってきていた。そしておそらくは意識的に示すようになってきていた彼の弱々しさからは、不思議に人を惹きつけるある種の力強さが発散していた。

「残酷な女！……」と彼はごく低い声で言った。

ラウールはクッションを一つ行きあたりばったりに手にすると、それを若い男の赤毛の頭の下に置いた。

「きみはわたしを頭のおかしい女にしてしまう！」と彼女は口ごもりながら言った。「わたしはきみを自分だけのものとして持ちたいのだ、それなのにほかの人と、きみは話し、笑い、話に耳を傾け、答えるんだ、ぬけぬけと、ごくふつうの人間みたいに落ち着き払って！　きみのその、ほとんど超人間的な美しさは、きみに近づいてくるすべての人の精神を堕落させてしまうってことに、気づかないのか？　昨日わたしは、自分の苦しみをきみに説明することなく、わたしの思うままにきみを愛そうとした。しかし今日わたしは、まったくもってかっとなってしまったのだ、それというのも男友だちの一人がきみの傍らに座ったからなんだ！……」

彼女はしゃがれた声のすすり泣きに妨げられ、ハンカチを顔に持っていった。彼に見られぬよう顔を隠そうとして。

横たわるジャックのこの体の傍らで膝をついて体をかがめ、彼女は情夫らしい憤怒(ふんぬ)をおぼえていたが、ジャックはそれに思わず心を燃え立たせた。そこで、彼は起き上がって彼女の両肩に片腕を巡らせた。

「きみはじゃあ僕のこと好き？……」と彼はひねくれていると同時に優しく甘ったれた口調で尋ねた。

「死ぬほどに！……」

「僕をまた一日中譫妄状態にするって約束してくれる？……」

「きみはそんな譫妄のほうがわたしの口づけよりいいというのか、ジャック！」

「ううん！……。でもきみのお薬はもうあんまり酔わせてくれないだろうな、ほら、だってきみが無理やり僕にそれを飲みこませようとしても、僕はそれを吐き出しちゃうからね！……。また別のもっと素敵な譫妄がいいなあ……」

彼は言いやめた。少し息を切らしながら、自分がこんなに雄弁に語ったことに驚いていた。それから彼は再び口を切ったが、その口調の中には燃えるような官能が小刻みに震えているのが感じられるのだった。

「きみはどうしてあのムッシューに伴われてやってきたの？……。僕のほうは嫉妬してはいけないの？　きみは僕にひどく恥ずかしい思いをさせているんだよ！　きみは僕を買った、そして僕を叩く……。僕にははっきり見えていないと思ったらまちがいさ。僕は立ち去るべきだったのに、こんな体たらくだ……きみのくれるあの緑のジャムは、僕を姉さんよりも駄目な人間にしてしまった！……。僕はすべてが怖い……でもやっぱり、僕は幸せだ、とても幸せだ……。僕、乳母の胸の中で眠りたいような気がしているよ……」

ラウールは、自分の怪物的な情熱を頭蓋骨を通して彼に吹き込もうとして、ガーゼをほぐした糸のように細い彼の金色の髪に口づけていた。彼女の尊大な唇が彼の頭を前へと傾げさせたと思うと、そのうなじに彼女はがぶりと噛みついた。

ジャックは官能的な苦しみの叫び声をあげて身をよじった。

「ああ！　なんていいんだろう！」と彼は、自らの獰猛な女支配者の両腕の中で身を固くしながらため息まじりに言った。「ほかのことなんて知らなくていい！ ラウール、きみの気に入るように僕を愛していいよ、いつもこんな風に愛撫してくれさえするなら！」

アトリエの垂れ布飾りは下ろしてあった。通りを走る乗合馬車や様々な馬車の音は二重ガラス越しに弱まっていた。もはや、急行列車の唸りに似た、こもったような唸りしか聞こえてこなかった。ラウールがジャックを押し倒した大きな寝椅子のあたりでは、アルコーヴの薄明かりがあたりを浸していた。そしてクッションが、彼らのうしろに折り重なって、一等車のコンパートメントのクッション張りの座面のようになっていた……。彼らは、その場のすべてのものを変えてしまうような恐るべき眩暈の中に二人きりで運び去られていた……。彼らは深い淵に向かって馳せつけながらも、互いの腕の中で自分たちは安全な場所にいると信じているのだった。

「ジャック」とラウールが答えた。「わたしはわたしたちの愛を、ひとつの〈神〉にした。わたしたちの愛は永遠なのだ……。わたしの愛撫は飽くことがないだろう！

……」

「じゃあ、きみが僕のこと美しいと思ってるって、本当なの？ きみが僕のこと、女の中で一番美しいきみにふさわしいって、思ってるのも本当？……」

「きみはとっても美男だからね、愛する被造物よ、きみはわたしよりも美女だというくらいだよ！　あの傾いだ姿見の中を見てごらん、きみの白くて薔薇色の頸は、子どもの頸みたいだ！……。きみの素晴らしい口をごらん、太陽のもとで熟した果物の傷口みたいだ！　きみの奥深くて混じりけのない目がにじみださせている輝きを見てごらん、まるで陽の光そのものみたいだ……見てごらん！……」

彼女はジャックを少し起き上がらせ、熱を帯びた指で、彼の服の胸元を掻きあけた。

「きみは知らないんだ、ジャック、きみは知らないんだ、みずみずしくて健康な肉体が、この世の唯一の力であるということを！……」

彼は身震いした。突然、雄らしさが、ごく低い声で発せられたこれらの言葉の甘やかさの中で目を覚ました。

彼女はもう彼を殴っていなかった、彼女はもう彼を買っていなかった、彼女は彼をおだてていた。そして男は、どんなに卑しくなろうとも、反抗の瞬間をいつでも有しているのだ。このいっときの男らしさは、〈慢心〉と呼ばれるものである。

「きみは僕に証明してくれた」と彼は、大胆な微笑みを浮かべて彼女のウエストを締めつけながら言った。「きみは僕に証明してくれたんだ、じっさい、僕がきみの前で赤くなる必要なんてないんだってことを。ラウール、青いベッドが僕らを待ってるよ、おいで！……」

ひとつの雲のような翳(かげ)りがラウールの髪から、皺を寄せた彼女の額に降りてきた。

「まあいいとしよう……。でも、ジャック、条件がひとつあるんだがね？　きみはわたしの情夫にはならない……」

彼は率直に笑いだした。どこかの地所で扱いにくい娘に出会ったとしたらこう笑っただろうという具合に。

「僕はもう夢は見ないよ。おそらくそのことなんだろう、きみが僕にわからせたいことって。意地悪な女(ひと)！……」と彼は、解き放たれた若鹿(わかじか)のようにくつろいだ様子で言った。

「きみはわたしの奴隷(どれい)になるのだ、ジャック。きみがわたしにきみの体を甘美にゆだねてくれることを奴隷制と呼べるのならね」

ジャックは彼女を引っ張っていこうとしたが、彼女は抵抗した。

「きみはそのことを誓うか？……」と彼女は尊大になった口調で尋ねた。

「何をさ？……。きみはいかれた女だ！」

「わたしは男主人なのか、ちがうのか、どっちなんだ」とラウールは突然背すじを伸ばして叫んだ。目つきは厳しく、鼻孔は開いていた。

ジャックは画架のところまで後ずさりした。

「僕、もう出て行くよ……出て行くよ！」と彼は絶望して繰り返した。もう自分の男主人の欲望がわからなくなっていたし、彼自身ももう何も欲望していなかった。

「きみは出て行ったりはしない、ジャック。きみはもう降参したんだ、元の自分を取り戻すこともできない！　きみは、わたしたちが愛し合っていることを忘れたのか？……」

この愛は、今やほとんどひとつの脅しだった。だから彼は彼女に背を向けた、彼女に対して不満を示して。

しかし彼女はやってきた、うしろから。彼女はその扇情的な両腕で彼に絡みついた。「ごめん！」と彼女はつぶやいた。「忘れていたよ、きみがかわいい気まぐれな女だってことを。〈彼女のうち〉では、彼女にはわたしをいじめる権利があるんだ。さあ！……。きみのして欲しいことをしてあげよう……」

彼らは青い寝室にやってきた。彼のほうは、不可能なことを要求する彼女の狂熱に呆然となって。彼女のほうは、目つきは冷たく、薄い唇に歯を象嵌細工のように食い込ませて。服を脱いだのは彼女のほうだった。彼が近づくことを頑として拒み、彼に向ってひどく足を踏み鳴らした……。いかなる媚態も示さぬまま、彼女は自分のドレスを、コルセットを取り去り、次いで彼女はカーテンをほどいて、彼がそのアマゾネス然とした見事な姿を前にうっとりすることができないようにしてしまった。彼女に口づけたとき、彼にはシーツのあいだに大理石の体が滑り込んできたかのように思われた。死んだ獣に触れているような不快な感覚が、彼の熱い四肢に沿って走った。

「ラウール」と彼は懇願した。「もう僕を〈女〉と呼ばないで。侮辱された気分になるんだ……それにきみもよくわかるでしょ、僕はきみの情夫以外にはなりえないって……」

　無感動になった女は、枕（まくら）の上で、感じられないほどかすかに肩を動かしたが、それは彼女の完全な無関心を示していた。

「ラウール」とジャックはまた繰り返した。かつてはあれほど燃えるようだった口、彼が自分の女主人だと思っていた女の口を、怒ったような口づけで活気づけようとしながら。「ラウール！　僕を軽蔑（けいべつ）しないで、お願いだから……僕たちは愛し合っているんだ、きみもそう自分で言ったじゃない……ああ！　僕は頭のおかしい男になってしまう……死にそうだ……僕、もう決してしないことがいくつかあるんだ、決して……きみという女をまるごと、心の底から、僕だけのものとして手に入れるまでは！」

ラウールは目を閉じた。彼女はこのゲームを知っていた。彼女は、一言一句、ジャックの声を借りて自然が言うであろうことを、前もってわかっていた……。

幾たび彼女は、この種の叫びを耳にしてきたことか。この叫びは、ある者たちにおいてはわめき声、ある者たちにはため息、訳知りな者においては礼儀正しい前置き、小心な者たちには手探りの最初のきっかけという形で現れるのだった……。そしてそういう者たちが皆じゅうぶんに叫び終え、お定まりの表現にしたがって言うなれば、皆がついに自分たちにとって最も大切な願いを実現してしまったあかつきには、彼らは満ち足りて穏やかになった感覚の中に安住し、皆が皆、ひとしく俗っぽい、おめでたい飽食の徒になってしまうのだった。

「ラウール」とジャックは、とてもかなわない悦楽を前に打ちひしがれたようになって、どもりながらまた言った。「僕を、今きみが求めているものにして。悪癖に染まった女たちには愛することなんてできないって、よくわかってるよ！……」

この若い女の体は足の先から髪に至るまで、この男、彼女の呪(のろ)われた技巧の前では子どもにすぎないこの男の、胸を引き裂くような嘆きを耳にしてぶるっと震えた。弾(はじ)かれたように彼女は彼に飛びかかると、野性の熱情で膨らんだ自分の胸で彼を包み込んだ。

「わたしには愛することができない……わたし……ラウール・ド・ヴェネランドに

は！……。だからそのことを言わないでくれ、わたしは待つことはできるのだから！……」

〔第七章：ジャックは恋する男としての力をラウールに譲り渡し、「女の心を持って」ラウールに愛されるようになった。受動的に愛し、そして愛されるがままになった。二人はできるかぎり毎日会い、「神殿」たる二人の寝室に閉じこもった。ジャックはラウールのいないときには彼女から与えられた本を読み、「後宮に閉じ込められた東洋の女のような」生活を送った。ラウールは毎日真っ白な花を届けさせるなどして、少しずつジャックを「女性化」していった〕

ある五月の末の日、ラウールは幌のついたランドー型馬車を呼ぶと、ブーローニュの森の散歩の時刻にジャックを迎えに行った。

彼は休暇の時の小学生みたいに楽しげだったが、非常に控えめに、この奇妙な特別の寵愛を享受した。彼は馬車の奥で、彼女の脇に身を横たえたまま、彼女の肩に頭をあずけ、例によってかわいらしく他愛もないことを繰り返し口にしていたが、それが彼の美しさをさらに扇情的なものにしていた。

ラウールは閉め切ったガラス窓越しに人差し指で彼に、近くを通る主だった人物を示していた。彼女は自分の使っている上流社会(ハイライフ)の用語をジャックにいろいろと説明し、彼、良心も持たない哀れな怪物にとっては近づくことも禁じられているように思える社会について教えてやっていた。

「ああ！」と彼はしばしば、おびえて彼女にしがみつきながら言うのだった。「きみはいつか結婚して、僕のもとを去ってしまうんだ！」

それは、このこんなにもみずみずしくこんなにも美しい金髪をした男に、誘惑された小娘のようなほろりとさせる魅力を与えていたが、彼が忘れられてしまうかもと心配するたびにそうなるのだった。

「いや、わたしは結婚などしない！」とラウールは断言するのだった。「いや、わたしはけっして貴方(あなた)のもとを去ったりはしないよ、わたしのジャジャ、それに、いい子にしていれば、貴方はいつまでもわたしの女なのだ！……」

彼らは二人で笑いあいつつ、ある共通の考えの中で次第次第に結びついていった。つまり、自分たちの性別の破壊という考えだ。

ジャジャはそうはいっても、気まぐれを起こすことがあった。ありうる気まぐれだ。彼は姉を心底がっかりさせていた。というのも姉のほうの野望は、布きれでいっぱいのアトリエなんぞよりももっと多くを期待していたからだ。ジャックは、青いベロアで青い裏地のついた愛らしい寝室用ドレスを注文した……。そしていかにも長いこの服に踵をとられながら、彼は部屋の敷居のところにラウールを迎えに現れるのだった。ラウールのほうも一度、真夜中ごろに、男ものスリーピースのスーツを身にまとってやってきた。クチナシの花をボタンホールに挿し、小さな巻き毛のたくさんついた被り物で長い髪を隠し、丈の高い彼女の乗馬用の帽子を、かなり額の上にせり出させてかぶっていた。ジャックは眠っていた。彼女を待ちながら長いこと本を読んでいたのだが、ついには本を取り落として眠ってしまったのだ。常夜灯が、ヴェネツィア製レースで飾られ絹のように光る浮織錦を備えたベッドを神秘的に照らしていた。彼のぼさぼさになった頭はふんわりと魅惑的に、シーツの極上の麻の上に落ち着いていた。彼のシャツは頸のところまで留めてあって、男だと窺わせるものは何一つ見えていなかった。彼の丸みを帯びた腕は、一本も毛が生えておらず、サテンのベッドカーテンに沿って、美しい大理石のように突き出ていた。

ラウールは一分間、彼に見入った。一種の迷信的な恐れをもって、もしや自分は神に倣って、自分に似せた存在を創り上げてしまったのではないかと自問しながら。彼女は手袋の先で彼に触れた。ジャックは目を覚ました、とある名前をつぶやきながら。

しかし、枕元に立っているこの若い男をみとめるや、彼はおびえて叫び声をあげながら飛び起きた。

「あなたは誰？　何の用です？……」

ラウールはうやうやしい動作で帽子を取った。

「マダム、貴女（あなた）の前に居るのは、あなたの崇拝者の中の最もしがない一人の男でございます」と彼女は膝（ひざ）を折りながら言った。

彼は一瞬わけのわからない様子で、目を血走らせて、彼女のエナメルのブーツから褐色の短い巻き毛まで眺めまわした。

「ラウール！……。ラウール！……。こんなことといいの？　きみ、逮捕されちゃうよ！……」

「さあさあ！　ばかだな、かわいい女（ひと）！　呼び鈴も鳴らさずにきみのところへ入ってきた罪で、かい？」

彼は彼女に両腕を差し伸べ、彼女は彼を情熱的な口づけで覆（おお）った。そして彼が痺（しび）れたようになってしまったのを目にしてようやくやめた。ジャックは、自分が受け身になって享受しているまがいものの悦楽の、最終的な実現をこいねがうあまり、もう持ちこたえられなくなっていたのだ。それは満たされたいという欲求からでもあったけれども、それと同じくらい、この腹黒く高貴な浮かれ女に対する愛を感じていたからでもあった。

〔ジャックは上流社会について無知だったので、ラウールが彼のところにお忍びでやって来るための苦労など想像もしていなかった。あるとき彼女が男装してジャックのところに向かおうとすると、自分の館の中でレトルブに出くわす。ラウールはわざと彼に喧嘩を売り、ラウールだと気づかないレトルブは「決闘だ」と言いだしたのでラウールは正体を現し、レトルブを伴ってジャックのところに行くことにした。歩く二人に娼婦が声をかけてくるが、それはマリーだった。ラウールは激昂してマリーをステッキで殴り倒してしまう。気絶したマリーをレトルブが仕方なく抱えてマリーの部屋へ、ラウールはジャックの部屋へ行く。意識を取り戻したマリーがやってきてラウールに食ってかかり、二人は喧嘩になる。レトルブが引き離し、マリーがこれを恨みに思って醜聞をまき散らしたりしないよう、自分がなだめてみせるとラウールに請け合い、去っていく〕

〔第八章：夜明けに去ったラウールのもとにジャックからの便りはなかった。数日ののち、ラウールは再びジャックを訪れ、きみを怠け者に堕落させてしまったからこの関係を見直そうと提案し、生活態度を改めたら「わたしの夫にしてあげる」と告げる。しかしジャックは今のまま愛されたいと、ラウールの「妻」になりたいと言い放つ。驚いたラウールは元の情熱のままに彼を愛することにする。マリーについてジャックは、このごろレトルブとよく会っているらしいとラウールに教える」

彼女がまだ階段を下りていたとき、ジャックの部屋の扉が用心深く開けられた。上着なしのシャツ姿の男が、青い寝室に闖入し、一瞥でその部屋を探査した。「ムッシュー・シルヴェール」と彼は、ジャックと自分がこの部屋でまちがいなく二人きりなのを確認してからやおら言った。「ムッシュー・シルヴェール、あなたと話がしたいのです。起きてください、アトリエに移りましょう」

それはレトルブ男爵だった。身じまいをろくにしていないことから、それほど遠くないところに服の半分を置いてきたのだということが見てとれた。彼は自分がここにいることに対して大いに腹立たしい気分のようだったが、後には退けないという決心が黒くて太い眉毛の下で燃え立っていた。ついに自分が耳に目にしてきたことすべてに対して、反抗する気になったのだった。この嘆かわしい状況の中で、彼は自分の真に男らしい男としての影響力がはっきり示されねばならないと考えていた。悪循環の歯車に指を一本入れてしまった以上、その指で、少なくとも機械の動きが加速するのを妨げるつもりだった。

「ジャック！」と彼は、ベッドに近づきながら、大きな声で繰り返した。

常夜灯の明かりが、眠れる男の丸い両肩の上を滑って、その両足の先まで愛撫するように流れていた。

彼は裸のまま、疲れでぐったりとなって、皺くちゃになったベッドカーテンの上に倒れこんだのだった。ベッドカーテンの青いサテンが、赤い産毛（うぶげ）の生えた彼の皮膚をさらにまばゆく見せていた。彼の頭は折り曲げた片腕の中にもぐりこんでいたが、その腕はとても白くて、真珠のような色を帯びているほどであった。腰のくぼみには黄金色の影が落ちて、それが臀部（でんぶ）のしなやかさをいっそう光り輝くものにしていた。そして片方の脚がもう一方からすこし開いて、感覚をあまりに長い時間、極度の興奮状態にさらしたあとに神経質な女たちが被る（こうむ）ような痙攣（けいれん）を起こしていた。彼の両手頸（てくび）にはブリリアントカットのダイヤモンドをちりばめた黄金の輪がはめてあり、垂れかかっている紺碧（こんぺき）の垂れ布の下で時おり閃光（せんこう）を放っていた。そして薔薇のエッセンスの瓶

fig.003

が枕のくぼみに横たわっていて、東洋では情事につきもののくらくらするような匂いを振りまいていた。

レトルブ男爵は、この乱れた褥を前に立ち尽くしていたが、奇妙な幻覚をおぼえた。この軽騎兵隊の元将校は、可憐な娘と敵の弾丸に対して等しく敬意を払い、恐れを知らぬ決闘好きで陽気な道楽者であったが、ほんの半秒、ぐらりと揺れた。自分の周りに見えていた青が、赤に見え、口ひげは逆立ち、歯はぎゅっと嚙みしめられ、戦慄がやってきたかと思うとじめっとした汗が肌のいたるところから出て流れた。彼はほとんど恐怖をおぼえた。

「まったく、なんて忌々しい」と彼はぶつぶつ言った。「こいつが愛の神エロスそのものでないにしても、公益になるという理由でこいつに勲章を与えるのには同意といったところだな」

そして、軍隊における身体検査に何度かその興味を掻き立てられた素人美術家として、レトルブは悦楽の熱い放射を惜しげなく披露しているこの肉体の、彫刻のような曲線を目で追っていた。

「ああこれはまあ、まさにだ、思うに、乗馬用の鞭を手にする時だな」と彼は、自分の賛嘆の気持ちを振り払おうと思って付け加えた。

「ジャック！」と彼は、壁や戸の装飾までも揺るがすかのような声で吼えたてた。

ジャックは起き上がった。しかし、こんなにも唐突に目を覚まさせられたのに、彼はその呆然自失の中でも優雅さを失わないのだった。両腕を力を抜いて垂らし、腰のところで反り身になり、彼は羞恥を知らぬ古代の大理石像のように見事な姿を保っていた。

「誰が一体」と彼は言った。「ノックもせずに入って来るものですかね？」

「わたしだ」と男爵は激怒もあらわに言い返した。「わたしだよ、かわいい小悪党くん、なぜならわたしは、あんたと興味深い話をしたいものだからね。あんたが一人きりだって知っていたから、わたしはこの聖域の敷居を跨いだんだ。あんたがしかるべき恰好になるまで一分待ってあげよう」

そして彼は部屋の外に出、ジャックはベッドの足元に飛んでいって、震える手で寝室用ドレスを探した。

その晩は八月で、重苦しい気候だった。嵐が来そうだった。レトルブはアトリエのガラス窓を開けて額を外に突き出したが、外気もジャックのベッドよりさらに熱かった。火を吸い込んでいるような気がした。

「でも少なくともこれは自然の火だ」と彼は考えた。

半回転して向きなおると、若い画家が彼を待っていた。ほとんど女ものに見える服の長い襞(ひだ)に身を包んでいた。薄暗い中で青白い彼の顔は、石像の顔のようだった。

「ジャック」と男爵はくぐもった声で言った。「ラウールがあんたと結婚したがっているというのは本当なのか?」

「はい、ムッシュー。どうしてそれを知っているんです?」

「それはあんたには関係ないだろう! わたしはそのことを知っている、それだけでじゅうぶんだ。わたしは、どうしてあんたがそれを拒んだかまで知っているんだ。拒んだなんて、ずいぶんお高いじゃありませんか、ムッシュー・シルヴェール(そしてレトルブは軽蔑するような笑い声をあげた)。ただ、その賞賛すべき威厳に満ちたご努力のあとで、あなたはヴェネランド嬢の太陽のもとから完全に身を引くべきだったんですがねえ」

ジャックは心労でくたびれきって、自分の陶酔の夜の中では太陽などに一体何ができるんだろうと、また、この不愉快な雄(おす)は自分に一体何を求めているんだろうと自問していた。

「でもムッシュー」と彼はつぶやいた。「あなたにどんな権利が?」

「サーベルの名において!」と男爵は叫んだ。「名誉を重んずるあらゆる男には、わたしの知ったようなことを知ったなら、あんたのようなろくでなしのピストルを相手に対決する権利がある。ラウールは狂った女なんだ。彼女の狂気は放っておけばそのうち過ぎ去る。でも彼女があんたと結婚したら、発作が続くあいだ、あんたは去らずにずっと居合わせる、あんたはな！……。そうなったらまったくもって吐き気ものだぞ。わたしは、わたしたちの社交界でこの醜聞が知られずに済むようにできるだけのことをやった。この醜聞を完全に封印するために、あんたもできる限りやる必要があるんだ。密室状態なんて永久に続きはしない。あんたの姉さんだってまた酔っぱらってなにをしでかすかしれないし、それに、むろん、わたしももう何が起きても対応しない。今回は、あんたはまあきちんと振る舞ってくれたな。そうさ、誰もあんたの邪魔をしやしないから、明日このアパルトマンを去って、あんたにふさわしい屋根裏部屋に行き、仕事を探して、忘れるんだ、彼女の……要するに、彼女の過ちをな。まともに考えをもったことがあるんなら、あんたの頭の中でもなにもかもが死んでしまったわけでもあるまい！　ちぇっ、いまいましい、すっかり元に戻るよう努めるんだ、ジャック！」

「あなたは僕たちの話を聞いていたんですね」とジャックは機械的に言った。

「はっ、はっ！　いや！　誰かがわたしのために聞いていてくれたんだ、わたしの意に反してね。さて、わたしに質問があるならどうぞ」

「あなたはマリーの情夫なんですか？」とジャックは、皮肉な寛大さに満ちた微笑(ほほえ)みを浮かべ続けながら尋ねた。

元将校は拳(こぶし)をにぎりしめた。

「あんたの血管の中に一滴でも血が流れているんなら！……」と彼は目をぎらぎらさせて唸った。

「じゃあ、男爵殿、僕はあなたのことにかかわったりしないのだから、あなたも僕のことにかかわらないでください」とジャックは再び口を切った。「いいえ！　僕はヴェネランド嬢と結婚なんて絶対にしません。でも僕はあの人を、僕の好きな場所で愛します。ここで、またよそで、居間で、屋根裏部屋で、僕の好きなように。僕は彼女だけのものです。僕は卑しいかもしれませんが、そのことは僕にしか関係のないことです。彼女はこんな風に僕を愛していますが、そのことは彼女にしか関係のないことです」

「こん畜生め、サーベル帯の名において！　あのヒステリー女はあんたの意に反しても結局はあんたと結婚するだろうよ。わたしは彼女のことはよく知っているんだ」

「同様に、男爵殿、マリー・シルヴェールはあなたの意に反してもあなたの情婦になりました。自分のことについてはけっして見えないものなんですね」

ジャックの静かで物柔らかな口調はレトルブを動転させた。あてずっぽうに、真実を言い当ててしまったのだろうか、この男娼（だんしょう）は？　肉体的な快楽に到達するためには、美さえもはや必要でないということだろうか？　彼、優雅な道楽者のレトルブは、ラウールへの献身から、こんないかがわしい場所に足を踏み入れることもやむなしとしていたが、突然、どぶのような場所が似合いのふしだらな女のような訳知りでシニカルな態度が、彼を、その最も内奥（ないおう）の神経の筋に達するまでぐさりと刺したのだった。道徳家が自身の最も奥深いところにつねに持っている腐敗の種菌が、彼の表皮にまで上ってきたのだった。不健康な情熱を掻き立てたいと欲して、レトルブもまた、まさに自ら進んでマリー・シルヴェールのところを再び訪れていたのだったし、そしてレトルブとラウールというこの知的なカップルは、ほとんど同時にいわば二重の獣性の餌食（えじき）になっていたのである。

「天が崩れ落ちてくるわけではあるまい」と男爵は、嵐に対して自分の拳を示しながら言った。

ジャックが近づいた。

「僕にあの人と結婚してほしくないと思っているのは、僕の姉ですか？」と彼は、魔法のように表れ出ているその微笑みを絶やさずに尋ねた。

「むろんちがうさ！　あの女は、それどころかあんたを、この地獄の婚姻のほうへと押しやろうとしているのさ。ジャック！　抵抗しなければならんよ」

「おそらく、ムッシュー、僕はこの結婚話については、世界一執着を持っていませんよ」

「わたしに誓ってくれ、その……」

言葉の終わりは、元将校の喉（のど）の奥で詰まってしまった。そうはいっても彼には、この怪物に宣誓を要求することはできなかった。彼はジャックの片腕を摑んだ。ジャックはすばやい動きで後にしさったが、ふんわりとした袖口（そでぐち）が広がって、レトルブは自分の指の下に真珠色の肉を感じた。

「わたしに約束するんだ……」

しかしシルヴェールはさらに後ずさった。

「僕に触ることを禁じます、ムッシュー」と彼は冷然と言った。「ラウールがそれを望みません」

レトルブは憤怒にかられ、椅子をひっくり返し、この呪われた生き物に飛びかかったが、そのベロアのドレスは今や彼にとって、深淵（しんえん）の暗闇（くらやみ）のように思えるのだった。

画架の腕木をもぎ取ると、彼はその棒がばらばらになるまで殴りつけた。

「ああ！　お前も思い知るだろうよ、本物の雄がどんなものかってことをな、このごろつきが！……」とレトルブはわめいていた。盲目的な怒りにとらえられていたが、それでいてなぜこんなに暴力を振るっているのか自分でもよくわからないのだった。そして、ジャックがすっかり傷だらけになって崩れ落ちるのを目にすると、こう付け加えた。

「これで彼女も、あの堕落女も、知るだろうて、おれに言わせりゃ、お前のような惨めな連中に触れる方法は、ひとつしかないんだってことをな！……」

男爵が出て行ったあとで、ジャックは、そのどんよりとした片目を開けて、夜の闇の中、アトリエの壁の壁掛けの真ん中に、大きな蛍のようなものがとまっているのをみとめた。

〔第九章：ジャックが目にした、大きな蛍のようなものは、マリーが覗き見するためにあけておいた穴だった。レトルブはそのマリーの部屋に戻る。ジャックのアトリエとは似ても似つかないみすぼらしくて乱雑なその部屋で、レトルブはマリーに「お前の〈妹〉を折檻してしまった」と告げる。去ったレトルブだが、罪悪感に苛まれ、ラウールに手紙を書いて、寝室の穴のこと、自分はもうアトリエを訪れないこと、ジャックに対して癇癪の発作を起こしてしまったことを知らせた。ジャックはラウールに被害を訴えることもしなかった。マリーはジャックに、ラウールと結婚すれば貴族の仲間入りができるとそそのかす。マリーはレトルブ男爵夫人になるという野望を漏らす。ジャックも、そうなればラウールの昔の恋人たちを懲らしめてやれる、と活気づく。しかしマリーは、レトルブがラウールの恋人だったことはないとジャックに請け合う。ジャックはではなぜレトルブがあんなに激怒して自分をひどく殴ったのかわからなくなるのだった。

夏を郊外で過ごしていたラウールが急に帰宅したので、伯母も召使いたちも驚く。夜半、ラウールはジャックの元へと急いだ」

ジャックは、彼女が自分のために復讐をしてくれると信じて彼女を待っていた。というのも電報には「わたしはすべて知っている」とあったからだ。

なぜ彼女がすべて知っているのか訝ることなく、ジャックは、以前ラウールの幸福な情夫であったのだろうからと憎らしく思っているあの男に対する、恐ろしい怒りの爆発を当てにしていた。

ラウールはアトリエに、血気に満ちて激情にかられた様子で飛び込んできた。そこではシャンデリアや枝付き燭台が、まるで祝賀行事でもあるかのように輝かしく灯っていた。

「ジャジャ? ジャジャはどこ?」と彼女は、熱に浮かされたように焦燥にとらわれて叫んだ。

ジャジャは進み出た、微笑みながら、唇を差し出しながら。

彼女は彼の両手を握りしめ、ひと押しして彼の歩みを止めた。

「早く話すんだ……何があったんだ? レトルブ氏がわたしに、きみと微妙な問題について話し合ったことを後悔していると書いて寄越したんだ……これは彼の書いた言葉どおりだよ。きみからわたしに、詳しく話してくれるね?」

彼女は彼の上に身をかがめて、その閃光を放つような視線で彼を貪るように見つめていた。

「おや! 一体どうしたの、頰のところ……こんな大きな青い痕が?……」

「まだたくさんあるよ。僕らの寝室へ行こう、そうしたら見せてあげる」

彼は彼女を引っ張っていき、二人の背後できっちりと扉を閉めた。マリーは馬鹿にしたようないつもの冷笑を保っていたものの、内心ではやきもきしていた。彼女は自分の部屋にさがると、壁の穴に耳を押し当てた。

ジャックは一枚一枚自分の服を滑り落とした。するとラウールは、自分の子どもたちが喉を切り裂かれているのを見つけた雌オオカミのような叫び声をあげた。偶像のきめの細かい肌には、上から下まで、青みがかった長い傷痕で縞馬(しまうま)のような模様が刻まれていた。

「ああ！」と若い女は歯ぎしりしながら叫んだ。「わたしのこの子をこんなに痛めつけたのか！」

「ちょっとはね、その通りだよ」とジャックは言って、あざが今はどんな色に変わってきているかぞんぶんに調べようとベッドの縁に腰かけた。「きみの彼氏のレトルブは、けっこう腕っぷしが強いね」

「レトルブが、きみをこんなにしたのか、あいつが？」

「あの人は僕がきみと結婚するのがいやなんだって……あの人はきみを愛してるんだよ、あの男は！」

ジャックがこの言葉を発したときの口調を、何ものも再現することはできない。

ラウールは膝をついて、棒で激しく殴られた痕跡(こんせき)を数えていた。

「あいつの心臓をえぐり出してやるから、な？　やつはここに入ってきたんだな答えておくれ、わたしには何も隠さないで！」

……？

「僕は寝入っていたんだ。あいつは姉さんの寝室からやってきた。で、僕たちは結婚についての話をした……。それからやつは、もっとよくわからせようとして、僕に触ろうとしたんだ……。僕は後ずさった、なぜってきみが、ほかの人に触らせることを僕に禁じたからね、きみは覚えてる？　僕はやつにそのことを言ってやりさえしたよ、あいつの手を僕の腕の上に感じるのを、なぜ気に入らないかってことまで……」

「もういい」とラウールは激怒の極みに達して顔を紅潮させた。「あの男はきみに会ったんだな！　それでわたしにはじゅうぶんだ、あとは推して知るべしだ。あの男はきみを欲しがった、そしてきみはやつに抵抗したんだな」

ジャックはどっと笑いだした。

「どうかしてるよ、ラウール！　僕はきみの言いつけにしたがって、僕に触ることをやつに禁じたけど、それだけでは即断できないよ、やつが僕を……ああ！　ラウール、とても醜いことだよ、きみが推測しようとしてることは……。あいつは嫉妬にかられて僕を殴った、ただそれだけだよ」

「いやいや！　わたしの感覚からはわかりすぎるほどわかるんだ、ひとりの男の感覚が感じるかもしれないことをね。たとえ誠実な男であっても、ジャック・シルヴェールと差し向かいの状態になったら……」

「でも……もう一度言うが、話してくれたことだけで、わたしにはじゅうぶんわかるんだ」

彼女は彼に、すぐさま横になるよう命じ、アルニカチンキの小瓶を取りに行って、彼に包帯を巻いた。まるでゆりかごにいる子どもの世話をするかのようだった。

「ほとんど手当てをしなかったんだね、かわいそうな、わたしのかわいい子。本当は医者を呼ばなければならなかったのに！」と彼女は手当てを終えると言った。

「さらに誰かに見られるのはいやだったんだ！……。薬ってことなら、大麻（ハシシ）をやったよ！」

ラウールはいっとき、無言でいとおしそうに見つめていたが、それから彼女は突然彼に飛びかかった。青い傷痕も忘れて、熱狂的な眩暈と、あの加虐者（かぎゃくしゃ）が殴打（おうだ）で彼を存分にしたのと同様に、自分は愛撫で彼を存分にしたいという欲望とにとりつかれたのだ。彼女がひどく強く抱きしめたので、ジャックは痛みに叫び声をあげた。

「きみ、痛いよ！」

「それはよかった」と彼女はあえぎながら言った。「わたしがこの唇でひとつずつ傷痕を消していかなければ、あいつの前できみが裸でいるのがずっと目に浮かんでしまうような気がするからな……」

「そんな、聞きわけがないな、きみは」と彼はゆっくりとうめいた。「きみのせいで泣きたくなっちゃう！」

「泣くがいい！　かまうものか、あいつはきみが微笑むのを見たんだ！」

「そんな！　きみときたら、あいつの一番残酷な罵りよりも残酷になってきたよ。彼に聞いてくれれば請け合ってくれるだろうよ、僕は眠っていたって……。だからあいつに微笑みかけるなんてできなかったさ……それに起き上がってからは、僕は寝室用ドレスを着たんだし！」

ジャックの素朴な釈明は火に油を注ぐばかりだった。

「さあどうだか！　なんてことだ！」と若い女は思った。「この、わたしが自分の力に従わせているつもりのこの存在が、ずっと前から堕落した卑劣漢だったはずはないなどと言い切れるのか！」

ひとたび疑いが彼女の想像の中に入りこむや、ラウールはもう自分を制御できなくなった。彼女は荒々しい動きで、手なずけた青年の聖なる体に自分でさっき巻きつけた麻の包帯をむしり取ると、彼の大理石のような肉体に噛みつき、両手で鷲摑みにして締めつけ、その研ぎ澄まされた爪でひっかいた。それはまさに、完全に花を散らす行為だった、かつては彼女を神秘的な幸福の中で忘我の境地にさせた、驚異的なあの美しさの。

ジャックは身をよじらせていた、ラウールがサド的な快楽をさらに洗練させることでいっそう開いてしまった本物の切り傷から血を流しながら。人間の本性としてのあらゆる怒りを、彼女は変貌(へんぼう)した自身の存在の中で無に帰そうと試みたのだったが、そうした怒りがいちどきに目を覚ましてしまい、また、よじれた四肢を流れるこの血への渇望(かつぼう)が、今や彼女の獰猛な愛のあらゆる快楽にとって代わりつつあったのだ……。

……身じろぎもせず、相変わらず自分の寝室の壁に耳を押しつけて、マリー・シルヴェールは何が起きているのか聞き取ろうとしていた。突然、彼女は引き裂くような叫びを耳にした。

「助けて！　耐えられない！　マリー、助けて！」

彼女は骨の髄まで凍りついた。そして、レトルブの言葉によれば、彼女は〈本物の女〉だったので、ためらうことなく、この殺戮(さつりく)行為のほうへと駆けつけた……。

〔第十章：ヴェネランド館で毎年恒例の大きなパーティが催される。ラウールは、下層階級の人を招くのを渋る伯母を説得して、才能ある芸術家だからとジャックを招くことにする。レトルブがあの件以来初めてラウールを訪れる。ラウールはレトルブの親しい建築家のデュランをパーティに招待してあげると恩着せがましく告げたが、「ジャック・シルヴェール氏と同様に」招くのだと言い放って、レトルブを驚愕（きょうがく）させる。ラウールはレトルブを射撃室に誘い、デュランとジャックを引き合わせ、デュランをジャックの保証人にするよう要求し、レトルブはしぶしぶ引き受ける。「あれからジャックに会ったか」とレトルブが問うと、ラウールは答える代わりに火薬だけを詰めたピストルでレトルブの心臓を撃つ。「あなたは本物の銃弾に倒れるかもしれない」と口にしながらラウールは、ジャックは療養中だが、回復したら「シルヴェール嬢はラウール・ド・ヴェネランド氏と結婚する」と明言する。レトルブは反対するが、ラウールは「それはあなたからあの子を守るためだ」と主張する。レトルブは侮辱ととらえて激昂するが、ラウールは譲らず、レトルブがジャックを殴ったことを指摘する。レトルブはあきらめ半分に「あなたに父親か兄弟が居れば」と口走る。レトルブはパーティでジャックを紹介する任を拒否しようとするが、ラウールはどうしても自分の家の客間でレトルブとジャックを対面させて疑いを晴らしたいと言う。さらにラウールは、レトルブがジャックに与えた傷を自分が悪化させたことを告白し、その罪を償うのを手伝ってほしいと告げる。レトルブは心を動かされ、ジャックを堕落させたことを後悔するそぶりすら見せる。ラウールは伯母にジャックとの結婚を認めさせるため協力してほしいとレトルブに言うが、マリーがそれを望んでいるとも付け加える。マリーがラウールに復讐したがっていることと、マリーがレトルブを愛していることも話し合い、二人は暗澹たる思いにとらわれる。レトルブは、二人ともうあの姉弟に会わないことにして元通りになろうと提案するが、ラウールはジャックを愛しているからそうはできない、レトルブがジャックを間近で見たことが許せず、彼を憎んでいると答える。レトルブは不吉な思いでラウールの元を去る〕

〔第十一章：レトルブの友人の建築家デュランとジャックはすぐに打ち解ける。〈男らしい〉野望に満ちた青年デュランはジャックのアトリエの豪華さに驚くが、ジャックは恥辱を感じて多くを語らない。デュランはレトルブに対してジャックの容姿を激賞し、才能はないが自分が育ててみせると嘯く。いよいよパーティの当日、デュランに押されてジャックはいやいや会場に入る。レトルブがデュランとジャックをラウールに〈紹介〉する。ジャックは思わずラウールをなじるようなことを口走って周囲を困惑させるが、彼の美貌は社交界の人々を魅了してしまった。しかしジャックは「僕は男じゃない、社交界の人間でもない」とラウールに反抗する。周りに感づかれそうだとレトルブが忠告しにきたので、ラウールとジャックはやけになったようにワルツを踊りだす。レトルブは二人を見て、踊る男女ではなく、一体になった愛の神のようだと感じる。踊りながらラウールは「夜のきみだけでなく真っ昼間のきみも欲しい、きみを〈妻〉にしたい、きみの夫になる、きみを〈ヴェネランド夫人〉と呼ぼう」とジャックに告げる。ジャックはその容姿ですっかりパーティの話題をさらう。蔑んだように噂をしている人々も、〈恋する少女のような〉微笑をたたえたジャックが近づくと、我知らず魅了されてしまった」

〈第十二章：レトルブがジャックに剣術の稽古をつけてやっているが、ものになる気配はまったくない。監督をしていたラウールがジャックに代わってレトルブをやっつける。一か月前にジャックはラウールの婚約者となったのだった。ラウールは伯母に結婚の意志を告げ、自分が彼の愛人であるとすら明かした。伯母は衝撃を受け、結婚式の翌日に修道院に入ると言った。だが、親しいものたちは結婚に異議を唱えなかった。

ヴェネランド館にマリーがジャックを訪ねてやって来る。ジャックはラウールと結婚して結構な身分と生活を手に入れるのに、自分には六百フランの年金くらいでは分け前が少なすぎると言いに来たのだ。ラウールとともに姿を現したレトルブに、マリーは愛していると言うが、レトルブに拒絶され激昂する。罵詈雑言を吐き散らす姉を、ジャックは揺すぶって黙らせる。マリーは捨て台詞と嘲笑を残して去っていく〕

〔第十三章：ラウールとジャックの婚礼の日、深夜になってジャックが姿を消してしまったことに招待客たちは気づいた。ラウールは男のような髪型で婚礼に臨んだので、親しい人たちも不思議に思った。十二時が鳴ると、花婿不在のまま、花嫁は皆に挨拶をして自室に引き上げた。ラウールの元に、修道院に向けて発つ伯母が暇乞いにやってくる。伯母はラウールが〈娼婦の義妹〉になったことを嘆き、ラウールを呪いながら出立する。マリーが伯母に告げ口をしにやってきていたのだった〕

玄関の警備を担当する召使いが、シャンデリアを消した。そしてじきに、館じゅうの、ひと気のないいくつもの客間を、沈黙とともに深い闇が支配した。

化粧部屋のかんぬきを滑らせてかけたあとで、ラウールは傲慢な怒りを覚えながら服を脱ぎ捨てたのだった。

「やっとだ！」と彼女は、貞潔な色合いのダマスク織のドレスが、それを待ちわびる足元に落ちたときに言った。

彼女は真鍮の小さな鍵を手に取り、壁掛けのうしろに隠された棚を開くと、エナメルのブーツから刺繍の付いた男性用胸当てまでの黒い衣装の完全な一式を取りだした。若い娘たちが夢見る、小説に出てくる主人公のように美しい男の姿を送り返してくる姿見の前で、彼女は結婚指輪の輝く手を、自身の短い巻き毛に当てた。苦々しげな作り笑いで、感じ取れないほどかすかに生えた褐色の薄ひげで輪郭のぼやけた唇にしわを寄せた。

「幸福というものはね、伯母さま」と彼女は冷然と言った。「それが狂気じみたものであればあるほど、真のものなんです。もしジャックが、あの従順な四肢にわたしが滑り込ませた官能の眠りから覚めないなら、わたしはあなたの呪いにもかかわらず、幸福になるのです」

彼女はベロアのドアカーテンに近づいた。それを熱に浮かされたような動きで持ち上げると、胸をときめかせて立ち止った。

敷居のところから見ると、眺めは妖精境のようだった。この異教の聖域は、近代的な壮麗さのただ中にうち建てられ、どんな人間をも酔わせてしまうような精妙で理解しがたい陶酔感を発散していた。ラウールは正しかった……愛は、自らのために用意されたすべてのゆりかごから生まれうるのだ。

ヴェネランド嬢の昔の寝室は、角を丸くされ、穹窿にしつらえた天井があり、青いベロアが張りめぐらしてあったり、黄金で飾られた白いサテンの上張りがあったり、大理石の溝彫り彫刻で飾られていたりした。

ラウールの指示でデザインされた敷物が、寄木張りの床を東洋の植物相で思いきり美しく覆っていた。この敷物は分厚いウールでできていて、非常に色鮮やかでかなりの立体感があるため、どこかしらの魔法の花園を歩いていると思ってしまいそうだった。

中央には、四本の銀の鎖で吊られた常夜灯の下に、新婚の褥が、シテール島にヴィーナスを運ぶ古代の船の趣で鎮座していた。おびただしい数の裸のキューピッドたちの像が枕頭(ちんとう)にうずくまって、力いっぱいその拳固(げんこ)で、青いサテンのクッションをあしらった帆立貝を持ち上げていた。カッラーラの大理石の柱の上には、弓を背負った愛の神エロスの立像が、丸っこい両腕で東洋のブロケード織のたっぷりしたカーテンを持ち上げており、そのカーテンは官能的な襞をつくりながら帆立貝のぐるりに落ちかかっていた。そして枕元には青銅の三脚台があって、その上に宝石をちりばめた香炉が載っており、そこでは薔薇(ばら)色の炎が今にも消えそうになりながら、漠とした香の匂いをふりまいていた。七宝の瞳(ひとみ)をしたアンティノオスの胸像がその三脚台の向かいに置いてあった。窓はオジーヴ型で、ハレムの窓のように格子(こうし)の付いた形に改装されており、柔らかな色調のステンドグラスがはめてあった。

この寝室の唯一(ゆいいつ)の調度品はベッドであった。ボナという署名の入ったラウールの肖像が壁布に架けてあり、紋章の付いた飾り布に取り巻かれていた。絵の中の彼女は、ルイ十五世時代の狩の衣装を着ており、赤毛のハウンドが一頭、素晴らしく見事に描かれた彼女の手が持っている鞭の柄を舐(な)めていた。

ジャックはベッドに横たわっていた。今や遅しと情夫を待っている高級娼婦のような媚態(びたい)を示しながら彼はふんわりとした掛布と柔らかな羽根布団(ぶとん)を押しやってしまっていた。なるほど、活力がみなぎってくるような熱さが、この閉め切った寝室を支配していたのだ。

ラウールは、瞳孔（どうこう）が開いた状態で、燃えるような口をして、自らの神の祭壇に近づいた。そしてその忘我の境地で言った。

「美よ」と彼女はため息まじりに言うのだった。「汝（なんじ）だけが存在するのだ。わたしはもう汝をしか信じない」

ジャックは眠っていなかった。彼はそのけだるい姿勢は崩さずにゆっくりと起き上がった。ベッドカーテンの紺碧を背景に、彼のしなやかで素晴らしい姿形の上半身が、香炉の炎と同じような薔薇色に浮き上がっていた。

「じゃあ、かつて、どうしてきみはそれを破壊しようとしたの、きみの愛するこの美を？」と彼は恋する者の吐息にのせて応じた。

ラウールはやってきて褥のふちに腰かけ、両手いっぱいに、この弓なりに反った上半身の肉を摑んだ。

「あの晩は、無意志的な裏切りを罰していたんだ。もし万一きみがわたしを実際に裏切ったら、わたしが何をしでかすか想像してみるがいいさ」

「聞いて、僕の体の大切なご主人さま、僕たち二人の情熱のあいだにわいた疑惑を思い出させることを、僕はきみに禁じます。僕にはそれは恐ろしすぎるんだもの……僕つけ加えた。「きみのためにさ」

彼はその従順な頭をラウールの膝の上に載せた。「僕たちはここですごく幸せになるんだね」と彼は感謝のまなざしを送りながらつぶやいた。「ここはほんとに美しいね」

ラウールは、その人差し指の先で、彼の整った目鼻を愛撫し、彼の眉の調和のとれたアーチをなぞっていた。

「そうだ、わたしたちはここで幸せになるのだ、そしてこれからしばらくはこの神殿を離れてはならない、わたしたちの愛がどの調度品にも、どの布にも、どの装飾品にも、狂ったような愛撫を沁みこませることができるようにね。ちょうどこのお香がその香りを、わたしたちを包んでいるすべての壁布にも沁みこませるように。二人で旅行に行こうと決めたけれども、やめにしよう。わたしたちへの憎しみを増してきているように感じられるこの容赦ない社会から、わたしは逃げ出したくないのだ。社会に対して示してやらないといけない、わたしたちが一番強いんだってことをね、なにしろわたしたちは愛し合っているのだから……」

彼女は自分の伯母のことを考えた……。ジャックは自分の姉のことを。

「そうだよ」と彼は決然と言った。「僕たち、ここに居つづけよう。それに、僕、立派な夫になるための勉強を仕上げるよ。闘えるようになったら、きみの敵の中で一番悪いやつを殺そうとしてみる」

「なんてことでしょう、ヴェネランド夫人、誰かを殺すだなんて！」

　彼は優雅な身のこなしで身を反らし、彼女の耳元に口を寄せた。

「夫人は、誰かを殺せと要求して当然なんですよ、何しろ誰かをこの世に生み出す手段は夫人には完全に閉ざされてしまっているのですから」

　二人はこらえきれなくてどっと笑いだした。そして、挑戦的であると同時に哲学者然としたこの陽気さの中で彼らは、ヴェネランド館を去るのは墓から去るのと同じだなどと嘯いた、容赦を知らないこの社会を忘れたのであった。

　少しずつ、このこれ見よがしな陽気さは鎮（しず）まった。その陽気さからくる作り笑いはもう彼らのひとつに合わさった口の形を変えはしないのだった。ラウールは自分のところまでカーテンを引き寄せ、ベッドを甘美な薄暗がりの中に沈めた。そのただ中で、ジャックの体は天体のような反射光を発していた。

「気まぐれを思いついたよ」と彼が、もう小さい声でしか話さなくなって言った。

「気まぐれには最適な時間だよ」とラウールが、敷物に片膝をつきながら応じた。

「本物の宮廷式ご機嫌伺いを僕にしてほしいんだ。こういう時に、きみのような身分の男の人が夫としてやるようなやつをさ」

そして彼は、自分の裸の胴の下で組まれているラウールの腕の中で、甘ったれて身をよじらせていた。

「おや！　おや！」と彼女は腕をほどかずに言った。「じゃあわたしはごくそれらしく振る舞わなければならないのかな？」

「うん……ほら、僕、隠れるよ、処女なんだ……」

そして、いたずらに取りかかった寄宿学校生のようなすばしこさで、ジャックはシーツにくるまった。レースの波が額に落ちかかり、もう肩の丸みがちらりと見えるばかりだったが、そんなふうに覆われると、色好みな金持ちのベッドに偶然招き入れられた平民の女の幅広い肩のように見えた。

「貴女(あなた)は残酷なかたですな」とラウールは、カーテンを開きながら言った。

「そんなことないよ」とジャックは、ラウールがもう遊びを始めているとは思わずに言った。「ちがう、ちがう、僕、残酷なんかじゃないよ、楽しみたいって言ってるだけだよ、さあ……。楽しい気持ちで心がいっぱいなんだ、すっかり酔っぱらったような、愛でいっぱいで、頭のおかしくなりそうな欲望でいっぱいな気持ちさ。僕は自分の王権を濫用したいんだ、きみを怒りで叫ばせたい、きみにまた、僕の傷口を噛んでほしい、きみが嫉妬から僕をずたずたに引き裂いたあのときみたいに。僕も、僕なりのやり方で、獰猛になりたいんだ」

「どれほどたくさんの晩、わたしは待ったことでしょう、きみがわたしに拒む悦楽を夢見て？」とラウールは立ちあがり、暗いまなざしで彼を包みながら続けたが、そのまなざしの力強さは、人間のそれに一匹の怪物のそれを加えたほどのものであった。

「おあいにくさま」とジャックが、緋色の唇の上に濡れた舌の先をのぞかせて言い返した。「きみの夢なんて僕にはまあどうでもいいんだ、現実のほうが結局はもっといいだろうからね。ねえ、お願いだからすぐ始めてよ、さもないと怒るよ」

「それこそが、きみがわたしに強いることのできるもっとも酷い苦痛なのです」とラウールの細かく震える声が続けたが、それは男のような低い語調だった。「至高の祝福が、わたしの手の届くところにあるのに待つなんて。きみを手に入れたらどんなにわたしが誇らしい気持ちになるかきみがまだ知らないのに待つなんて。きみに昼も夜もわたしの傍にいてもらう権利を得るために自分がすべてを犠牲にしたのに待つなんて。きみがわたしに『わたしはきみの胸の上に額を載せて眠りたい』と言うのを聞くことだけが途方もない幸福になるというのに、待つなんて。いや、いや、きみにはこんな勇気はあるまい！」

「あるよ」とジャックは高らかに言ったが、彼女がお芝居に応じないのだと思って、官能的な楽しさをそこから引き出していないことを本気で悔しがっているのだった。

「もう一度言うけど、気まぐれなんだってば」

ラウールはがくりと膝をつき、両手を組み合わせ、うっとりと眺めた。そしていつもどおり、自分で自分が懇願した茶番にだまされている彼をうっとりと眺めた。彼女がもう二十分も前からその情熱的な話し方でもって茶番を始めているなんて、彼は夢にも思っていないのだ。

「もう！　きみ、いじわるしているの？　きみったらほんとにひどいやつだ」と苛立ったジャックは言った。

ラウールは頭を後ろに傾けて後ずさっていた。

「狂気の男になることなくきみに会うことはできないから」と今度は彼女が自分を欺きながら言った。「きみの神々しい美しさは、わたしに自分が誰であるかも忘れさせ、わたしに情夫のような激情を与えるから、きみの理想的な裸身を前にするとわたしは理性を失ってしまうから……それにわたしたちの並外れた情熱にとっては、その愛撫の性別がどちらかなんて、どうでもいいだろう？　わたしたちの体が交わすような愛着の証拠なんてどうでもいいだろう？　今までの幾世紀の愛の思い出や、死すべき者たちによる弾劾なんてどうでもいいだろう？……。きみは美しい女性だ……わたしは男だ、わたしはきみを熱愛している、そしてきみはわたしを愛している！」

　ジャックはやっと、彼女が自分に従ってくれていることがわかった。彼は片肘をついて身を起こし、不思議な喜びでいっぱいになった目をしていた。

「来て！」と彼はすさまじい戦慄の中で言った。「でも、その服は脱がないで、だってきみの美しい手だけでじゅうぶんなんだもの、きみの奴隷を鎖に繋ぐためには……。来て」

　ラウールはサテンのベッドに飛びかかると、またあらためて、この恋するプロテウスの白くてしなやかな四肢を見出した。彼は今となっては、処女の恥じらいなど何ひとつ保ってはいなかった。

　一時間のあいだ、この現代の異教の神殿には、とぎれとぎれの長い吐息と、リズムの付いた口づけの音しか鳴り響かなかった。次いで、突然、引き裂くような叫び声が鳴り響いたが、それは打ち負かされた悪魔のわめき声に似ていた。

「ラウール」とジャックが、顔を痙攣させ、引き攣った歯で唇を嚙みしめ、快楽の痙攣の最中に磔刑に処されたばかりのように腕をぴんと伸ばして叫んだ。「ラウール、じゃあきみは男じゃないの？　じゃあきみは男になれないの？」

そして、破壊されもう永久に死んでしまった幻想を惜しむ嗚咽が、彼の脇腹から喉へとこみ上げてきた。

というのも、ラウールがその白い絹のベストをはだけて、ジャックの心臓の鼓動をもっとよく感じようと、自分の裸の乳房の片方を彼の肌に押しつけていたからだった。丸くて杯のように形の整った乳房は、堅い花の蕾を備えていたが、それはけっして授乳という崇高な歓びの中で開花するはずはないのだった。ジャックは不意の憤慨によって自らの情熱からすっかり目を覚まさせられてしまった。彼は引き攣った拳でラウールを押しのけた。

「だめ！　だめ！　その服を脱がないで」と彼は、狂気の絶頂でわめいた。

あとにも先にも一度だけ、彼らは二人とも本気で芝居を演じたのだった。彼らは自分たちの愛に背いたのだった。その愛は、存続していくためには、真実を正面から見つめることを必要とするものだったのに。その愛自体の力でその真実に立ち向かいながら。

〔第十四章：二人は世論と戦うためにパリに残っていたが、世論のほうは二人を相手にもせず、ラウールとジャックは社交界から締め出されたような格好になった。伯母は世間の同情を集めた。マリー・シルヴェールは、もう姿を現さなかったが、立派な娼館を建てたという噂だった。

結婚して三か月がたっていたある夜、ラウールとジャックは愛撫に溺れる代わりに久しぶりに話し込み、婚礼の日以来姿を見せないレトルブを、翌日のお茶に招待しようと決めた。顔を合わせて皮肉と当てこすりに満ちた応酬を繰り広げた三人ではあったが、その日以来、レトルブはまたヴェネランド館に足繁く訪れるようになった。ジャックと馬の試乗などにまで行くようになったレトルブは、ジャックを〈男〉に、ラウールを〈女〉に戻すことができるのではないかと考える。

ジャックがある日、森からの帰り道に、レトルブの住まいに寄りたがった。ジャックと姉が住んでいたぼろアパルトマンの家具がすっかりそこにあることにジャックは驚く。ジャックから家具をもらい受けたマリーが、それをレトルブに売ったのだという。レトルブは「決して出版されない実話小説」の証人としてそれらの家具を持っていたかったのだと説明する。ジャックは「僕が子どもを産んだらいいと思っているんでしょう?」などとレトルブに意味ありげなことを言いだす。レトルブはマリーの娼館に行ってみたらと勧めるが、ジャックは気が進まない様子である。レトルブはジャックがふつうの〈女〉に興味がないことに驚きと苛立ちを覚えるが、ジャックは好奇心から説明を求める。ジャックが何気なくラウールにするようにレトルブの頸に腕を回すと、レトルブは「誘惑するな」とうろたえ、ジャックは笑い転げる。レトルブはジャックを鞭で打ちたい思いに駆られるが、やっとのことでこらえ、二人でヴェネランド館に戻ってラウールには何も気取られずに三人で夕食をとった。

ある晩、ラウールはひとりでジャックの帰りを待っていたが、不吉な予感にとらえられる。帰ってきたジャックをラウールは抱きついて迎えるが、ジャックは彼女を押しのける。ジャックはマリーの娼館へ行ってきたのだが、女たちのうちの誰も「きみが殺してしまったものを生き返らせることはできなかった」と言い、「女なんか大嫌いだ」と言い放つ。ラウールは気を失って倒れる〕

〔第十五章：ラウールの元にマリーから、レトルブのところに来るように、「楽しいものをご覧になれるでしょう」という手紙が来る。ジャックは一か月前、悔いた姦〈婦〉のように許しを請い、ラウールも許したのだった。しかしこの手紙を受け取ってラウールは疑念に苛まれる。ジャックに罪があっても罰したりせずに、ただ偶像を破壊することになるだろうと予感しながらラウールは男装して出かけた。面会を妨げる従者に紙幣を握らせてラウールはレトルブ宅に入った。ピストルを手にしたレトルブにラウールは飛びかかり、ピストルを手から離させる。ジャックが女の恰好でやってきた、とレトルブは語った。拒まれて、ジャックは寝室で泣いているという。ラウールが寝室に入っていってしばらく経つと、黒い女もののドレスをまとったラウールと、頸の絞められた跡を隠すように男装したジャックが出てきた。服装のみならず、ふだんの〈夫婦〉の役割をも入れかえ、ラウールが「〈夫〉に現場を押さえられてしまった。明日決闘になります」と告げるが、レトルブは「〈夫人〉には罪がない」と明言する。翌日、ラウールはジャックを起こして決闘に向かわせる。相手には、「かすり傷を負わせるだけにするように」と言い含めてあるというのだ。ジャックは愛するラウールを傷つけてしまったことを自覚していたが、レトルブにひどく頸を絞められたことは納得がいかない。これらすべてを彼は、自分の家系に流れる「売春の血」のせいだと考える。ジャックが落ち着き払っているように見えるのでレトルブは動揺する。我知らず、レトルブはジャックを刺してしまい、レトルブ本人が大きな衝撃を受ける。ジャックは「レトルブを恨んではいない、ラウールをとても愛していた」と言い残して息絶える。

その日の夜、ラウールはエロスの神殿のベッドにジャックの亡骸を載せて何やら細かい作業に熱中していた〕

〔第十六章：レトルブはアフリカでの任務に戻った。ヴェネランド館には窓を埋め塞いだ部屋があった。青一色のその部屋には、ゴムの被膜に覆われた蠟人形が安置されていた。夜になると、喪服の女、あるいは黒い服の男が、唯一の扉からその部屋に入って来ては、その蠟人形を見つめ、接吻するのだった〕

ジャン・コクトー

「友は眠る」

（森井良訳）

孤独な青年たちを終生愛しつづけたコクトー。数多い「友」のなかでも、あの夭折(ようせつ)した「ノンケ」の天才作家との絆(きずな)は特別だった。聖なる友情と愛への渇望がせめぎあう二十余年越しのラヴ・ソング。

〔一九一九年六月、「軽薄な王子」として文壇に君臨していたコクトーのもとに、「ステッキをもった一人の子供」が訪ねてくる。まだ十五歳でしかなかった少年は、先の大戦を「四年間の長いヴァカンス」と言ってはばからず、そのあいだ作品を読み尽くして憧れの「王子」に挑みかかってきたのだ――少年の名はレーモン・ラディゲ、のちに『肉体の悪魔』や『ドルジェル伯の舞踏会』といった小説でスキャンダルを巻き起こす早熟の鬼才である。小柄で青白く、怠惰なくせにクソ真面目で、落ち着きはらっていながら、時に殺し屋のような近眼でにらみつけてくる「恐るべき子供」。未知の才能を感じとったコクトーは、旅の道づれとして少年の創作をはげまし、また彼から洗練された簡潔さと何ものにも囚われない自由を教えられながら、自身にとって転機となる長編詩『平調曲』を書きあげる。何より歓びだったのは、あどけなく眠る若者の姿を、ベッドの傍らでそっとデッサンに収めること。しかし、愛する「友」の肖像をものにした翌年、思いもかけない報せ(しら)が舞い込んでくる。ラディゲの死。死に目にも立ち会えなかった詩人は、後悔と苦しみのあまり、ひたすら阿片(アヘン)にすがって夢の世界をさまようことになる——あれから約四半世紀、二度目の大戦が終わり、病を得てパリを離れたコクトーは静かに自らの来し方をふりかえる。戦争はフランスだけでなく、彼の心をも荒(すさ)ませてしまった。夢に去来するのは、若くして散った多くの「友」、そしていまなお眠りをつづける永遠の「友」——老いた「王子」はふたたび筆をとった」

シーツに散らばる君の掌(て)は、僕の枯葉だった
僕の秋は君の夏を愛していた
追憶の風がドアを打ち鳴らしていた
僕らがいた場所へとつづくドアを
僕は自分勝手な君に眠るふりをさせておいた
そこでは夢が君の足跡を消してゆく

君は自分がそこにいると思っている　あまりにも悲しいよ
存在しないところにいつづけるなんて

君はもう一人の君のなかで息をひそめていた
しかもあまりに抽象的な体を糧（かて）にしていたから
君はまるで石でできているようだった　つらいのは、愛しているのに
ただ一つの肖像しか手に入らないこと

身じろぎもせず、目覚めたまま、僕は部屋を訪ねたものだった
僕らが帰ることのない数々の部屋を
いくら狂おしく走っても、手足は動かず
顎（あご）が拳（こぶし）のうえから離れなかった

こうした虚（むな）しい奔走から戻ってくると
ふたたび僕は倦怠（けんたい）とともに見出（みいだ）すことになった
君の閉ざされた目と、君の息づかいと、君の大きく開かれた手を

そして闇（やみ）に満たされた君の口を

どうして僕らは双頭の鷲（わし）のようになれないんだろう？
双面のヤヌスに
祭りの見世物にされるシャム双生児に
一本の糸で縫い合わされた書物に似ていないのはなぜ？

愛は恋人たちを一匹の怪物に変える
つねに吠（ほ）えたてる、たてがみに覆（おお）われた愉快な怪物に
そしてこの怪物は、捕らえた我が身に夢中になるあまり
四つの手で自らを食い尽くしてしまう

友情のうちに長い孤独があるとはどういうことだ？
友らはどこへ向かってゆくのだ？
この迷路はいったい何だ？　そこでは僕らのものうい探求が
眠りについた後の再会にしか行き着かない

いったい僕はどうしたんだ？　いったい僕の身に何が起きている？
僕は眠る　眠らないでいるのが僕の責務なのに
もし眠ったら、流されるがままになってしまうかもしれない
君を失った夢のなかで

あぁ、何者にも罵（ののし）られていない顔はなんとも美しい
眠りは、死に倣（なら）いながら
この顔を香りづけ、磨きあげ、塗りなおし、ふたたび彫刻する
まるでエジプトの、金を塗られたミイラのように

でも僕は君を見つめていた、仮面の顔に隠された君を
僕らの痛みをものともしなくなった君を
君の波は僕の岸辺で砕け散ろうとしていた
僕の心から引き潮のように遠のいていった

神聖な友情はこの世でつくられたものではない
世はいつだってそのことに驚くだろう
そして、これからも取り違えつづけるにちがいない
僕らの友情と僕らの愛とを

僕らがいる僧院では、もはや時は意味をなさない
いま何時なんだろう？　今日は何日なんだ？
愛が込みあげてくると、僕らは隠し立てもせず
真っ先に、愛を語りあう

僕は走る　君も走るが、あくまで機械仕掛けに逆らって
君はどこへ行く？　僕はどこから帰る？
何てことだ、僕らはシナの怪物にも
インドの空飛ぶ笛吹きにもまったく似ていない
興奮のさなか一つに絡（から）みあう

恋人たちよ、恋人たちよ、幸福な恋人たちよ……
君らは翼をもった鬼だ、教会に棲(す)みつき
ローマ風の柱頭のまわりに取り憑(つ)いた食人鬼

僕らは二本の腕を提(さ)げ、魂で結ばれている
（体もそうなろうともがいている）
ただし僕らの地獄は業火(ごうか)なき地獄
死者が互いを求めあう空虚な場所

ベッドの傍で肘(ひじ)をつき、僕は君のこめかみを眺めていた
君の血の証(あかし)が波打っているのを
君の血は真っ赤な海、僕のランプがとどまる処(ところ)……
決してそこに眼差(まなざ)しが降りてゆくことはない

僕らの一方は記憶の氷海へと赴いていた
他方はあの混じり合った場所へ

太陽と海がそれぞれに波紋を揺らしながら
窓ガラスをとおって、天井で溶け合うところへ

ほら、君の内なる目が見つめているのはあそこだ
僕は君の腕を摑(つか)みさえすればよかった
君を目覚めさせ、神殿を打ち壊すには
シーツのうえにそびえ立っていたあの神殿を

僕はあいかわらず君を眺めつづけた
膝(ひざ)のうえに肘をつき、顎を宙に漂わせて
僕は君をものにできなかった　だって何ものも僕と
君の肉体の機構とを結びつけてはくれないから

そして僕は夢想し、君も夢を見ていた　そしてすべては巡る
血も、星座も
存在しないのにあんなにも早く過ぎてゆくらしい時間も

国と国との憎しみも
放り出された君の服、それらの生地の折り目
一塊になった影、細部の一つ一つが
戦禍の後の死体にそっくりだった
おぞましい姿に変えられたあれらの死体に

ベッドから遠く離れた床のうえで、君の靴の片っぽが
死にかけていた、もういくばくもない命だ……
こうした身なりの乱れは、もはや傷にほかならなかった
しかし眠っている人に何ができるというのか？

それは君の延長だった　君の仕草を真似ていた
それをとおして君が認められた
だとすればこうも言えないか？　君の上着の袖は
まるでピストルを放り出したばかりのようだと？

こうして、郊外では、盗みや自殺が
ヴィラを墓場に変えてゆく
これらの不幸にまで行き渡って、君の穏やかな顔は
こうしたすべてを導く魂になっていた

僕は旅を再開していた　夢想に嫌気がさしながらも
『平調曲』の頃のように
そして僕の年月は短くなり、太陽は
歩みつづける僕の影を長く伸ばしてゆく

他のすべての影のなかにあっても、この影は見分けられた
ほら、あれはたしかに僕の歩き方
ほら、僕の前の、砂漠のうえに映るのは
夕日のせいで長く伸びた僕の体

この影には、僕の容姿の不幸がはっきり映っている
僕の影は何を期待できるというのか？
日暮れよりほかに　月のひかりが
この影を僕の背後に送り返してくれるのを待つほかに

もうたくさんだ　僕は帰る　君の乱れはあいかわらずだ
君だけがその様相を変えられるというのに
愛がためらわず恋人を目覚めさせるところで
友情は恭しく寝ずの番をする

空を横切るのは贋の天体、自動人形
人の顔した鷲の群れ
息子よ、君をふたたび目覚めさすのは、君に戦ってほしいから
眠りは君の手から武器を奪い去ってしまった

ジャコモ・カサノヴァ

『わが生涯の物語』（第一巻第十一章より）

（芳川泰久訳）

「色男」として名を馳せる前の青年カサノヴァがイタリアの港町で一人のカストラートに恋をする。しかし相手の少年にはある重大な秘密が隠されていて……いわゆる「ノンケの覚醒」（？）を告白する章。

ぼくがアンコーナに着いたのは、一七四四年二月二十五日のことで、もっとも上等な宿屋に向かい、泊まることにした。部屋には満足だった。ぼくは主人に、食事に肉を出してほしいと告げたのだが、復活祭までのあいだは四旬節の期間なので、キリスト教徒は肉抜きの食事をしております、と彼は答えた。

「ローマ法王から、肉食をしてもよいという許可をもらっているんだよ」

「それをお見せ下さい」

「法王は口頭で許可を与えてくださったのでね」

「お客さまのおっしゃることを、信じかねるのですが」

「バカを言うな」

「この宿では、わたくしに従っていただきます。お嫌(いや)でしたらどうぞ他の宿にお移りくださいませ」

そんなふうに応じられ、まったく予期していなかった脅しにも思われる言葉に、ぼくは怒りをあらわにした。悪態をつき、ののしり、叫んでいると、とつぜん、謹厳そうな人物がぼくの部屋に入ってきて、こう言った。

「あなた、食事に肉を出してほしいというのは間違ってますな。だいいち、アンコーナでは肉抜きの食事のほうがずっとおいしいのですよ。それに、言葉だけで自分を信用しろと宿の主人に無理強いするのも、いただけません。かりに法王のご許可をお持ちだとしても、あなたの年齢で許可を求めたというのはよろしくない。書面での許可を求めなかったというのも、手落ちになりますな。主人をバカ呼ばわりするのも、どうかと思います。なにしろ自分のところに、だれかをどうしても受け入れなければならないなんて法はまったくないんですから。結局、こんなに騒ぎ立てることじたい、間違いです」

その男は部屋に入ってくるなり、ひたすらぼくに説教をし、思い付くかぎりの過ち（あやま）を指摘したが、こちらは気分をよくするどころか、笑いたくさえなった。それでもぼくは男にこう答えた。

「ご指摘になったこちらの間違いについては、どれも認めるのにやぶさかではありませんが、雨も降っていますし、時刻も遅くなっています。疲れている上に腹ペコで仕方ありません。つまり、宿を変える気にはまったくなれないのです。宿の主人に代わって、ぼくに夕食をご馳走してはくれませんか」

「それはできません」とその男はとても物静かに告げた。「なにしろわたしはれっきとしたカトリック教徒ですから、断食をしているのです。ですが何とか主人をなだめて、すばらしい夕食を出してもらえるように計らいましょう」

そう言い終わると、男は階下に降りていった。ぼくはといえば、自分のはやり立つ気持と男の冷静さを比べて、彼こそぼくに教訓をたれるにふさわしい人物だと思った。男はすぐにまた上ってきて、万事うまくとりなしたから、おいしい夕食にありつけるだろうと言った。

「では、ごいっしょに夕食をいただきませんか」

「ええ、それではご相伴させていただきましょう」

ぼくは喜んで申し出を受け、男に名前を言わせようとして、アッカヴィヴァ枢機卿の秘書だと名乗り、自分の名を告げた。

「わたくし、サンチョ・ピコと申します。カスティーリャの人間で、フェリペ五世の軍隊で監督官をしております。総司令官モデナ公の命令のもとにガージュ伯爵がその指揮をとっております」と男は告げた。

こちらの見事な食べっぷりに感心したのか、彼は昼食をすませてきたのかどうか尋ねた。

「いいえ」と答えた。

するとその表情に、満足した様子が認められた。

「そんなに夜にめしあがって、身体に障りませんか」と彼は付け加えた。

「それどころか、具合は大いによいと思いますが」

「ではあなたは法王をだましたことになりますね」

「いいえ。だって、食欲が少しもないなんて法王に言ったりしていませんよ、ただ、精進料理よりも肉のある料理のほうが好きだと言っただけですから」

彼は少し考えてから、

「素晴らしい音楽をお聞きになりたいなら、隣の部屋までついていらっしゃい。一流の女優が泊まっていますから」と言った。

女優という言葉にぼくは惹かれ、彼についていった。見ると、食卓に着いていたのは年配の女と二人の娘に二人の少年だった。ぼくは女優を見つけられないでいると、ドン・サンチョ・ピコが二人の少年のうちの一人を指して、こちらがその女優ですと言って紹介してくれた。うっとりするほど美しく、歳はせいぜい十七歳といったところだった。これは去勢歌手(カストラート)だな、とぼくはピンときた。おそらくローマと同じように、なんでもカストラートが主演女優(ヒロイン)の代わりをしているのだろう。母親はぼくにもう一人の息子を紹介してくれた。同じくとても美しく、もっと若かったが、カストラートよりずっと男らしさが残っていた。名前をペトロニオといった。ペトロニオは声も体も変わりつつある最中で、主役の女性ダンサーとして舞台に立っていた。母親は同じように二人の娘も紹介してくれたが、姉のほうはチェチーリアといい、音楽を習っていて、十二歳だった。妹はマリーナといい、十一歳にしかなっていなかったが、兄と同じように踊りに身をささげていた。姉妹ともに、とても美しかった。

一家はボローニャの出で、自分たちの才能を生かして生計をたてていた。富の代わりに、この家族には親切心と陽気さがあった。

カストラートの名前はベルリーノといった。ドン・サンチョのたっての願いを聞きいれると、食卓から立ち上がり、チェンバロの弦を鳴らしはじめ、天使のような声で歌ったが、うっとりするほどの魅力にあふれていた。カスティーリャ出身のドン・サンチョは目を閉じて歌を聞き、エクスタシーに浸っていた。ぼくはどうしていたかといえば、目を閉じずに、ベルリーノの瞳(ひとみ)に見とれていたのだ。その瞳はきらきらと黒く輝き、まるで火の粉を放っているようで、ぼくはその瞳に恋い焦(こ)がれてしまった。

彼のうちにぼくが見出したのは、かつてローマへの馬車のなかで知り合い、逢瀬を重ねたドンナ・ルクレツィアのいくつもの表情であり、恋心を抱いたG侯爵夫人の優雅な物腰だった。何をどう見ても、それは美しい女性だった。なにしろ男の服を身に着けていても、この上なく美しい胸のふくらみは隠しきれなかったからだ。それで、男だと告げられてはいたものの、ベルリーノと称しているのはまさに変装した美女にちがいないとぼくは確信した。そしてぼくの想像力は思いっきり自由に羽ばたき、すっかり夢中になってしまった。

そこでうっとりと二時間ほどを過ごしてから、ぼくはドン・サンチョとともに辞去した。彼はこちらの部屋までいっしょに付いてきて、

「わたしは明日の朝早くシニガリアへ、ヴィルマルカーティ神父とともに発ちます。しかし明後日の夕刻には帰ってきて、こちらで夕食をとります」とぼくに告げた。ぼくは彼に、それではどうぞよいご旅行を、と伝え、ぼくも両替商のもとを訪れ用事が片づき次第、明後日にはおそらくここを発つでしょうから、ぼくたちは途中でばったり顔を合わせるかもしれませんね、と告げた。

ベルリーノから受けた強い印象が片時も頭を離れないまま、ぼくはベッドに横になったが、ちっとも偽装なんかにだまされてはいない、と本人に伝えずに出発すること

が残念に思えてならなかった。朝になってドアをあけたとたん、その本人がこちらの部屋に入ってきたので、ぼくはうれしい驚きを味わうことになった。こちらが雇うにちがいない案内係の代わりに、ここに滞在中、弟を使ってくれないか、と彼は申し出てきたのだ。ぼくは申し出をよろこんで受け入れると、さっそく家族みんなのぶんのコーヒーを弟に取りに行かせた。

ぼくはベルリーノをベッドに腰かけさせると、甘い言葉をささやいて、娘として扱ってやろうと思った。ところがそのとき、二人の妹たちが部屋に入ってきたかと思うと、ぼくのもとに駆け込んできて、こちらの目論見(もくろみ)がすっかり狂ってしまった。それでもこの三人はこちらの眼前に絵になる光景を作り上げたので、悪い気はしなかった。三人それぞれの飾らない美しさと根っからの無邪気な陽気さ。つまり、心地よいなれなれしさとか、芝居がかった才気とか、気の利(き)いた冗談とか、ボローニャ人特有のちょっとした媚態(びたい)とかだが、ぼくはそれを知るのが初めてだった。そうしたすべてが魅力的だったせいで、必要以上にぼくは上機嫌になった。チェチーリアとマリーナはふたりとも可憐(かれん)なバラのつぼみで、ひと吹きの微風(そよかぜ)ではなく、まさに愛の息吹(いぶき)を待つだけで、いまにもつぼみが開くところだった。そしてたしかに、ぼくがベルリーノのうちに、教会の庇護(ひご)のもとで養成された去勢歌手(カストラート)という憐(あわ)れなキズ者の人間しか認めなかったとしたら、さらに宗教の持つ残酷さのもたらす惨めな犠牲者しか認めなかったとしたら、この二人の姉妹はこちらの彼への思いを奪って、ぼくをとりこにしたことだろう。というのも、このふたりの愛想のよい姉妹はまだ幼いとはいえ、その愛らしいふくらみかけた胸には思春期を思わせる早熟なかたちが宿っていたのだ。

ペトロニオはコーヒーを運んでくると、ぼくたちに供してくれた。それで、その母親は部屋から一歩も出なかったから、ぼくはそこにコーヒーを持っていかせた。このペトロニオはまぎれもないお稚児さんで、それもプロのお稚児さんだった。これはイタリアでは珍しくはない。イタリアでは、この種のことに対する咎めだては、イギリスほどには度を越しておらず、スペインほどには残酷でも残忍でもなかった。ぼくはペトロニオにコーヒー代として一ゼッキーノを渡し、つりをそのまま与えたので、彼はぼくに感謝のしるしに、こちらの唇に半ば口を開いての官能的なキスをした。その種の趣味があると思い込んでのことだろうが、ぼくにはそんな趣味はなかった。彼に思い違いを気づかせてやったが、そのことで侮辱されたようには見えなかった。ぼくは彼に六人前の昼食を注文するように命じたが、彼は四人前だけを頼みましょうと言った。というのも彼は、いつもベッドで昼食をとる愛する母親の相手をしなければならなかったからだ。人の好みはさまざまで、ぼくは好きなようにさせた。

少しすると、宿の主人がぼくに会いに来て、

「お客さま、あなたが昼食をふるまわれる方々は少なくとも二人前を召し上がりますので、そのことをお伝えしておきます。ですから、それ相応に払っていただかなければ、昼食をお出ししかねますが」と言ったのだ。

「用意してくれ。ただしうまい料理を出してくれ」とぼくは主人に言った。

ぼくは人前に出られるようになるとすぐ、愛想のよい母親にあいさつをしなければと思った。ぼくは彼女の部屋に入り、子供たちのことをほめてやった。母親は、息子がぼくからもらったご祝儀（しゅうぎ）の礼を言うと、自分たちの窮乏を打ち明けはじめた。

「興行師は人でなしのやつで、この謝肉祭（カーニバル）を通して、五十ローマ・エキュしかくれようとはしないんですよ。生活費にすべて消えましたから、ボローニャに帰るにも、物（もの）乞（ご）いしながら歩くよりほかありません」と母親はぼくにこぼした。

この打ち明け話にほろりとさせられ、ぼくは財布から四エキュ金貨をとりだし、母親に与えた。すると彼女は喜びと感謝の涙を流した。

ぼくは母親にもちかけた。

「秘密を打ち明けてくれたら、金貨をもう一枚、差し上げてもかまいませんよ。お認めなさい、ベルリーノはれっきとした美しい娘で、変装していますよね」

「断じて、そんなことはございません。ただそんなふうに見えるだけです」

「表情にしても物腰にしても、いいですか、ぼくの目は節穴じゃないんですよ」

「嘘じゃありませんよ、正真正銘の男の子です。舞台に立つのに、検査を受けねばならなかったのですから」

「だれが検査したのです」

「司祭さまを聴聞するおえらい方です」

「聴聞するえらい方?」

「ええ。確かめたいなら、訊いてもらってもかまいませんよ」

「ぼくは自分の手で検査しなければ、信じません」

「どうぞそうなさって、ただし同意を得られてからの話ですけど。率直に申し上げて、わたしはこのことにかかわるのはごめんですよ。だってあなたの思惑がわかりませんからね」

「思惑だなんて、ごくまっとうなものですよ」

ぼくは部屋にもどると、キプロスのワインを一ビン買いにペトロニオをやった。彼は用事を済ませ、渡しておいた一ダブロンの釣り七ゼッキーニを寄越した。ぼくはそれをベルリーノとチェチーリアとマリーナに分け与え、二人の娘たちに兄とふたりだけにしてほしいと頼んだ。

「ベルリーノ、間違いない、どう見てもきみの身体の形態(つくり)はぼくとはちがっている。ねえ、きみは女の子なんだろう」

「ぼくは男です。ただ、去勢歌手(カストラート)ですけど。検査も受けています」

「ぼくにも検査させてくれないか、一ダブロンあげるから」

「それはできません。だって明らかに、あなたはぼくのことを好きになっている上に、そんなこと、宗教上も禁じられていますから」

「そんな難色を示されても、司祭を聴聞するえらいやつにはさせたっていうじゃないか」

「年老いた聖職者ですよ。それに、ちらっと見ただけですから、ついでにという感じで」

「ぼくも知るんだ」と言いながら、ぼくは大胆に手を伸ばした。

彼はこちらをはねつけ、立ち上がった。その頑(かたく)なさに不愉快になったが、なにしろぼくはこの好奇心を充(み)たすのに、すでに十五、六ゼッキーニもつかっていたからだった。ぼくは不機嫌な顔をして食卓についた。それでも、食事をともにした連中はかわいらしく、その見事な食欲を見ているうちに、ぼくは機嫌をもどしていた。よくよく考えてみれば、愉快なほうが仏頂面(ぶっちょうづら)をしているよりましだと判断したのだ。そしてそうした気持ちになったぼくは、この二人の魅力的な妹たちを相手に気分一新と決めたのだった。この二人も、こちらといっしょにじゃれ合う気にすっかりなっているように思われた。

心地よい暖炉の火のそばで彼女たちにはさまれて腰をおろし、湿り気をあたえたマロンをキプロスのワインとともにたしなみながら、左右にいる妹たちにぼくは汚(けが)れのないキスを何度かしはじめた。しかしじきに、唇の触れることができないところにまで、ぼくの手はむさぼるように伸びたのだが、チェチーリアもマリーナもこの遊びをひどく面白がった。ベルリーノは笑みを絶やさず、ぼくは彼をも抱擁したが、その少し開いたフリル状の胸飾りがこの手に対し挑戦状を突き付けているようで、思い切って、手を奥までいれたのに、抵抗にあわなかった。古代ギリシャの彫刻家プラクシテレスの腕をもってしても、これほど均整のとれた乳房は作れなかったことだろう！

「こんな特徴があるのに、きみが完璧(かんぺき)な女でないなんて、ぼくにはもう信じられないよ」とぼくはベルリーノに言った。

「これはぼくたちカストラートがみなかかえる難点なのです」と答えた。

「そうじゃない、きみたちカストラートの美点じゃないか。ベルリーノ、本当だよ。

ぼくは精通しているから、カストラートの奇形の胸と美女の胸くらいは区別がつくよ。この雪花石膏(アラバスター)でできたような胸は、十七歳の若い美人の胸さ」

ご承知のように、若いときには、何であれかき立てられて火のついた恋心は、充たされぬかぎり止まらぬもの、そして好意を手に入れれば入れたで、もっと特別な好意を手にしたいと駆り立てられるものではないだろうか。うまくいくぞ。さらに一歩進んで、ぼくはこの手がむさぼったものに燃えるようなキスをふんだんに浴びせようと思った。ところがつれないベルリーノは、ぼくが不法にも味わおうとしていた楽しみにまるでそのときだけ気づいたかのように立ち上がると、逃げ去ったのだった。恋情に怒りが加わった。とはいえ、彼を軽蔑(けいべつ)することもできなかった。なにしろ、軽蔑するなら、まず自分を先に軽蔑すべきだろう。この激しい思いをなだめ、霧散させて気を静める必要を感じたぼくは、チェチーリアにナポリの歌を何曲か歌ってくれるように頼んだ。彼女はベルリーノに歌を習っていたのだ。そのあとでぼくは部屋を出て、両替商のところに行き、そこでその両替商に宛(あ)てた手形証書を渡して、引き換えにボローニャで換金できる一覧払の手形証書を受け取った。宿にもどると、ぼくは娘たちといっしょに軽めに夕食を済ませ、それから寝る準備をしながら、ペトロニオに命じて、朝早い馬車を寄越すように頼んだ。部屋のドアを閉めようとしたとき、チェチーリアが半ば服を脱ぎかけた格好で来て、リミニまで連れていってもらえるか訊いてくるようにベルリーノから言われたと告げた。ベルリーノはリミニで、復活祭明けに上演することになっているオペラで歌う契約をしていたのだ。

「かわいい天使さん、よろこんでそうしてあげると言ってきておくれ。ただし、きみもいる前で、ぼくの望むことをさせてもらえればの話だけど。ぼくは彼がまさに女なのか男なのかを知りたいだけなんだ」

チェチーリアは部屋を出ていき、またすぐにもどってくると、ベルリーノはもうベッドに入ってしまったが、出発を一日だけ延ばしてくれれば、明日には必ず望みを充たすと約束する、と告げたのだった。

「チェチーリア、本当のことを教えてくれたら、六ゼッキーニあげるよ」

「そんなお金、もらえないわ。だって、素っ裸のベルリーノなんて一度も見たことないもの。なので、女の子かどうかなんてわたしには断言できない。でも男の子に決まってるわよ、だってそうじゃなきゃ、この町で歌うことなんかできなかったでしょうから」

「じつにけっこう。出発は明後日にしよう、今晩、きみがぼくといっしょにいてくれるならね」

「だったら、わたしのこと好きなのね」

「とても。でも、いい子にしてくれるならだが」

「とってもいい子にするわ。だってわたしもあなたが好きなんですもの。お母さんに言ってくるわ」

「きっときみには恋人がいるんだろう」

「いたことさえないわよ」

チェチーリアは部屋を出たと思ったら、すぐにすっかり陽気になってもどってきて、ぼくのことを母親は誠実な人だと思っていると告げた。チェチーリアはおそらく、こちらを単に気前がよいくらいにしか思っていなかったのだ。彼女はドアを閉め、この腕に飛び込んでくると、ぼくにキスをした。じつに優しく、魅力的だったが、だからといってほれたわけではない。ぼくの生涯で最後まで友情と愛情を抱くことになるルクレツィアには、「きみはぼくを幸せにしてくれた」と伝えたが、そのときのようにはチェチーリアに言えなかった。むしろその言葉をぼくに告げたのは、チェチーリアの方だった。そう言われてもぼくはうれしくはなかったが、そう思っているふりをした。朝になって目を覚ますと、ぼくは愛情をこめておはようと告げてから、チェチーリアに三ダブロンを与えた。これで母親はひどく喜ぶだろう。そうしてからぼくはチエチーリアを帰したが、いつまでも変わらぬ愛情を誓うなんて気にはまちがってもならなかった。そんな誓いはくだらないし、ばかげている。どんなにふしだらじゃない男だって、そんなことは誓わないだろうし、相手が絶世の美女でも言わないだろう。

朝食を済ますと、ぼくは宿の主人を部屋に呼んで、上等の夕食を五人前注文した。夕方にもどってくるはずのドン・サンチョが夕食をともにするのを断らないと確信していたからで、そう思ったぼくには昼食をとるつもりはなかった。夕食の食欲を確保しておくために昼食を抜いたが、ボローニャ出身の一家にはそんなぼくの真似をする必要はなかった。

呼びにやってベルリーノが来ると、ぼくは約束を果たすように強く促した。だが彼は、まだ一日は終わっていないと笑いながら言い、まちがいなくリミニにはぼくといっしょに行くと告げた。

「先に言っておくけど、こちらの要求がすっかり充たされるのでなければ、連れていってやれないよ」

「きっと充たされますから」

「ちょっといっしょに散歩に行かないか」

「いいですよ、着替えてきます」

彼を待っていると、マリーナががっかりした表情でやってきて、どうして自分だけにつれなくするのかと言ってきたのだ。

「チェチーリアは昨夜(ゆうべ)あなたとともに過ごしたし、明日にはベルリーノといっしょに出発するんでしょ。かわいそうなのは、わたしだけじゃない」

「お金が欲しいのかい」

「そんなんじゃないわ。あなたのことが好きだからよ」

「でもね、かわいいマリーナ、きみは幼すぎるよ」

「わたしは姉よりも肉づきがいいのよ」

「じゃあ、きみには恋人がいてもおかしくないね」

「えっ、とんでもないわ」

「じつにけっこう。ならば今晩、会うことにしよう」

「よくってよ。明日のシーツを用意してって、お母さんに言っておくわ。だって、用意しておかないと、宿屋の人に何もかもばれちゃうから」

舞台でのしつけが行き届いているのか、ぼくは恐れ入ったが、愉快でもあった。

ベルリーノが来たので、ぼくたちは宿を出て、港の方に足を向けた。いくつもの船が停泊していた。なかでも、ヴェネツィアの船とトルコの船が目を引いた。ヴェネツイアの船に乗せてもらい、興味深く見て回ったが、知っている者がだれもいなくて、ベルリーノとともに下船した。そしてトルコの船に乗せてもらったのだが、思いがけないことがそこでぼくを待っていた。まさに現実には起こりそうもないことだった。船で最初に見かけたのが、七か月前にぼくがアンコーナの港の検疫所を出るときに残してきた美しいギリシャ人の女だったのだ。女は年老いた船長のかたわらにいた。ぼくはその囚われの美女を見ないふりをしながら、何かいい品物があれば、売ってくれないかと尋ねた。船長はぼくたちを自分の部屋に連れていったが、そのときちらっと美しいギリシャ女を見ると、ぼくにまた会えた歓びがありありとその目に読み取れた。

トルコ人の船長が見せてくれたものに、ぼくの気に入ったものは何一つなかった。そこでまるでふと思いついたように、船長の美人の奥方のお気に召すようなきれいなものがあれば、喜んで買うのだが、とぼくは船長に告げた。船長はにやりとした。ギリシャ人の女が彼に何やらトルコ語で言うと、船長はその場を離れた。

船長の姿がぼくたちの視線のとどかないところに消えたとたん、この時代の才色兼備のアスパシアともいうべきその女は、ぼくの首に飛びついてきて、

「いまがチャンスよ」と言った。

彼女に劣らぬ勇気があったので、ぼくは即座に応じる態度を示して、彼女の主人が

五年ものあいだなしえなかったことを、すぐさましてやった。ぼくが願望を最後まで果たさないうちに、かわいそうなことに、ギリシャ人の女は自分の主人の足音に気づき、ぼくの腕のなかからしぶしぶ離れ、ため息をつき、抜け目なくこちらの前に立ってくれたおかげで、ぼくは乱れた服を直す余裕を手にした。それがなかったら、こちらの命にかかわったかもしれない。少なくとも、示談のために全財産は失っていただろう。こんな奇妙な立場に身を置いて、ぼくは腹を抱えて笑ったが、ベルリーノは意表をつかれたようで、まるで石像になってしまったようにその場に立ちつくし、木の葉のように震えていた。

その囚われの美しい女が選んだ装身具は、三十ゼッキーニほどしかしなかった。

「どうもありがとう」と女は自分の国の言葉で言った。

トルコ人の船長がお礼にぼくにキスしてやりなさいと言うと、女は顔を隠すようにしてその場から逃げた。うれしい気持よりも悲しい気持になってぼくもその場をあとにした。というのも、彼女は勇気を出してくれたのに、中途半端にしか思いが充たされず、こちらも残念に思ったのだ。今度は大きな三角帆のフェラッカ船に乗ると、ベルリーノは恐怖も治まり、現実にはあり得ないような驚くべきことを、いま見せつけられたと口にした。それで、ぼくの性格についても不思議な思いを抱いたようで、ギリシャ人の女の性格にいたっては何一つ理解できない、それとも、彼女の国の女はみんなあのような人なのだろうか、と言った。

「あの国の女たちはきっと不幸ですね」と彼は付け足した。

「じゃあきみは、浮気女のほうがずっと幸福だとでも思ってるの？」とぼくは言った。

「そういうわけじゃありませんが、でも、こちらが女の人に望むのは、誠実な気持から愛に身をゆだねるにしても、自分自身との葛藤（かっとう）を経てからなびいてもらいたいということです。犬畜生なら性的本能の命ずるままに動きますが、淫奔（いんぽん）な情欲の高まりに屈するにしても、犬畜生のように気に入ったものなら何にでもさっさと身をまかせるなんて、女の人にはしてほしくありません。お認めいただいてかまいませんが、あのギリシャ女は、あなたのことが気に入ったという疑いようのない証拠を見せました。でもあの女は同時に、同じくらい疑いようなく犬畜生の本性（しるし）も見せ、厚かましさを発揮して、拒絶されれば恥をかくような危険なことまでしたのです。だって、あの女があなたに抱いている好意と同じように、あなたが彼女に好意を抱いてくれているなんて、当人には知りようがなかったわけですから。あの女はとびきり美しい。それにすべてはうまくいきました。しかし見ていて、不安に陥（おとしい）れられましたよ。いまだにその思いは消えません」

ベルリーノは思い違いをしていて、それを正してやることもできたし、その困惑を止めてやることもできただろうが、その種の打ち明け話をしたところで、こちらの自尊心には何ら得るものがないと思われたので、ぼくは事情を話さなかった。というのも、こちらが思っているとおり、ベルリーノが女性だとしたら、ぼくが重要視しているように見える事柄なんて、つまるところ、じつにささいなことだし、わざわざ策略をあれこれ用いて、そのあとに起こることを食い止めようなんてする必要はない、と思ってもらいたかったからだ。

ぼくたちは宿にもどった。夕方になって、ドン・サンチョの馬車が宿の中庭に入ってくるのがわかったので、急いで出迎えに行き、彼にはぼくとベルリーノと夕食をごいっしょしていただくつもりでいるが、どうかお許しいただきたいと告げた。丁重に、威儀を正して、そうしていただけるとじつに有難くうれしいと述べると、ドン・サンチョは承諾した。

美味な料理と極上のスペイン・ワインに加え、何よりもベルリーノとチェチーリアのうっとりするような声とその陽気さに包まれて、カスティーリャ出身のドン・サンチョは五時間も甘美なときを過ごした。真夜中になり、ぼくの部屋を辞そうとしたサンチョは、翌日また同じ顔ぶれで、彼の部屋で夕食をともにすると約束してくれなければ、完全に満足したとは言えないと表明したのだ。そうすると、出発をさらに一日のばさねばならないが、ぼくは申し出を承諾した。

ドン・サンチョが行ってしまうとすぐに、ぼくはベルリーノに約束を果たすように迫った。しかし彼によれば、マリーナがぼくを待っているし、明日もここにとどまるのだから、こちらを満足させる時間ならあるだろうと言うのだった。彼はそう告げ、おやすみなさいと言うと、去っていった。

かわいいマリーナは嬉々とした表情になり、急いでドアを閉めにいったが、もどってきたときには瞳に情熱の炎がともっていた。チェチーリアよりも一つ年下なのに、ずっと成熟している。自分の方がチェチーリアよりもいいでしょ、とこちらに納得してもらいたくて、それを何とかぼくに伝えたいように見えた。それでもマリーナは、昨夜の作業でぼくが精魂つき果てているかもしれないと危惧したのか、これからいっしょに行なおうとしている秘密のことについて、知っているかぎりの知識を長々と語り、不完全だった知識を手に入れるために用いたあの手この手について口にした。そしてそうした話には、彼女の年齢にありがちなちぐはぐな面も混ざっていた。自分が初心な娘ではないと思われるのではないか、そのことでとがめられるのではないか、とマリーナは気に病んでいることをぼくは見抜いた。その心配ぶりがぼくには好ましかった。それに、処女性と呼ばれているものにしても、自然は多くの娘に与えているわけではないし、そうでないからといって娘たちを攻撃する連中は、ぼくからすれば馬鹿なやつらさ、と言ってマリーナを安心させた。

そう告げると、マリーナは元気になり、こちらを信頼してくれたようで、彼女は姉なんかよりずっとまさっていると認めてやらないわけにはいかなかった。

「わたし、たまらなくうれしいわ。一睡もせずに夜を過ごしましょう」とマリーナは言った。

「いいかい、眠ることで、ぼくたちにはいいことがあるんだよ。おかげで精力が回復するから、明日の朝、必ずチャンスに恵まれるさ。夜に逃してしまったと思ってもね」

その言葉どおり、安らかに眠ってからの営みの再開は、マリーナにしてみれば立て続けに新たな凱歌をあげたも同然となり、帰るときに三ダブロンを持たせると、この上なく彼女は歓び、その金を母親に手渡しにもどった。それでマリーナは貪欲にも、こうした救いの神からの恩義をまたしても受けたいと思うようになったのだった。

旅の途中で何が起こるかわからなかったので、ぼくは両替商のところに金を受け取りに行った。なにしろ大いに楽しみにも耽ったが、金もつかいすぎていたからだ。それに、まだベルリーノのことが片づいてなく、彼がもし娘だとすれば、妹たちよりも金惜しみしていると思われるわけにはいかなかった。男であるか女であるかは、その日のうちに決着がつくだろうし、思うに、ぼくは結果を確信していた。

人生は不幸の寄せ集めにすぎないと言いふらす連中もいるが、それはつまり、生きるのは不幸だと言っているのと変らない。しかし人生が不幸だとしたら、死はまさにその反対に幸福ということになる。なぜなら、死は生の正反対だから。こうした結論は厳正で揺るぎないように見える。けれどそうしたことを言う連中は、間違いなく病んでいるか貧しい。というのも、仮にそうした連中が健康に恵まれ、財布にたっぷりと金を持っていたら、チェチーリアやマリーナのような娘と同じように心は快活になるだろうし、もっとずっと明るい希望を持つだろうから、もちろん、これまでの意見を変えるだろう。そうした連中を、ぼくは厭世家(ペシミスト)と見なしているが、この種の輩(やから)は、赤貧の哲学者か気難しい神学者、あるいは茶目っ気のある神学生のあいだにしか見られなかった。楽しみが存在し、生きているだけでその楽しみを味わえるとすれば、生きることは幸福にほかならない。たしかに、不幸はさまざまに存在するし、そのことを知らないわけではない。でも、そうした不幸の存在そのものによって、幸福の総量の方がこれを上回っていることが立証されている。さて、一面のバラの花に囲まれて、そのトゲに気づくからといって、そうした麗(うるわ)しい花の存在を無視する必要があるだろうか。ないに決まっている。人生が善であることを否定するのは、人生そのものをねじまげて悪く取っている。暗い部屋にいても、窓から広大な地平線が見えて、これと向かい合っていれば、ぼくは非常に楽しんでいられる。

夕食の時間に、ぼくはドン・サンチョのところに出かけていったが、じつに豪華な部屋に泊まっていた。テーブルには、一枚板の銀食器が並べられ、召使いは立派な制服を着せられていた。ドン・サンチョは一人だったが、ぼくにつづいてチェチーリアとマリーナとベルリーノが部屋に入った。ベルリーノは、好みからか気まぐれからか、女性の服を着用していた。二人の妹たちもきちんとした格好をしていて、魅力的だった。しかし女性の服に身を包んだベルリーノがいるだけで、妹たちはひどくかすんでしまい、ぼくはもはやこれっぽっちも疑いを持たなかった。

「ベルリーノは女ではない、とお思いになりますか」とぼくはドン・サンチョに訊いた。

「女か男かなんて、どうでもいいでしょう。とてもきれいなカストラートだと思いますが、同じくらいきれいなカストラートを何人もわたしは見てますよ」

「間違いなく、そう思われますか」

「たしかですよ！　確証を手に入れようなどとはまったく思いませんな」とこのカスティーリャの男は厳かに答えた。

ああ！　この男とぼくはなんと考えが違っていることだろう！　でも、彼のうちにはこちらにない知恵があって、それに敬意をはらったぼくは、慎みのない問いかけをそれ以上は差し控えた。それでも食卓についているあいだ、ぼくのむさぼるような目は、例の魅惑的な人間から離れることはできなかった。この淫蕩な本性のおかげで、彼こそこちらの求める性の側にいる人間だと思うことによって、ぼくは甘美な歓びを見いだしていた。

ドン・サンチョの用意した夕食はじつに美味しく、当然のことながら、ぼくのふるまった料理よりも上質だった。というのも、もしそうしなければ、カスティーリャ人の自尊心は侮辱されたように感じただろう。それに、人間は一般的に、良いものくらいでは決して我慢できない。いちばん良いものまで欲しくなり、いやそれどころか、さらにその上を望む。ぼくたちにふるまわれたのは、白トリュフに、何種類もの貝に、アドリア海の最良の魚、それに泡の立たない本物のシャンパンやペラルタ産のワイン、ヘレス産の白ワインやペドロ・ヒメネスのブーケ豊かな黒色のワインだった。

こうした贅をつくした夕食を済ますと、ベルリーノが歌ったが、その声は、最高のワインがぼくたちに残しておいてくれたわずかな理性までも失わせるほどだった。その身振り、目の表情、物腰、歩調、立ち居振る舞い、顔立ち、声といったら。なかでも、ぼくの直感からすれば、彼に感じたものからどうにもカストラートだとは思うことができなくて、何を見てもぼくの期待ばかりが強固なものになるのだった。それにしても、ぼくはこの目で見て確かめねばなるまい。

何度も何度も賛辞と感謝を述べてから、ぼくたちはすばらしいカスティーリャの男の部屋をあとにした。そしてぼくの部屋に移動した。ついにそこで、秘密が明らかになる。ぼくはベルリーノに約束を守るよう促した。さもなければ、翌日、夜明けとともにぼくがひとりで出発するのを見ることになると告げた。

ぼくはベルリーノの手を取り、暖炉のそばにいっしょに腰をおろした。チェチーリアとマリーナを帰すと、ぼくはこう言った。

「ベルリーノ、何事にも期限があるんだよ。きみはぼくに約束したよね。話はすぐにつく。きみの言うとおりなら、自分の部屋に引っ込んでくれたまえ。ぼくの思ったとおりなら、どうかここに残ってぼくと過ごしてもらいたい。そうしたら明日、きみに百ゼッキーニあげよう。そしていっしょに出発しよう」

「どうか、おひとりで出発なさってください。あなたとの約束を守れなくても、それはぼくの弱さだと思って許してください。あなたに言ったようにぼくはカストラートです。あなたをこんな恥辱（ちじょく）の目撃者にする決心なんてできないし、こうして釈明してもひどい結果になるとわかっているのに、自分をさらすことなんかできません」

「ひどい結果になんてちっともならないよ。だって、ぼくの思いが外れて、残念ながらカストラートだったとしても、それを確かめてしまえば、白黒がついてしまうから。そうなればもう何も二度と問題にはならない。ぼくたちは明日いっしょに出発することになるし、きみをリミニで降ろしてあげるよ」

「いいえ、決めたことです。あなたの好奇心を充たしてはあげられません」

この言葉を聞いたとたん、堪忍袋（かんにんぶくろ）の緒が切れて、ぼくは暴力に訴えようとしたが、なんとか自分を抑え、優しくケリをつけようとして、問題の部分に直進しようと思った。でも、手がそこに達する前に、強い抵抗にあってしまった。ぼくは力をさらに込めたが、とつぜん彼に立ち上がられて、面食らった。瞬時に落ち着きを取りもどすと、不意をつこうと思い立ち、ぼくは手を伸ばした。だが、ぼくは恐怖におののきながら、こいつは男だと思ったのだ。去勢されているからではない。その表情に読み取れる非情冷徹さから、軽蔑すべき男だと思ったのだ。ぼくはうんざりし、混乱し、自らを恥じ、彼を送り返した。

妹たちがやってきた。明日、いっしょに出発できるし、ぶしつけなことはしないからもう心配はいらない、とお兄さんに伝えてくれと頼んで二人を帰した。たしかに男だと思ったにもかかわらず、当初に思ったベルリーノの姿がずっと頭のなかを去らず、それでもいい考えは何も浮かばなかった。

翌朝、ぼくは彼とともに出発したが、母親からすっかり感謝され、二人の魅力的な妹たちに泣かれて心が引き裂かれる思いだった。母親は、ロザリオを手に、聞き取れないお祈りをつぶやき、「主よ助け給(たま)え」と繰り返し唱えていた。

法律で禁じられたり非合法の職業で生計をたてている人間は、ほとんど神を信じているが、それは愚かしいものではなく、まがいものでもなく、偽善的でもない。その信仰は本物であり、真実であり、敬虔(けいけん)でさえある。というのも、信仰の源泉が善良なものから発しているからだ。神への道がどのようなものであれ、人間は常に神をその行ないのうちに認めるだろう。どんな考えとも無関係に神の加護を祈る者は、結局のところ、どれほど法を犯す罪人であろうとも善良な人間でしかありえないのだ。

麗しき泥棒の神ラウェルナさま
人を欺(あざむ)けますよう、方正に信心深くに見られますように

罪には夕闇(ゆうやみ)を、詐欺(さぎ)には雲を覆(おお)いかぶせてくださいますように
(ホラチウス『書簡集』一巻16歌60―62)

このようにホラチウスの時代には、盗賊たちも自分たちの女神にラテン語で話しかけていた。それで思い出したのだが、あるとき、ひとりのイエズス会士がぼくに言ったのだ。ホラチウスといえども、「方正に信心深くに」と助詞(ことば)の使い方をまちがえて言ったとしたら、自らの言語を知らなかったことになるだろう、と。だが、イエズス会士のなかにも無知な連中がいるということだ。なにしろ盗賊たちはおそらく、文法などどうでもかまわず、ホラチウスはそれを描いたのだから。

ぼくはこうしてベルリーノと旅に出た。彼は、ぼくが迷いから覚めて、自分にはもう興味を抱かないだろうと思い込んでいたのだろうが、十五分もしないうちに、自分のまちがいにすぐに気づいた。なにしろ彼の美しい瞳にこの視線を注ぐたびに、ぼくは愛の炎をかき立てられたように感じたからだった。それも、男を見ることでは惹き起こされないような愛の炎だった。

ぼくは彼に、その目もほかのすべての特徴も女のものだと言った。ちらっと目にしたあの膨らみも自然の造化のいたずらにすぎないかもしれないから、事実をはっきり

この目で確かめる必要があると告げたのだった。

「もしそうなら、きみの奇形を許すことくらい何でもないよ。それは結局、単におかしいというだけだからね。ベルリーノ、きみからぼくが受ける印象にしても、人を惹き付けるその種の魅力にしても、ぼくの貪欲な手にゆだねられたその豊かな胸にしても、きみの声音にしても、あらゆる様子が裏付けているのは、きみがぼくとは異なる性を有しているということさ。確かめさせてくれ。そしてぼくがまちがっていないとしたら、この愛を信頼してもらいたいし、もしもこちらがまちがっているとわかれば、ぼくの友情を頼ってもらってかまわない。さらに強情を張りつづけるなら、きみは残忍にもぼくを苦しめる方法を学んだと思わざるを得ない。おまけにきみは、ひどく呪われた学校で、身をゆだねた恋の情熱から若者を立ち直れなくする正しい方法は、その若者を絶えずじらすことだと学び、そして立派な学者になったと思うほかない。でも知っておいてもらいたいのだが、そうした横暴をきみが行使できるのは、その効果を受けている相手の人間が嫌いなときだけだからね。もしそうなら、今度はぼくのほうがきみを嫌いになる理由を思いつかねばならないだろう」

　ぼくは長いことこの調子でつづけたが、彼はひと言も答えてくれなかった。それでもひどく心を動かされた様子だった。とうとうぼくは、このような頑なな状態がつづけば手加減せずに扱わざるを得なくなり、手荒なまねをしてでも確証を手に入れることになる、と告げたのだが、すると彼は力を込めてこう答えたのだ。

「考えてもみてください、あなたはぼくの主人ではないんですよ。約束をしたからごいっしょしていますが、ぼくに無理強いをなさったら、不法な暴力を犯したことになってしまいますよ。どうか御者に馬車を止めるように言ってください。降りますから。それでも、だれにも訴えたりはしません」

この荒々しい言葉に大量の涙がつづいたが、ぼくにはまるで抗うことのできない手だった。魂の底まで揺り動かされたように感じたぼくは、自分がまちがっていたとほぼ思いかけていた。それを口に出しそうになったが、なにしろ、たしかにそうだと思ったとしたら、ぼくは彼の足元に身を投げ出し許しを求めていただろうが、そうはせずに、ただ、自分のことを裁く人間になれるわけでもないと感じ、気が滅入りながらじっと押し黙っているだけだった。シニガリアまでの行程の半ばに達するまで、ぼくは毅然としてひと言も口を利かなかった。そこで夕食をとり、泊まるつもりでいた。とうとうそこに着いたときには、自分との葛藤もかなり済んでいた。

「リミニまで足を伸ばせていたら、良き友として旅の疲れを休めることもできたかもしれないね、もちろんきみにぼくへの友情がいくらかでも残っていたらということだけど。だって好意が少しでもあれば、きみはぼくの恋心を癒してくれることだってできるだろうから」とぼくは彼に言った。

「そうしたところで、あなたの恋心は癒えないでしょうね」とベルリーノは勇気をもってぼくに答えた。

でもその声の調子にふくまれる優しさに、ぼくは驚いた。

「ええ、癒えることはないでしょうね、たとえぼくが女であっても男であっても。なにしろあなたはぼく自身に恋をしているのですから、ぼくの性別に関係なく。ですから確証を得たとしても、あなたは激高してしまうでしょうね。そうした状態になれば、あなたはぼくを血も涙もないヤツと思い、きっと過激なことをなさってしまうでしょうね。そして無駄な涙をあなたは流すことになるかもしれません」

「そんなふうに立派な言葉を並べて、きみは自分の強情な態度がさももっともだとぼくに認めさせるつもりだね。でもきみは完全にまちがっているよ。だって思うに、ぼくはすっかり落ち着いているし、ぼくが抱く友情はきみにとって好意に値するんじゃないかな」

「ぼくがお伝えしているのは、あなたは激高してしまうでしょうということです」

「ベルリーノ、ぼくを激高させたものがあるとすれば、それはきみがあまりにリアルな魅力というか、つれない魅力をひけらかしたからだよ。そしてもちろんきみは、その効果のほどを知らないはずはなかった。あのとき、きみがぼくの恋心の激高を恐れたなんてことはなかった。どうしてきみはいまになって、この恋心の激高を自分が恐れているとぼくに思わせたいのだろう。それも、こちらに嫌悪感を催させるようにできているモノにただ触れさせてほしいとお願いしているだけなのに！」

「ああ！　嫌悪感を催すだなんて！　まちがいなく、それとは正反対ですから。聞いてください。もしぼくが娘だとしたら、思うに、あなたを愛さずにはいられないでしょう。でも、男ですから、ぼくの義務はあなたの望んでいるような好意を示さないことです。なにしろあなたの恋心は、いまは自然なものですが、怪物のようにものすごくなりかねません。あなたの情熱的な資質は理性を上回ってしまうでしょう。そしてその理性もまた、いとも簡単にあなたの感覚に協力してしまい、半ばあなたの資質の味方になることでしょう。こうした説明にも教唆的なところがあって、あなたがそんな説明を受けたら、もう自制さえしていられないかもしれません。見つけようがないものを探し求めているあなたは、見つけられるものをなんとか受け入れようとしています。そしてその結果はおそらくひどいことになるでしょう。あなたの性向を考えると、ぼくが男だとわかったからといって急にこちらを愛さなくなるなんてことを、どうして期待できるでしょう。あなたがぼくのうちに見出している魅力が存在しなくなる、とでも言うおつもりですか。男だとわかったところで、おそらく魅力は強烈になるばかりでしょうから、あなたの恋の炎は容赦ないものになり、その恋を充たそうとして、あなたは思いつくかぎりのあらゆる手を使ってみることでしょう。ぼくを女に変えることができる、とあなたは確信するまでになるでしょうし、さらにひどい場合は、自分自身を女に変えられるとさえお思いになることでしょう。あなたの情熱は無数の詭弁を生み、友情という美名で飾って自らの愛を正当化しています。そしてご自分の振る舞いを正当化しようと、その種の破廉恥な言動を山ほどぼくに対して必ず言い立ててきます。ご自分の要求にぼくが従わないと思っているあなたが、殺すぞと言ってぼくを脅す以外に、いったい何を言おうというのですか。なにしろその点について、ぼくのことを従順だとは間違いなくお思いになっていないのですから」

　そんなふうにこの気の毒な哲学者は言葉を並べ立てたが、彼がそうして並べ立てた言葉は、千々に乱れた恋心が精神の能力を迷わせるようなときにやってしまうものだった。きちんと言葉を並べて筋を通すには、恋をしていてもいけないし、怒っていてもいけない。というのもその二つの感情には共通点があって、それらが過度に発揮されると、われわれを、本能に支配され、本能のみにしたがい行動する野蛮人同然にしてしまうからだ。そして残念ながら、この二つの感情のどちらか一方に駆られたときにだけ、ことのほか言葉を並べ立てたくなるわけではないのである。

とっぷりと日が暮れてから、ぼくたちはシニガリアに着き、最上の宿屋に泊まることにした。良い部屋に満足してから、ぼくは夕食を注文した。部屋にはベッドが一つしかなかったので、ぼくはベルリーノにきわめて穏やかな態度で、もう一つ部屋をとって火をおこしてもらってはどうかと訊いた。しかしこちらの驚きを想像していただけるといいのだが、そのとき彼は、同じ一つのベッドで寝ても何らイヤではない、と優しくぼくに答えたのだ。そんな返事をぼくはまったく予期していなかったが、それでも、心を乱していた鬱々(うつうつ)とした気分を一掃するには、その返事が必要だった。これまでの成り行きの大詰めにさしかかっているのがぼくにはわかった。だがぼくは気をつけて、自分におめでとうと祝福を言わないようにした。彼がぼくを受け入れてくれるのか、くれないのか、不確かな状況にいたからだった。とはいえ、彼の主張を何とかしのいだという紛れもない充足感をぼくは感じていた。たとえ自分の感覚と本能にだまされていたとしても、ぼくは充実した克己心を確実に手にしていた。つまり、ベルリーノが男だとしても、まちがいなく彼を尊敬できる。逆に彼が女だとしたら、ぼくは最も甘美な愛情のしるしを期待できると思っていた。

fig.004

ぼくたちは向かい合って食事の席に着いた。夕食のあいだのおしゃべりや態度にしても、美しい目の表情にしても、甘美で官能的な微笑(ほほえ)みにしても、その何もかもがぼくに告げていたのだが、彼はもう、自分自身にもぼくにもつらかったにちがいない役割を演じることにうんざりしていたのだ。

重荷を降ろしたぼくは、なるべく短い時間で食事を切り上げた。二人がテーブルを離れるとすぐに、ぼくの愛すべき連れは夜の明かりをもってこさせ、服を脱ぎ終わると、ベッドに入った。ぼくも遅れずに彼につづいた。あれほど待ち望んだ結末がいかなるものになったか、読者はおわかりだろう。しかしとにかくぼくは、こちらを待ち受ける夜と同じくらい幸せな夜を願いながら、彼におやすみなさいと告げたのだった。

ジャン・ジュネ

『泥棒日記』（抄）

（朝吹三吉訳）

「泥棒」「おかま」「裏切者」として放浪しつづけた異能作家の自伝的小説。多岐にわたる「悪人」の男たちとの交情のなかから、やけにセクシーな片腕のクズ男との愛すべきエピソードを抽出。

スティリターノは背が高くて、すばらしい体格をしていた。彼が歩くとき、その足どりはしなやかであると同時に重々しく、潑剌としていてしかも緩やかで、波のように滑らかだった。彼は軽快そのものだった。しかし、わたし――やバリオ・チーノ界隈の淫売婦たち――の心を征服していた彼の絶大な魅力のごく重要な部分をなしていたのは、彼がよく口の中でひとまとめにして片頰から片頰へと移動させ、ときどき、幕を張るように半ばあけた口の前いっぱいに引きのばして見せた、その唾にあったのだ。わたしはよく心の中で、「彼はいったいどこからあんなに白い、ねっとりとしたのを引出してくるのだろう？　おれのはいくらやっても、あの色とあの粘っこさにはなりはしない。透明で、薄っぺらで、吹きガラスみたいなものだ」と思うのだった。したがってわたしが心の中で、彼がこの極上の物質を、わたしがひそかに喉頭膜とよんでいた、このたぐい稀な蜘蛛の網を、わたしのために塗りつけてくれたときの、彼の男根はどんなだろうと想像したとしても別に不思議はないだろう。彼は、ひさしの折れたねずみ色の古ぼけた鳥打帽(ハンチング)をかぶっていた。それは彼がわたしたちの部屋の床の上に脱ぎすてると、とたんに翼の折れた哀れな鷓鴣(しゃこ)の死骸(しがい)となったが、彼がそれを少し横っちょにしてかぶっているとき、その折れ曲ったひさしは、世界一の金髪の房を見せるために、誇らかに身を反らしていた。さらに彼の美しい眼(め)についても語るべきだろうか、――彼はその明るい眼をつつましげに伏し眼がちにしていたが（それにもかかわらず、スティリターノについては「あいつの態度は不遜(ふそん)だ」と十分言うことができた）、それらの上にかぶさる睫毛(まつげ)と眉(まゆ)は実に明るい金色で、光に満ち、しかも実に密生していて、夕方の影ではなく、悪の影を落していた……。いずれにしろ、わたしが港で、船の帆が、帆柱を目がけて、小刻みに、断続的に、いかにも苦しげに、初めはためらいながら、しかしやがて敢然と拡(ひろ)がりそして昇るのを見るとき、あのように心が激しく騒ぐのは、もしそこにスティリターノへと向うわたしの愛の動きの表徴(しるし)を見るからでないとしたら、ほかになんの理由があろう。わたしは彼をバルセロナで知ったのだった。彼は乞食(こじき)や泥棒や男娼(だんしょう)や淫売婦たちに混って暮していた。彼は美しかった。が、この彼の美しさが、当時わたしが惨(みじ)めな状態にいたせいかどうかは、読者の判断に待たなければならないだろう。――わたしの衣服は垢(あか)に汚れた見るも哀れなものだった。わたしは始終空腹で寒い思いをしていた。それはわたしの生涯（しょうがい）でいちばん惨めな時期であった。

一九三二年。当時スペインはいたるところに寄生虫、つまり、乞食の群れがうようよしていた。乞食たちは村から村へと移り歩き、暖かかったのでアンダルシアへ、富んでいたのでカタロニアへとゆくのだったが、その他どこでも国じゅうが我々には暮しよかった。わたしは、要するに、そうであることを自覚した一匹の虱（しらみ）だったのだ。我々バルセロナでは、我々はおもにメディオディア街とカルメン街に巣食っていた。我々はときには一つの寝台に六人も一緒に敷布（シーツ）なしで眠り、夜が明けるやいなや市場へ物乞いに出かけていった。初めは一団となってバリオ・チーノ区域を出発し、パラレロ大通りに着くと、そこでばらばらに分れて、めいめい腕に籠（かご）をぶら下げながら物乞いを始めるのだった。というのは、買出しのおかみさん連は小銭よりねぎとか大根などをくれることが多かったからだ。正午（ひる）になると我々は引上げ、収穫物でごった煮をこしらえるのだった。わたしがこれから述べることは、いわば虱の習性である。わたしはバルセロナで、二人の男のうち、より多く愛しているほうが片方に向って、「今朝はおれが籠を下げてくよ」と言うのが常だった、幾組もの男同士の一対（カップル）を親しく見たのだ。

そして、言ったほうの男は手提籠を持って出てゆくのだった。ある日、サルヴァドールがわたしの手から優しく籠をもぎ取って、言った、

「お前のかわりに物乞いしてくるよ」

雪が降っていた。彼はぼろぼろに破れた上着――そのポケットはどれも縫い目がほころびて、垂れ下がっていた――と、汚れのために硬(こわ)ばったシャツという服装(なり)で、凍(い)てついた街へ出ていった。サルヴァドールの顔は貧相で、悲しげで、卑屈で、蒼白(あおじろ)く、そして、寒さがあまりひどくて我々は顔を洗う気になれなかったので、垢だらけだった。正午頃(ごろ)、彼は野菜と膩身(あぶらみ)を少しばかり持って帰ってきた。ここでわたしは早くも、そのたびにわたしに美を啓示してくれた、胸が張り裂ける感動――わたしは危険をも顧みずそれらを惹起(じゃっき)させるだろうから、恐るべきものでもある、そうした感動――の一つについて記すことになる。そのとき、量り知れないような愛――それは同時に同胞愛でもあった――がわたしの胸いっぱいに満ち、わたしはサルヴァドールに向って無我夢中で駆け寄った。その朝、彼が出ていってから少しして木賃宿(ホテル)を出たわたしは、彼が女たちに哀れっぽく訴えているところを遠くから見ていたのだ。すでに何人かほかの男のために、またわたし自身のために、物乞いをしたことがあったので、わたし

はその場合の定り文句を知っていた。この言葉は、キリスト教を慈悲にまじらせ、貧者と神とを混同する。それは、このうえなく謙虚な心情の流露なので、それを述べる乞食の、ほのかに白いまっすぐな吐息に菫の香りを与えるのではないかと思われる。当時、スペインのいたるところで乞食たちはこう言っていたのだ、

「お慈悲を」〔神様のために〕

それは実際には聞えなかったが、わたしはサルヴァドールが一軒一軒野菜売りの前に立ち止って、また彼のそばを通る一人一人のおかみさんに向って、この文句を呟くのを想像裡に聞いたのだ。わたしは、女衒がその商売道具である街娼をじっと見守るように、彼を見守っていた、が、ただ、わたしの心にはなんと愛がこもっていたことだろう。このようにわたしは、スペインとわたしの乞食の生活によって、汚辱の豪奢を知ったのだった、――豪奢と言うわけは、こうした垢にまみれた、侮蔑された人間を美化するには多大な誇り（つまりは、愛）が要ったからだ。また、それには多くの才能も必要だった。これは徐々に獲得した。この精神の操作がどのようにして行われたかを述べることは不可能だが、少なくとも、わたしがこの哀れな生活を自ら求めた一つの必要事と見なすように自分自身を強制した、と言うことはできる。わたしは一度でも自分の心の中でこの生活をそれが実際にそうである以外のものに変えようとし

たことはなかった。わたしはそれに化粧を施したり、仮面をかぶせようとしたのではなく、反対に、それをそのありのままの汚穢の姿において確立しようとしたのであり、やがて、わたしにはもろもろの汚穢の表徴が偉大さの表徴となった。

いま、こうしてこれを書きながら、わたしはわたしの恋男たちのことを思う。わたしは彼らの肉体がわたしのワセリンに、このかすかに薄荷の匂いのする滑らかな物質に、塗れている姿を夢想する。彼らの筋肉が、それなしでは彼らの最愛の付属物でさえその美しさがうすれる、あの微妙な透明さの中に輝く姿を思う。

聞くところによれば、手なり脚なり、我々の身体の突出器官の一つが欠けると、残ったものが強大になるということだ。わたしはスティリターノの切断された腕の活力が彼の性器に凝集されているだろうとひそかに期待していた。長いあいだわたしは、頑丈な、どんな厚かましい仕業でもやりかねない、棍棒のような器官を脳裡に想い描いていた。もっとも、初めのあいだは、それについてわたしに知ることができた唯一の点がひどく気になっていた。それは、彼の水色の木綿のズボンの左腿のところに、たった一本ではあったが妙にはっきりと刻まれていた皺(しわ)なのだった。この些細(ささい)な点はもしそれだけだったら、あれほどまで執拗(しつよう)にわたしの夢想にとり憑(つ)きはしなかっただろうが、スティリターノは何かというとそこへ左手をもっていき、スカートをつまんで会釈(えしゃく)をする貴婦人たちのように、優雅なしぐさでその部分の布をつまんでは、この皺に注意を向けさせるのだった。この男は一度として冷静さを失ったことはないと思うが、わたしの前では特別落着きはらっていた。そして、横柄(おうへい)な薄笑いを浮べながら、しかしいかにも無頓着(むとんじゃく)そうに、わたしが彼に愛を捧(ささ)げる様子を眺(なが)めていた。彼がやがてわたしを愛するようになることは疑いえなかった。

サルヴァドールが手に籠を下げて我々の木賃宿(ホテル)の中にまだ入らないうちに、わたしは、あまりにも感動していたので、道の真ん中で彼を抱擁してしまった。ところが彼はわたしを押しのけた、

「馬鹿(ばか)な真似(まね)をするなよ！　みんなにおかまだと思われちまうじゃないか！」

彼は毎年のように〔フランス領内〕ペルピニャン付近の田舎へ葡萄(ぶどう)の収穫の手伝い仕事をしに行っていたので、フランス語がかなりよく喋(しゃべ)れたのだ。わたしは心を傷つけられて、彼から身体を離した。彼の顔は紫色だった。冬、畑から引抜いてくるキャベツの色。彼は微笑(ほほえ)みさえしなかった。彼は憤(おこ)っていたのだ。心の中でこう考えてい

たにちがいない、「これじゃあなんのためにあんなに早く起きて雪の中で物乞いしたのかわかりゃしない。ジャンの奴(やつ)はまだ人前を考えることができないんだ」彼の髪の毛はもじゃもじゃで、すっかり濡(ぬ)れていた。窓ごしに顔がいくつもこっちを見ていた。というのは、ホテルの階下は街路に面した広い飲食店(キャフェー)になっていて、部屋へ上がるのにもそこを横ぎらなければならなかったのだ。サルヴァドールは袖(そで)で顔をぬぐって、中に入っていった。わたしはちょっとためらったが、あとからつづいて入った。わたしは二十歳だった。もし二十(はたち)という年齢がひと滴(しずく)の涙の明澄(めいちょう)さをもっているとすれば、どうしてわたしは、鼻の先に落ちそうになっている滴をも、それに対すると同じ感激をもって飲まないわけがあろう。わたしはその頃はすでにそれが平気でできるくらいに汚穢復権の道を進んでいたのだ。事実、もし、サルヴァドールを激昂(げっこう)させる心配さえなかったならば、そのキャフェーの中でそうしていただろう。しかし、彼は鼻汁(はな)をすすった。そしてわたしには彼がその洟(はなみず)を呑(の)みこんでしまったのがわかった。彼は籠を腕に下げたまま、乞食やならず者たちのあいだを通り抜けながら、共同炊事場の方へ進んでいった。わたしは彼の背後からついていった。

「いったい、どうしたのさ」とわたしは言った。

「お前が人目にたつことをするからさ」

「何がいけないんだい」

「あんなふうに抱きつく奴があるもんか。歩道の真ん中でさ。でも今晩なら……」

彼はこう言うあいだも絶えず無愛想な仏頂面をして、冷然とした態度を変えなかった。わたしは、ただ彼に感謝の気持を伝え、わたしの哀れな愛情で彼を温めてやろうということしか念頭になかったのだが。

「え？ いったいあれをどうとったんだい」

誰かが謝りもしないで彼を押しのけて通り、彼をわたしから離してしまった。わたしは彼について炊事場へ行くのをやめ、ちょうど一人分の席が空いていたので、ストーヴのそばのベンチの方へと歩いていった。わたしは、力強い男らしい美に夢中だったのだが、しかし、どういうふうにしたら自分が、この、ごくつまらない連中にさえ侮られていた、虱だらけの醜い乞食を愛せるようになれるか、彼の瘦せて骨ばった尻に惚れこむことができるかということについてはたいして心配しなかった……でも、もし運悪く彼がみごとなお道具を持っていたら？

サルヴァドールは一度としてわたしに誇らしい思いをさせてはくれなかった。ときどき窃盗を働いたとしても、それは店先の細々した品物にすぎなかった。夕方、彼は我々の仲間が大勢集まるキャフェーに入ってきて、すばらしい兄ちゃんたちの間をこそこそとかきわけて隅の方へもぐり込むのだった。彼にはこうした生活は荷が勝ちすぎていて、すっかり消耗していた。わたしのほうが後から帰ってくると、わたしは彼が隅のベンチの上に身体を縮めてうずくまって、緑と黄色の木綿の蒲団で肩のまわりをしっかりと包んでいるのを見て、いつも恥ずかしい思いをしなければならなかった。彼は北風が吹くような日にはそれを身に纏って物乞いに出かけていった。このほかにも彼は黒い毛糸の肩掛けを持っていて、わたしに貸してくれると言ったが、わたしはあくまで断わった。というのも、わたしの精神は卑下に耐えたばかりでなく、それを願いさえしたが、若く、暴々しいわたしの肉体は屈辱を拒んでいたのだ。サルヴァドールは力のない哀れな声で、ぼそぼそと話しかけてきた。

「フランスへ帰る気はないかい? 田舎で働いて暮そうや」

わたしはいやだと言った。彼にはわたしがフランスに対して嫌悪――憎悪ではない――をいだいていたことも解らず、また、わたしの冒険が、当時地理的にはバルセロナにとどまっていたとしても、わたしの裡の最も奥深い場所では、深く、ますます深く、フランスでつづけられていたはずだということも解らなかったのだ。

「おれがひとりで働くのさ。お前は、ぶらぶらしてりゃいいよ」

「いやだ」

わたしは彼をそのお定りのベンチの上に、その無気力な貧寒さの中に、放っておくことにした。そして、アンダルシア生れの男で、その汚れた白いジャケツが逞しい胸部と両腕をいっそう際立たせていた傲岸な若者のそばで、昼間のあいだに拾い集めた煙草の吸殻を喫うためにストーヴか、カウンターの方へ行った。サルヴァドールは、よく年寄りがやるような工合に両手をこすり合せた後、腰掛から立ちあがって、共同炊事場へ行き、ごった煮の支度をしたり、魚を鉄網で焼いたりするのだった。あるとき、彼はわたしにウエルバまで南下してオレンジ摘みの仕事をしようと言った。それは彼がその日わたしのために物乞いに立っているあいだにあまりひどくあしらわれて屈辱を受けた腹いせに、わたしに向って、ダンス場『クリオラ』でなぜそんなに少ない稼ぎしか得られないのかと非難した晩だった。

「まったくのとこ、お前がお客をくわえこむときは、お前がそいつに払わなけりゃならないらしいな」と彼は言った。それから二人で激しく言い合いをしたあげく、その場に居合せたホテルの主人から出ていってくれと言われてしまった。それでサルヴァドールとわたしはその翌日なんとかして毛布を二枚盗んだうえ、南部へ行く貨物列車にひそかに乗りこむことにした。ところが、わたしは我ながらうまくやったと思うのだが、その晩のうちにある重騎兵の頭巾(ずきん)つきマントをまんまと持ち帰ったのだ。わたしがなんの気なしに波止場の近くを通っていると、そのあたりを警備していた重騎兵の一人に呼び止められた。わたしは詰所の中で彼がしろと言うことをした。その後で、彼はなんのためか、ことによったらわたしに面と向って言えずに街路の水道栓(すいどうせん)で身体を洗おうとしたのかもしれないが、とにかく、ちょっと待ってろと言って出ていったので、わたしは大急ぎで彼の大きな黒羅紗(くろらしゃ)のマントをかかえて逃げてしまった。それを着こんでホテルに帰ってゆきながら、心の中でわたしは不誠実な行為が与える快感を味わっていた。それはまだ裏切りの歓(よろこ)びではなかったが、しかしすでにいつともなく、やがてわたしに善・悪の基本的対立を否認させるようになった、混淆(こんこう)の状態がわたしの内部に確立されていたのだ。キャフェーの入口をあけると同時に、サルヴァドールの姿が眼に入った。それはこの世で最も惨めな乞食の姿だった。彼の顔は、キャフェーの床に敷きつめてあった、おが屑(くず)と同じ質のものであり、ほとんど同じ物質でできてさえいた。次の瞬間、わたしはトランプのロンダ遊びをしていた連中の真ん中に、スティリターノが立っているのに気がついた。二人の視線が合った。彼の眼はそのまましばらくわたしに注がれ、わたしは思わず顔を赤らめた。わたしがマントを脱ぐやいなや、人々がそれに値をつけはじめた。スティリターノはまだ加わりはしなかったが、この情けない取引のありさまを眺めていた。

「ほしいなら、早くしてくれ。早いとこ決めてくれ。あの重騎兵の奴がおれを捜しに来るに決ってる」と私は言った。

人々は少し急ぎはじめた。こうした理由はそこの連中にとって決して珍しくなかったのだ。わたしが人々に押されて彼のすぐそばへ行ったとき、スティリターノがわたしにフランス語で言った。

「お前さんパリ生れかい」

「うん。なぜ？」

「なぜでもないさ」

話しかけてきたのは彼だったが、それにもかかわらず、返事をしたときわたしは、性倒錯者が思いきって若い男に話しかけるという行為の、あのほとんど絶望的な気持を初めて知ったのだった。わたしは心の動揺をごまかすために、急いだので息切れがしているということや、事態の急迫を利用することができた。

「よくがんばったね」

わたしにはこの讃辞（さんじ）が巧妙に計算されたものであることが判（わか）っていたが、しかしそのとき、並みいる乞食たちの中で、スティリターノは（まだ彼の名前は知らなかったが）なんと美しかっただろう！ 彼の片方の腕は布で吊（つ）ってあるかのように胸のところで曲げられていて、その突端はぐるぐると大きく包帯されていたが、わたしはそこにじつは手が無いことを知っていた。とはいえ、スティリターノはそのホテルのキャフェーでも、またその街でさえも決して平生見かける顔ではなかったのだ。

「で、そのマントだが、おれだったらいくらにしてくれる？」

「ほんとに払ってくれるの？」

「あたりまえさ」

「何で？」

「心配なのか？」

「あんた、何人（なにじん）？」

「セルビア人さ。こないだまで外人部隊にいたんだ。脱走兵ってわけさ」

急に張りつめていた気持が弛（ゆる）んだ。崩れるように溶けていった。感動のあまり、わたしの内部は空っぽになり、すぐにある婚姻の情景の記憶によって満たされた。わたしはあるダンス場で兵隊同士がワルツを踊っているのを眺めていたのだ。突然、その二人の外人部隊（レジオン）の兵士が、眼に見えない存在と化したように思われた。二人の感動が魔術をかけたのだ。彼らの踊りが『ラモナ』の曲の始まりから貞潔だったとしても、二人が我々の眼の前で、互いに金の指輪を嵌（は）め合うように、微笑を交わして結ばれたとき、それは相変らず貞潔のままつづけられただろうか……。この「結ばれた軍人（レジオン）たち」は、眼に見えない僧侶（そうりょ）の、夫婦（めおと）の固めの言葉の一つ一つに対して「然（しか）り」と誓っていた。彼らは同時に、白い式服のヴェールに包まれ、そして晴れの軍装（白い革具と、緋（ひ）と緑の飾り緒）をつけた一対（カップル）であったのだ。彼らはためらいがちに、両者（ふたり）の雄々しい愛情と花嫁の羞（は）じらいとを伝え合っていた。そして、感動をその極点において保つために、ますます軽やかに、ますますゆるやかに円舞（ワルツ）をつづけていった——そのあいだ、長い行軍によって痺（しび）れた彼らの性の表徴が、剛（かた）い麻布の障壁の背後で、誰憚（はばか）ることない姿で、迫り合い、挑（いど）み合っていた。彼らの軍帽の漆革（うるしがわ）のひさしの突端が、小刻みに、互いに小突き合っていた。……わたしはすでに自分がスティリターノに支配されていることを知った。わたしはごまかそうとした。

「それだからって、あんたが払えるとは限らないぜ」

「まあおれを信じてくれ」

このように雄々しい顔が、このように姿のいい肉体が、わたしに信頼を求めていたのだ！　サルヴァドールがわたしたちの方を見ていた。彼の顔付は、彼が、わたしとスティリターノの心が結ばれたということを、そしてわたしたちによって、彼が失寵し、棄てられる運命となったことに気づいていることを語っていた。そのとき、残忍で純真無雑な状態にあったわたしの裡で、また夢幻劇があらたに始まっていた……。ワルツが終ったとき、二人の兵士は互いの腕をほどいて身体を離した。そして、あの思慮を欠いた、荘厳な一塊を形成していた二つの半身は、一瞬ためらい、それから、ふたたび目に見える姿に戻ってホッとした面持ちで、しかも虚ろな悲しみを表わしながら、それぞれ次のワルツの相手となるべき女の方へ向って歩きだした……

「じゃあ、二日のうちに払ってくれればいいや」とわたしは言った。「どうしても金が要るんでね。おれもやっぱり外人部隊にいたんだぜ。だけど脱走しちゃった。あんたみたいに」

「よし、請け合うよ」

わたしは彼にマントを差出した。彼はその片方しかない手でそれを受取って、すぐにまたわたしに返した。そして微笑いながら、しかし有無を言わさぬ調子で、

「丸めてくれ」と言い、それから、からかうような顔をしてつけ加えた、「そのうちいつか、お前のも丸めてもらうかな」

に、言われたとおりにした。マントはただちにホテルの主人の秘密の物入れの中に姿を消してしまった。わたしの顔がこの些細な盗みのためにいささか輝いていたのか、それともただスティリターノが優しい態度を示したかったからなのかは知らないが、彼はさらにわたしに、
「スリッパを丸める」*という俗語は先刻ご承知と思う。わたしは狼狽を面に表わさず
「どうだい、一杯おごってくれるかい、ベル・アベスの古参兵に？」**と言った。葡萄酒一杯はそこでは二スーだった。わたしはポケットに四スー持っていたが、それはさっきから絶えずこちらを見ているサルヴァドールに借りている金だった。
「おれ、いま文無しなんだ」と、スティリターノが誇らしげに言った。

スティリターノは微笑した。そしてわたしをからかった。

「おれを馬鹿にしてるんだね？」

＊訳注　舌を丸めて差入れながらキッスをするの意味。
＊＊訳注　当時の仏領アルジェリアにある外人部隊の師団所在地。

「いくらかね」と彼は言った。

「結構なご身分だよ」

彼はまたニヤリと微笑って、眼を丸くして見せた。

「何がさ」

「あんたはちゃんと自分が好い男だってことを知っているんだ。だから誰でも馬鹿にしていいと思っているんだろ」

「おれには権利があるのさ。生れつきおれは情に厚い男なんでね」

「それほんと？」

彼はいきなり大声で笑いだした。

「ほんとさ。こいつだけはまちがいなしだ。おれがあんまり親身なもんで、ときどきどうしてもくっついて離れねえなんて奴ができるくらいさ。そういうときはそいつをむりやり離れさせるためにうんと汚ねえ真似をしてやるんだよ」

「たとえば、どんなこと」

「知りたいのかい。まあ待ってろよ、そのうちほんものを見せてやるからな。ゆっくりとどんなことだか解らせてやるよ。それより、お前さん、今晩どこで寝る気だい」

「ここだよ」

「そりゃ駄目だ。警察が捜しはじめるに決ってる。そうすりゃここには真っ先にやってくる。おれんとこに来な」

わたしはサルヴァドールに、その晩はホテルに泊ることはできないこと、さいわい、外人部隊の先輩が彼の部屋に泊れと言ってくれた、と言った。彼はさっと蒼ざめた。彼の苦痛のつつましさを見て、わたしは疚しい気持になった。わたしは良心の呵責を感じないで彼と別れるために、彼を罵倒してやった。彼はわたしを献身的に愛していたので、わたしにはそれができたのだ。彼の、悲しみに打ちひしがれていると同時に哀れな弱者の憎しみをも湛えた眼差しに対して、わたしは「おかま」という言葉で応えた。そして、そとで待っていたスティリターノのもとへ行った。彼のホテルはその界隈のなかでも最も薄暗い袋小路にあった。彼は数日前からそこに住んでいたのだ。歩道に面した入口から外廊下に入り、その先にある階段を通って各部屋に行けるようになっていた。外廊下の途中で彼はわたしに訊いた。

「どうする、しばらく一緒に暮すかい」

「うん。あんたさえよければ」

「それがいい。一緒のほうが何かと都合がいいだろう」

内廊下の扉の前に来たとき、彼はまた言った。

「マッチをよこしな」

わたしたちはもうわたしたち二人のために一つのマッチ箱しか持たない仲になったのだ。

「空（から）なんだ」とわたしは答えた。

彼は舌打ちをした。スティリターノはわたしの手をとった。わたしが彼の右側にいたので、彼は手をわたしの背中のうしろから回していた。

「さあ、おれについてきな。静かにするんだよ。この階段はやけに音をたてやがるからな」

彼は一段一段、わたしを導いていった。わたしはわたしたちがもうどこを歩いているのかわからなくなっていた。わたしは一人の驚くほどしなやかな勇者に連れられて闇（やみ）の中を進んでいた。アンティゴーヌよりもいっそう古代的な、よりギリシア的な一人の「アンティゴーヌ」に導かれて、わたしは暗い、嶮（けわ）しい、磔刑（カルヴェール）への道を一歩一歩よじ登っていたのだ。わたしは信頼しきってわたしの手を委（ゆだ）ねていた、そしてときどき、岩や樹（き）の根につまずいたり、また、足を踏みはずすのが恥ずかしかった。

夜の中をスティリターノに手をとられながら、わたしは悲劇の相を帯びた空の下で、この世の最も美しい風景のすべてを遍歴し尽したように思われる。あのとき、彼からわたしに流れこんで、わたしの裡である種の放電を起させていた流動体はどんな種類のものだったのだろうか。わたしは危険な岸辺に沿って歩き、荒涼とした野原に分け入り、潮騒を聞いた。わたしが彼に触れるやいなや階段は変貌していた、——彼は世界を意のままにする支配者だったのだ。わたしは、これら束の間に過ぎ去った瞬間の思い出によって、わたしが決して行くことのない国々で行われる散歩や、息をはずませた遁走や追跡などについて述べることができるだろう。

わたしは、わたしを凌ってゆく男にかかえられて夢幻の境を翔っていたのだ。

「彼はおれのことをぐずと思ってるにちがいない」とわたしは考えた。

しかし、彼は優しく、辛抱強く、わたしに力をかしてくれていた。そして、彼がわたしに音をたてないようにと言ったことや、また、彼がわたしたちの初めての夜であったその夜を何かしら秘密な雰囲気で包んでくれたため、わたしはちょっとのあいだ、彼もわたしを愛しているのではないかと思った。そのホテルの内部には、バリオ・チーノ界隈の他の家と少しも変らぬ臭気が漂っていたが、この家の凄まじい匂いは、わたしにとっては、いまに至るまで恋の匂いとしてばかりでなく、優しさと信頼の匂いとして残っている。スティリターノの匂い、彼の腋の下の匂いや口の匂いを、わたしの嗅覚が思い出すとき、なにかの拍子でそれらを不安になるほどの現実味をもって身のまわりに感じるとき、それらはわたしに最も無謀な大胆さを与えるように思われるのだ（わたしはときどき夜どこかで若者と知り合って、一緒に彼の部屋へ行くことがある。階段の下まで来ると、というのはそうした我が愛する無頼の友たちは皆、怪しげな安ホテルに住んでいるからだが、その若者はきまってわたしの手をとる。そしてスティリターノと同じように巧妙にわたしを導いてくれる）。

「気をつけて」

彼は、このわたしにとってあまりにも甘美な言葉をささやいた。二人の腕の位置の工合でわたしは彼の身体にぴったりとついていた。一瞬、わたしは弾力的に動いている彼の尻に触れた。わたしは慎みを欠くような気がしたので、少し身体を離した。我々はさらにのぼっていったが、その狭い階段の片側の薄い仕切り壁を隔てて、その安ホテルの淫売婦や、泥棒や、男娼や乞食などが眠っているはずだった。わたしは父親に注意深く手を引かれて進む子供であった（現在のわたしは、子供に手を引かれて、愛に向って進む父親なのだ）。

五階までのぼって、やっと彼の狭い貧しい部屋に足を踏み入れた。いまにも息がつまるような気がした。わたしは愛していたのだ。スティリターノは、その後、パラレロ通りの酒場などで、わたしを彼の仲間の連中に引合せた。しかし誰一人わたしが男を好む人間だということには気がつかないようだった。それほどバリオ・チーノには男娼の数が多かったのだ。わたしたちは二人でいくつか危険のない荒稼ぎをやって、食うために必要なものを得た。わたしは彼と一緒に住み、彼の寝床に寝るようになったが、この逞しい若者は世にもデリケートな恥ずかしがりだったので、わたしはついに一度も彼の全姿を見ることはできなかった。もしわたしがあれほど熱烈に彼から得たいと思っていたものを獲たとすれば、スティリターノはわたしにとってやはり、魅力ある揺ぎのない支配者でありつづけただろうが、しかし、その力強さと魅力をもってしても、あらゆる種類の男らしい男——兵士、水兵、投機師、泥棒、犯罪者——へのわたしの欲望を十全に満足させることはできなかったろう。けれども、わたしにとって触れえない存在であったため、彼はいまあげた、わたしを圧倒する男たち全部を含む主表徴となったのだった。要するにわたしは純潔のままだった。彼はときどき残酷にも彼のズボンのボタンをはめることをわたしに要求した。そのたびにわたしの手はふるえた。彼は何も気がつかないような顔をして、面白がっていた（わたしはもう少し先で、わたしの手の特性と、このふるえの意味について述べるつもりでいる。インドでは、人でも物でも、聖なるものと不浄のものはすべて「不可触のもの」とよばれるのは決して理屈のないことではないのだ）。スティリターノはわたしが何でも彼の命令どおり動くのを喜んでいて、わたしのことを彼の右腕として友達仲間に紹介していた。彼の切断された手は右手だったので、わたしはうっとりとしながら、そうだ、おれはまさに彼の右腕なのだ、彼の最も力強い突出器官の役目を引受けるものなのだと、繰返し自分に言いきかせていた。彼はカルメン街の淫売婦のなかに誰か情婦を持っていたかもしれないが、わたしには判らなかった。彼は男娼たちに対する彼の軽蔑をことさら強調するふうがあった。こういう状態で、五、六日過ぎた。

ある晩、ダンス場『植民地生れの女（クリオラ）』にいたとき、淫売婦の一人がわたしに、すぐに立ち去るようにと言った。彼女の話によると、重騎兵が一人やってきて、わたしを捜していたというのだ。それは明らかに、先夜わたしが初めまず満足させてやり、その後でかっぱらった男にちがいなかった。わたしはホテルに帰った。スティリターノにそのことを知らせると、彼は、話をつけてくると言って出ていった。

スティリターノは夜もだいぶ更（ふ）けてから帰ってきて、すっかり話をつけてきたと言った。彼は重騎兵に会ってきたのだ。

「これでもう彼奴もお前にとやかく言うまい。万事片がついた。お前もいままでどおり平気で出歩けるよ」

「で、あのマントは？」

「あれはおれが預かっとく」

わたしはその夜、わたし自身は当然仲間に入れてもらえるはずもなかった、下劣さと誘惑との混り合ったある怪しげな行為が行われたにちがいないと感じたので、このことについてはそれ以上たずねなかった。

「さあ、やりな！」

彼はその残っているほうの手で、わたしに、衣服を脱ぎたいということを知らせた。それで、わたしは毎夜のように葡萄の房をはずすために身を屈めた。

彼は、薄い繊維で作られ、中に綿の詰った、作り物の葡萄の房をズボンの内側にピンでとめて付けていたのだ（この実はすももほどの大きさのもので、当時この国の伊達女たちはそうした葡萄の房を、広い、つばのしなう、麦わら帽子につけていた）。『クリオラ』で、男色家がその膨らみに興奮して、彼のズボンの前のところを手で触るたびに、その指先はこの物体に出くわして、それを正真正銘の彼の宝物の房であると思いこんでいたその枝に、滑稽にも余りにも多くの実がぶら下がっているので、ギヨットとなって縮みあがるのだった。

『クリオラ』は男娼ばかりが集まるダンス場ではなかった。そこでは、女の服装をした若い男たちと共に、女たちも踊っていた。淫売婦たちは自分のひもやお客をつれてきていた。スティリターノも、もし男色家(ペデ)たちに唾(つば)をはきかけるようなことさえしなかったら、莫大(ばくだい)な金をもうけていただろう。しかし彼は男色家(ペデ)を軽蔑していたのだ。そして上述の葡萄の房を使って男色家たちに怨(うら)めしい思いをさせて悦(よろこ)んでいた。この悪戯(いたずら)は数日間つづいた。ところで、その夜わたしは彼の水色のズボンに安全ピンで留められたこの房を外したのだが、いつものようにそれを煖炉棚(だんろだな)の上に置くかわりに、笑いながら（というのは、こうしている間じゅう、わたしたちは冗談を言っては大声で笑っていたから）わたしは両手の中にそれを入れて、思わず頰に押し当てた。わたしの頭上で、スティリターノの顔が突然ものすごく歪(ゆが)んだ。

「やめろ！　助平野郎」

わたしは、彼のズボンの前をあけるためにしゃがんでいたのだが、スティリターノのこの激しい怒りは、わたしを、それまでいつもそうしたいと思っていたように、彼の前にひざまずかせてしまった。それは、わたしが彼に対して、我しらず心の中でとっていた姿勢だったのだ。わたしはそのままじっとしていた。スティリターノは、彼の両足でわたしを蹴り、一つしかない拳でわたしをなぐった。わたしは逃げ出すこともできたのだが、そこに動かずにいた。

「鍵はドアについている」とわたしは考えた。猛烈な勢いでわたしを蹴りつけている二本の足が形づくる直角形のあいだから、鍵穴にささった鍵が見えていた。そしてわたしはできることなら、わたしをわたしの拷問者と一緒に閉じこめるために、その鍵をしっかりと二重にかけたいと思った。しかし、わたしは彼がなぜこの程度のことをそれほど激しく怒るのか、その理由を知ろうとは努めなかった、というのは、わたしは心理的動機というものはほとんど気にかけない性質だったからだ。一方スティリターノは、この日以来葡萄の房を吊すことをやめてしまった。明け方近く、彼より前に部屋に帰ってくるとき、わたしはひとりで彼を待っていた。あたりの静けさの中で、毀れた窓ガラスのかわりに張ってあった、黄色く褪せた古新聞紙がかすかな神秘的な音をたてていた。

「なんて微妙なんだろう」とわたしは思った。

わたしは多くの新しい言葉を発見していたのだ。部屋とわたしの心の静寂の中で、スティリターノへの待望の中で、このかすかな音はわたしを不安にした。というのは、わたしがその意味を理解する前に、ごく短いが、息づまるような焦慮の時が過ぎるからだ。いったい、誰が——あるいは何が——この貧しい者の部屋の中で、このようにひそやかに自己の存在を告げているのだろうか。

「あれはスペイン語の新聞紙だ」と、わたしはさらに思うのだった、「そいつのたてる音の意味が判らないのは当り前だ」わたしは異郷に在る思いをひしひしと感じ、そして神経の昂(たか)ぶりが、わたしを、——ほかに適当な言葉がないため——わたしが詩情(ポエジー)とよぶものに滲透(しんとう)されやすい状態にするのだった。

しばらくのあいだ、煖炉の上で、葡萄の房はわたしにせつない思いをさせていた。ある晩スティリターノは急に立ちあがって、それを便所に捨ててしまった。彼がその房をつけていたあいだも、彼の美しさはそれによって少しも損われはしなかった。それどころか、夜、彼がそれをつけて出るとき、この房は多少彼の邪魔をして、彼の両脚を軽く外側に彎曲(わんきょく)させ、彼の歩みに円みをおびた、優しいぎごちなさを与えるのだった。そして、前でも背後(うしろ)でも、彼がわたしの身近に歩いているとき、それを準備したのはこのわたしの手なのだと思って、わたしはなんとも言えない悩ましさを覚えるのだった。わたしがスティリターノに愛着したのは、この房の持つ、人を惑わさずにはおかぬ力のせいだったと今でも信じている。

わたしは、慎重を期して、この葡萄の房の不思議な着用についてあれこれと解釈を

fig.005

施すつもりはないが、しかしわたしとしてはスティリターノを、自己嫌悪に陥った男色家だと推定したい気持がある。

「彼は彼をほしがる者たちを戸惑わせ、傷つけ、厭(いや)がらせたいのだ」と、わたしは彼のことを思うとき、よく考える。それについてさらに厳密に夢想するとき、この考えはわたしの心をいっそう乱れさせる——そしてわたしはこの考えから実に多くの収穫を引出すことができる——つまり、スティリターノは彼の手首までしかない腕を軽蔑から救うことを目的として、その肉体の最も高貴な部分——彼のその部分がじつに見事だったことをわたしは知っている——のために造りものの欠陥(きず)を買ったのではないか、ということである。ところで、この卑猥(ひわい)な術策(ごまかし)を述べたことによって、わたしはふたたび乞食たちと彼らのきずについて語ることとなる。彼らにおいては、それを告げ、それを忘れさせる肉体の実際の、あるいは見せかけのきずの背後に、より秘密な心のきずが隠されているのだ。次にそうした秘密のきずを挙げる。

むし歯、

臭い息、

切断された手、

足の悪臭、

これらのものを隠すために、そして我々の自恃（じじ）の念を刺激するために、我々は次のものを持っていた。

切断された手、

つぶれた眼の玉、

義足、義手、等。

失墜の徴（しるし）を身に帯びているかぎり、我々は失墜の状態にあるのであって、我々の裡で目ざめている欺瞞（ぎまん）〔いつわりのきず〕の自覚も、実際にはたいして役にたたないのである。ただ貧窮によって要請された自恃の念だけが活用されていたのであり、我々は最も悪寒を催させるきずを育（はぐく）むことによって、人々の憐憫（れんびん）を挑発（ちょうはつ）していたのである。我々はあなた方の幸福を疚しく思わせるものとなっていたのだ。

〔本文は、ジャン・ジュネ『泥棒日記』（朝吹三吉訳、新潮文庫刊）からの抜粋である。〕

ジョリ゠カルル・ユイスマンス

『さかさま』（第九章より）

（森井良訳）

十九世紀末、パリ郊外で「ひきこもり」生活に興じる貴族の青年。あるとき精力の減退に気づき、昔の愛人たちの記憶を呼び出して回復を図ろうとするのだが……突如はじまるデカダンの「ＢＬ」。

〔デ・ゼッサント公爵は、華奢な体に冷たいブルーの目、顎先に色素の薄いブロンドの髭を生やし、先祖であるアンリ三世の小姓の肖像にそっくりだった。幼い頃から神経質で、三十歳のいまでも俗世間との折り合いがつけられない。人との社交を試みるもことごとく失敗し、コミュ障と金欠をつのらせた彼は、ついに先祖代々の城を売り払う決意をする。引越し先は、パリの喧騒がとどかない南郊のとある村。手にした金に物を言わせて、部屋を思いのままに改造し、お気に入りの珍奇なコレクションに取り囲まれながら、時流に背を向け「さかさま」に生きる悠々自適の一人暮らし——退廃の美学をきわめる者として孤独を愉しむ彼だったが、あるとき甲羅に彫金細工をほどこしたペットの亀が死んだのをさかいに、優雅な退廃が末恐ろしい衰退へと転じてゆく。待ち受けていたのは、神経症と悪夢にさいなまれる日々……〕

# 第九章

悪夢は繰り返しやってきた。デ・ゼッサントは眠るのが怖くなった。ベッドに横たわったまま、何時間もじっとしているほかない。あるときはいつまでも眠れず、かっかと体がほてり、またあるときはおぞましい夢にうなされ、ガバッと飛び起きて目が覚めることもあった。あたかも足を踏み外し、階段を上から下まで転げ落ち、身を支えきれず奈落の底へ一気に呑まれてゆく人みたいだった。

ここしばらく鳴りをひそめていた神経症が、ふたたび息を吹き返し、新たな症状をまとって、前よりずっと激しく頑固にあらわれるようになった。

いまでは毛布さえもうっとうしい。シーツにくるまれば息が詰まり、体じゅうを蟻が這い回っているようで血が煮えくりかえり、腿から爪先までひっきりなしに蚤が咬みついてくる。やがてこうした症状にくわえ、上顎に鈍痛が走るようになり、万力でこめかみを締め上げられているような感覚に襲われはじめた。

彼の不安はつのる一方だった。不幸なことに、逃れられぬこの病を抑えつける方法がない。トイレに水治療法の器具を設置しようとしたが、うまくいかなかった。自宅の標高まで水を引き上げてくることも叶わず、何しろ噴水が一定の時間になってようやくチョロチョロ吹き上がってくるような村だから、水を手に入れることさえ難しく、どれもこれもが彼を諦めさせる理由になった。不眠をやわらげ、落ち着きを取り戻すには、脊髄の関節に水流を勢いよく押しあてるのが唯一効果的な方法なのだが、これもできないとなると、あとは浴室かバスタブで手っ取り早く灌水するしかない。ただ冷水を浴びて、馬の毛で編まれたマッサージ用の手袋で、使用人にごしごしと力まかせに体を擦ってもらうよりほかにしかたがなかった。けれど、こんなごまかしのような水浴びでは、神経症の進行を食い止められるはずもない。せいぜい何時間かの癒しを得られるというだけで、しかもその後にもっと激烈な発作がぶり返してくるのだから、結局は高くついてしまうことになる。

彼は終わりの見えない倦怠におちいった。狂喜してヘンテコリンな花を収集しまくった時期もあったが、いまやその情熱も涸れはてた。花々の構造や色合いにも、とっくにうんざりしていた。しかも、あんなに手間暇かけて世話していたのに、植物の大半は枯れてしまったのだ。枯れたものを全部部屋から出させると、異常なくらい気持ちが昂ぶり、もう見られないことにいらいらして、あの植物たちが占めていた場所のがらんとした風景に、目を痛めつけられた気分になるのだった。

果てもない時間をつぶして気晴らしをするため、彼は版画を収めた厚紙製のファイルにかじりつき、ゴヤのコレクションを整理しはじめた。『気まぐれ（ロス・カプリチョス）』という版画集の第一ステートの何枚かは、すぐにそれとわかる赤みがかったトーンの試し刷りで、だいぶ前に大金をはたいて競（せ）り落としたものだったが、これらを眺めているとたんに機嫌がよくなってきた。画家の気まぐれにしたがって、絵のなかに深く没入し、目の眩（くら）むようなシーンの数々にひたすら夢中になった。猫にまたがる魔女たち、首を吊（つ）った男の目玉をくりぬこうとする女ども、盗賊、淫魔（いんま）、悪魔、小人の群れ……。

それから、エッチングとアクアチントで刷られた版画のシリーズにもすべて目を通した。ぞっとするほど不気味な『箴言（ロス・プロベルビオス）』、あまりにも残忍で猛々（たけだけ）しい戦争の主題、最後に『絞首刑』の版——この見事な試し刷りは彼が大事に保存している宝物で、透かし筋が浮き出た、糊（のり）づけされていない厚紙に刷られていた。

ゴヤの野蛮な想像力、荒々しく狂ったようなその才能に、彼はすっかり魅了されていた。とはいえ、この画家の作品が世間の称賛をすでに勝ち得ていることを思うと、少しばかり興（きょう）がそがれてしまう。彼はもう何年も前から、ゴヤの版画を額に入れて飾ることを諦めていた。なぜなら人目につかせると、真っ先にやってきたバカな輩（やから）が、こういう絵の前では間抜けな感想を漏らして当然だとか、悦に入るための勉強が必要などと、勘違いしかねないからだ。レンブラントについても事情は同じで、彼がその絵を吟味するのはしょっちゅうではなく、折をみてこっそりとだった。実際、この世で最も美しい楽曲が世間に広まり、耐えがたいほど通俗になって民衆に口ずさまれ、巷のオルガンのレパートリーに加えられだしたら、どうであろう。芸術作品がアーティストもどきの関心を引きはじめ、愚か者どもから胡散臭く思われることもなくなり、一部の熱狂を引き起こすだけではおさまらなくなったら、どうなるだろう。玄人の目からしたら、そういう扱いを受けた芸術作品もまた、醜悪で、凡庸で、ほとんど胸糞悪くなるようなものに成り下がってしまうのだ。

そもそも、このように芸術への称賛がミソもクソも一緒にされる状況こそ、彼の人生の最も大きな悲しみの一つであったのだ。わけのわからない世間の好評価によって、彼にとって貴重だった絵や書物が永久に台無しになることもあった。お気に入りの作品が満場一致の賛辞を得はじめると、彼は重箱の隅をつつくように欠陥を見つけ出し、その結果ぜんぶをうっちゃって、鼻が鈍っていたんじゃないか、思い違いしてたのは僕なんじゃないかと自問するしまつだった。

彼はファイルを閉じた。するとふたたび途方に暮れて、憂愁におちいってしまう。

思考の流れを変えようと、炎症を緩和するような本を読んでみたり、脳のほてりを冷ますため、鎮静効果のあるナスにも似た芸術作品を味わってみたりした。痙攣（けいれん）を引き起こすものとか、燐酸塩（りんさんえん）たっぷりのものでは疲れてしまうので、あくまで病みあがりやメンヘラ向きの魅力あふれるものを読んだ――すなわち、ディケンズの小説だ。

しかし、それは期待していたのと反対の効果をもたらした。ディケンズの小説に出てくる純潔な恋人たち、首元までぴっちり着飾ったプロテスタントのヒロインたちは、お星さまに取り囲まれながら愛しあい、目を伏せ、頬を赤らめ、歓喜に涙しつつ、互いの手を握りしめるだけで満足する。こうした純粋の極致に触れたとたん、彼の心はまったく反対の過剰に投げ出されることになった。対比の法則によって、一方から他方の極へとすっ飛び、激情的で露骨なシーンばかりを思い浮かべてしまう。頭をよぎるのは、カップルの人間くさい振る舞いの数々、舌を絡（から）めたキスとか、聖職者が恥じらいながら唇のあいだに舌を入れるような「鳩（はと）のキス」とかだった。

彼は読書を投げ出し、かまととぶったイギリスから離れて、放蕩（ほうとう）のちょっとした過（あやま）ちや、教会が絶対認めない卑猥（ひわい）な気どりについて思いをめぐらせた。すると突然、衝撃が走ったのだ。もう治らないと諦めていた脳と体のインポテンツが、霧が晴れたように改善されたのである。またしても孤独が神経の変調に響いてきた。宗教そのものではなく、宗教が糾弾すべき悪ふざけの罪や行いにふたたび苛まれるようになり、宗教の祈禱や脅しといったお決まりの主題のせいで、いやおうなく孤独に繫ぎとめられた。何ヶ月も不感症だった肉欲の面が、まず敬虔な読書にいらいらしたことで揺り動かされ、つぎにイギリス人の高潔気どりによって目を覚まし、立ち上がり、神経症の発作とともに屹立したのだ。五感の刺激によって彼は過去へと連れ戻され、昔の肥溜めみたいな思い出のなかでぐずぐずしはじめた。

彼は立ち上がり、ものうい様子で、蓋に砂金石がちりばめられた金メッキの小箱を開けた。

箱には紫色の 飴 が詰まっていた。彼は一つをつまみあげ、指のあいだに挟みながら、まるで砂糖をまぶしたようなプラリーヌ入りキャンディーの不思議な効力のことを思った。かつてインポテンツが決定的になり、苦さも悔しさも新たな希望もないまま女を想いつづけていたとき、この飴を舌のうえによく転がしたものだった。溶けるがままに舐めていると、突然、限りない甘みとともに思い出がよみがえってくるのだ――消え入るばかりに色あせた、悩ましい昔の淫蕩な思い出が。

この飴は、ポール・シローダンという砂糖菓子屋によって発明され、「ピレネーの真珠」という変な名前がついているのだが、実をいえば、百足蘭の香料と女の愛液を一滴ずつ砂糖の欠片のなかに結晶化させたものなのだ。だから舌の乳頭に染みとおると、類い稀な酸っぱい液でオパール色に濁らされた水とか、匂いぷんぷんの激しいディープキスとかの記憶をいやおうなく喚起してくるのである。

彼は微笑みをうかべて、こうした恋のアロマを嗅ぐのがつねだった。愛撫のけはいが吸い込まれると、脳の片隅が真っ裸になり、かつて愛した何人かの女の妙味が一瞬にしてよみがえってきたものだが、今日にかぎって、そうした効き目が密かとも言えないほどあからさまになっていた。もはや遠い昔の茫洋としたイメージを生き返らせるだけにとどまらず、逆にヴェールを打ち破り、有無を言わさぬ肉体の冷酷な現実を目の前に投げつけてきたのだ。

飴の妙味に助けられ、昔の愛人たちの姿が列をなしてくっきり浮き彫りになったのだが、やがてそうした連なりの先頭の女が決まってきた。その女が見せつけてくるものといえば、長くて白い舌、サテンのごとく滑らかなローズ一色の肌、面取りした形のよい鼻、二十日鼠みたいな目、犬のように額に垂らした髪……。

それは、ミス・ウラニアというアメリカ人の女だった。がっちりした体格、筋骨隆々の脚、鋼のような筋肉、鋳鉄のような腕の持ち主だ。

彼女はサーカスで最も名の売れた曲芸師の一人だった。

デ・ゼッサントは、長い夜の公演のあいだじゅう、あの女をしげしげと眺めていたものだった。最初のころ、彼女はありのままの頑健で美しい女として映った。ねんごろになりたいという欲望は、まだ彼の心をとらえていなかった。彼女には、冷めながら飢えた男に勧められるようなものが何一つなかったからである。にもかかわらず、彼の足はふたたびサーカス小屋へとおもむいた。なんだかよくわからない魅力に引き寄せられ、いわく言いがたい感情に駆り立てられて。

彼女をじっと眺めていると、少しずつ、奇妙な考えが生まれてきた。そのしなやかさと力に惹(ひ)かれるにつれ、相手の性別が不自然に反転してゆくのを目(ま)の当たりにしてしまったのだ。優雅な媚態(びたい)やメス特有の甘ったるい態度がしだいに消え失(う)せ、それらに代わって、敏捷(びんしょう)で力強いオスの魅力が前面に出てきた。要するに、最初は女であったのが徐々に立ち迷い、両性具有にぐっと近づいたかと思うと、また変化して、ついにはっきりと本性をあらわし、完全に男になってしまったようなのだ。

デ・ゼッサントはこう思った――だとしたら、頑健でたくましい男が華奢な娘に飛びつくのと同じで、あの女ピエロもまた、弱々しく、猫背で、ちょうど僕に似た生気のない女を愛する傾向があるにちがいない。鏡に映った自分を見つめ、比較検討の精神をフルに働かせれば、彼のほうでも自分が女性化しているという印象をもつことができた。あの女を是が非でも手に入れたい、彼はそう思った。まるで貧血症の小娘が、骨を打ち砕くぐらい強く抱きしめてくれそうな、いかついヘラクレスにあこがれるように。

こうしてミス・ウラニアと性別を交換することに、彼は激しく興奮したのだった。彼は確信していた――僕らは運命の糸で結ばれている。それまで忌み嫌っていた粗暴な力に突然魅了されると、今度はたちまち途方もない汚辱に惹きつけられ、結局は女衒に大金を払って野暮な愛情をあがなうという、卑しくも愉しい買春に誘惑されてしまった。

曲芸師を口説き、できればリアルな関係に持ち込もうと決めるまでのあいだ、自分の妄想をしっかり組み立てておいた。頭に思い描いていた一連の所作を女の無自覚な唇に当てはめ、ブランコを乗り回す女芸人の凍りついた微笑のうちに、こちらが当て込んだ意図をもう一度読みとろうとしてみたのだ。

ある月のきれいな晩、彼は案内の女たちを急いで差しむけることにした。ミス・ウラニアは、事前の誘いもないのだから、無理になびく必要はないと考えた。にもかかわらず、実際はまんざらでもない様子だったのだ。デ・ゼッサントという男は金持ちで、その名は女が成り上がるのに役立つと風の噂に聞いていたからである。

しかし、願いが叶えられたとたん、彼の失望はありえないところまでいってしまった。彼はあの愚鈍で獣みたいなアメリカ女を見世物のレスラーと見なしていたのだが、不幸にも、彼女の愚かさはまったく女々しいものでしかなかったのだ。たしかに彼女は無教養で機転がきかず、良識もなければエスプリもなく、食事のときは動物のようにがつがつしていたものの、実際は女の子供っぽい感性を内に秘めていたのである。彼女はピーチクパーチクよく喋り、くだらない話に夢中の娘よろしく愛嬌をふりまいていた。男性的な観念が女体のなかに転じているようなところは、ぜんぜんなかった。

おまけに、ベッドではピューリタンみたいに控えめで、こちらがこわごわ望んでいたアスリートの粗暴な振る舞いはまったく見られない。彼女は一時期待されていたような、性の攪拌をしでかすタイプではなかったのだ。彼のほうで己の欲望のがらんどうをもっと深く探っていたら、自分が実は繊細で華奢なタイプ好きで、彼女とは正反対の気質に惹かれていることに気づけただろう。むしろそのとき、自分の秘められた嗜好を発見できたのかもしれない——若い娘ではなく、陽気でスリムな男の子、こっけいで肉づきの悪いピエロの青年のほうが好みだと。

宿命にさからえず、デ・ゼッサントはしばらく忘れていた男役に立ち返ることになった。自らにまとわせていた女っぽさ、か弱さ、金で買われた男娼気どりはさっぱりと消え失せ、恐れの感情すらなくなってしまった。もはや幻想を抱くことさえ叶わない。ミス・ウラニアは普通の女となんら変わらず、相手の脳内に引き起こした好奇心の価値を裏づけることもできないのだ。

彼女のみずみずしい肉体とすばらしい美貌の魅力は、当初デ・ゼッサントを驚かせ引き留めもしたのだが、まもなく彼はこの関係から逃れて破局へと急いだ。なぜなら、あの女の氷のような愛撫、かまととぶった投げやりな態度を前にして、若年性インポテンツがふたたび悪化してしまったからである。

それでも彼女は、淫蕩な思い出が目まぐるしく移り変わってゆくなかで、彼の目に留まった最初の女だったのだ。しかし、他の大勢の女たちのほうがずっと真正な魅力にあふれ、快楽にかんしても開けっぴろげだったにもかかわらず、なぜミス・ウラニアがあんなにも強く記憶に刻まれていたのか——それは結局のところ、彼女が元気いっぱいの健康な獣の匂いを漂わせていたからである。饒舌な健康そのものの彼女は、きつい香水でごまかされた貧血の女の対極にほかならない。シローダンの精妙な飴のなかに呼び出されていたのは、後者のえもいわれぬ饐えた香りのほうだったのだ。

つまり芳香のアンチテーゼとして、ミス・ウラニアは彼の記憶に致命的な爪痕を残していたということになる。とはいってもデ・ゼッサントは、あんな生のままの自然なアロマにぶちあたるとは思ってもみなかったので、すぐさま気を取り直して洗練された香りのほうへ帰っていった。どうしても、他の愛人たちのことが忘れられないのだ。脳内には彼女らが群れをなしてひしめきあっていたのだが、そんななかでも、ある一人の女が頭抜(ずぬ)けて目立つようになってきた。怪物的な魅力で、何ヶ月も満足させてくれたあの女……。

それは小柄で、やせほそった女だった。瞳(ひとみ)は黒く、ポマードまみれの褐色の髪は、刷毛(はけ)で撫(な)でつけたように地肌に張りついており、こめかみのすぐ近くで男の子みたいな分け目をつくっていた。知りあったのはとある音楽喫茶(カフェ・コンセール)だったが、そこで彼女は腹話術の出し物をしていたのである。

気持ち悪い芸当に観衆があっけにとられているなかで、彼女は厚紙でできた子供たちを順ぐりに喋らせ、牧神の笛(パンフルート)で椅子(いす)のうえに整列させたりした。まるで生きているかのような人形を相手に会話をしだしたわけだが、ふとホールに目をうつせば、シャンデリアのまわりで蠅(はえ)がうるさく飛び回っており、そうこうしていると、しんとしていた観客たちがざわつきはじめ、なんで自分たちが座っていられるのか不思議がりながら、衝動的に指定席の囲いのなかへと後ずさりしはじめた――目に見えない想像上の馬車が、入口から舞台まで、彼らのそばを駆け抜けていったからだ。

デ・ゼッサントはすっかり魅了されていた。アイディアが山のように湧いてくる。まずは札束で頬をひっぱたいて、大急ぎで腹話術師を屈服させた。アメリカ女とは真逆のタイプだったから、そのギャップだけで好きになってしまったのだ。褐色の髪のこの女は、用意周到な不健康でどぎつい香りをぷんぷん放っていたし、なにより火山の噴火口のように燃え盛っていた。あらゆる手管をつかってみたにもかかわらず、デ・ゼッサントはものの数時間で精根尽きてしまった。それでもなお、嬉々として彼女からふんだくられつづけたのは、愛人としてというより、変人としての魅力に惹かれていたからである。

それに、かねてから目論んでいたプランが熟しきってもいたのだ。彼はそれまで実現不可能だったさまざまな計画を実行に移そうと決意した。

ある晩、彼は黒い大理石でできた小さなスフィンクスと、色のけばけばしい陶製の合成獣を持ってこさせた。前者はお決まりの寝そべったポーズで、四本足を長く伸ばし、頭をしゃきっと起こした格好だった。後者は逆立てたたてがみを振り乱し、残忍な目を光らせ、鍛冶屋のふいごのように、筋の入った尾っぽで太鼓腹をあおいでいる。彼はそれぞれの獣を部屋の両端に置き、灯りを消し、暖炉の燠を真っ赤におこして、ぼんやり部屋を照らしながら、闇に呑まれかけた人形たちの影が巨大に映るようにしつらえた。

それからソファーに寝そべり、女のそばに寄った。能面のような彼女の顔に、燠火の淡い光が当たっている。彼は時が来るのを待った。

事前に長々としつこくリハーサルさせたとおり、奇妙な抑揚をつけながら、彼女が二体の怪物に息を吹き込んだ。そちらのほうを見向きもせず、唇すらも動かさずに。するとと静寂な闇のなかで、キマイラとスフィンクスの見事な対話劇が始まったのだ。最初の朗唱はしゃがれた深みのある唸り声だったものの、やがて人間業とは思えぬ甲高い声に変わっていった。

「――ココダ、キマイラ、トドマレ！」

「――イイヤ、ダンジテ」

フローベールの名文に癒され――『聖アントワーヌの誘惑』を台本につかったのだ――、頭がぼうっとなりながら、彼はすさまじい二重奏に耳を傾けていた。とくにキマイラが荘重で魔術のような台詞をうたいあげたときなど、うなじから爪先まで、戦慄が走ったほどだ。

「ワタシガモトメテイルノハ、アラタナカオリ、モットキョダイナハナバナ、ダレモアジワッタコトノナイカイラクナノダ」

あぁ！　この呪文のように謎めいた声が語りかける相手は、ほかならぬ僕自身なんだ。僕のうちにある未知への熱狂、満たされない理想を物語ってくれているんだ！この世の恐ろしい現実から逃れ、思考の限界を乗り越え、決して確かなものにたどり着くことなく、芸術の彼岸の霧のなかでいつまでも彷徨っていたいという僕の欲求を代弁してくれているんだ！——いくら努力しても報われない自分の惨めさに、心が押しひしがれてしまった。そっとやさしく、隣で黙っている女を抱きしめ、まるで慰めのない子供のように、女の懐に逃げ込んだ。女からしてみれば、脚光を浴びることもない自宅の休息時間に、なんであんなシーンを演じなきゃいけないのと不満げだったのだが、彼のほうはそんな女優の仏頂面すら目に入らなかった。

二人の関係はその後もつづいた。しかしほどなくすると、デ・ゼッサントの衰えはますますひどくなった。脳がぐらぐら煮えたぎっても、あちこち凍りついた肉体をもはや溶かすことができず、神経は意志のいうことを聞かなくなっていた。年寄りが陥るような激しい狂気に、すっかり囚われてしまったのだ。この女と一緒にいるとどんどん優柔不断がこじれてゆく気がして、彼は活性剤にすがることにした。気まぐれで抑えがたい持ち前の欲望に最も効果的な薬——すなわち、恐怖である。

あるとき彼が女を抱きしめている最中に、ドアの外で、酔っ払いのしゃがれ声が響いてきた。「アケロッツッテンダロ？ テメェガキャクトイチャツイテルコトグライ、コッチハオミトオシナンダヨ！ イマニミテロヨ、クビアラッテマットケ、コノバイタ！」——屋外や、セーヌの河岸や、チュイルリー公園や、公衆便所や、ベンチなどで放蕩にふける奴らが、現行犯で捕まるんじゃないかという恐怖でよけいに興奮するように、デ・ゼッサントもまた束の間ながら精力を取り戻し、腹話術師に飛びかかっていった。実は部屋の外でわめきつづけている声の主は彼女だったのだが、彼はこうした大騒ぎのうちに——邪魔をされ、泥沼に急きたてられ、それでも危険を顧みない男のパニックのうちに——かつてないほどの歓喜を感じていたのだった。

不幸なことに、こうした催しも長くはつづかなかった。法外な金を払ってやったにもかかわらず、腹話術師は彼を追い返し、その日の夜のうちに、元気でたくましい男のもとに走ってしまったのだ——デ・ゼッサントほど要求がうるさくなく、下半身もずっとまともな新しい男のもとに。

あの女のことが、惜しくてしょうがなかった。彼女の見事な詐術のことを思い出すと、他の女たちがみな味気ないものに思えてくる。少女の甘やかされた魅力でさえ、彼には無味乾燥に映った。彼女らのモノトーンなしかめ面を軽蔑してはいたが、いまやもう、あんな表情に耐える覚悟すらもてないと思うまでになった。

嫌悪を嚙みしめながら、ある日、ひとりでラトゥール゠モーブール通りを散歩していると、廃兵院の近くで若く初々しい男に話しかけられた。

「バビローヌ通りに出るには、どういくのが一番近道ですか？」

デ・ゼッサントは道を教えてやった。自分も広場を横切っていくところだったから、同行することにしたのだ。

思いがけないことに、青年はもっと詳しい情報を得ようとしつこく言いつのってきた。

「じゃあ、あなたは左へ曲がると遠回りになるとお考えなんですね。さっき別の人に聞いたら、大通りを斜めに進んだほうが早く着けるそうなんですが」——青年の声は、強くせがむようでありながら臆病でもあり、ひどく小声なのにとろけるように甘かった。

デ・ゼッサントは青年を眺めた。学校を抜け出してきたらしく、身なりが貧しい。腰回りを締めつけるような丈の短い羊毛の上着は、やっと腰の下にとどいているといった状態で、黒の半ズボンもぴちぴち。Vネックの折襟には、紺地に白い線状の刺繍を入れたネクタイが締めてあり、ふんわりと大きな蝶結びだった。手には厚い表紙の教科書をもち、つばの平たい褐色のボーラーハットをかぶっている。

顔は悩ましげだった。青白くやつれているものの、長い黒髪のもとではかなりととのって見えたし、うるんだ大きな目のおかげで照り映えてもいた。まぶたは青い隈でふちどられていたが、すぐ近くの鼻にはそばかすがきらきらと撒き散らされており、小ぶりな口のわりに唇はぽってりと厚く、さくらんぼみたいに真ん中に分け目が入っている。

二人は一瞬向きあって、じっと互いの顔を見つめた。すると青年がぱっと目を伏せて、こちらに近寄ってくる。やがて腕と腕とが触れあった。考え事にふけるがごとく夢見心地になったデ・ゼッサントは、ステップを踏むような青年の足どりに合わせて、歩みをゆるめた。

こうした偶然の出会いから、その後数ヶ月もつづく探りあいの友情が生まれたのだ。デ・ゼッサントはそのことを思い出すだけで、体の震えが止まらなくなる。いままであんなに心惹かれる畑を耕したこともなかったし、あれほど苛酷な年貢を課されたこともなかった。あのような危うい関係を経験したこともなければ、あそこまで苦しい満足感をおぼえたこともない。

孤独なとき、執拗につきまとってくる数多の思い出のなかでも、あの相思相愛の思い出は他を圧倒していた。ノイローゼで興奮しすぎた脳というのは、錯乱の酵母菌をありったけ抱え込むものだが、いまやそのすべてが発酵しかけていた。嬉々としてあのような思い出のなかに浸り、陰気な愉しみに耽るためにも、彼はフィジカルな幻想にスピリチュアルな情熱を混ぜ込むことにした。神学は昔日の恥辱を呼び起こしてくれるからである。その情熱はブーゼンバウム、ディアナ、リゴリ、サンチェスの著作を読むことで煽られることになったのだが、事実、決疑論者である彼らは、モーセの十戒の第六戒と第九戒に背く罪――姦淫と隣人の妻の略奪――についてさかんに論じたてていた。

宗教は自らが洗い清めてきた魂のなかに人の道に外れた理想を産みつけることで――こうした魂がもらいうけた遺伝の出所は、男色に耽ることしきりだったアンリ三世の御代にまでさかのぼれるかもしれない――、情欲の非合法な理想をも扇動してきたのである。放蕩と神秘という二つの強迫観念が、互いに混ざり合いながら、脳内に取り憑いてきた。そもそもデ・ゼッサントの脳は、俗にまみれた世界から逃れ、崇め奉られたしきたりから遠く離れて、新奇なエクスタシーやこの世のものならぬ呪われたオーガズムのなかで朽ち果ててしまいたいという執拗な欲望に蝕まれていた。しかもオーガズムは燐をかっさらって消尽させてしまうので、それじたい脳を圧し潰すようなものだった。

いま、こうした夢想から抜け出したデ・ゼッサントは、消耗し、打ちひしがれ、ほとんど瀕死(ひんし)の状態だった。すぐさま彼は蠟燭(ろうそく)とランプに火を点(とも)した。光の氾濫(はんらん)に身をさらしてみる。ふと気づくと、闇のなかにいたときより、あの音がはっきり聞こえなくなっていた――さっきまで首の皮のしたでつづけざまに響いていた、耐えがたいほど執拗なあの鈍い動脈の音が。

マルキ・ド・サド

『閨房(けいぼう)哲学』(第三の対話・第四の対話より)

(森井良訳)

二人の放蕩家が良家の娘に教育をほどこす過程を描くサド版「快楽のレッスン」。三人での実技教習の後、突如勃発する内輪もめ、若い騎士をくわえての乱交、そして最後の最後にやってくるのは……？

〔徴税請負人の父と信心家の母をもつ十五歳の娘ウジェニー。あるとき彼女は、一回り年上の女友達サン＝タンジュ夫人の家に招かれる。美しい夫人からの愛の手ほどきを夢見ていたウジェニーだったが、期待して入った寝室に待ち受けていたのは、ドルマンセと名乗る三十代の怪しい男……。百戦錬磨の夫人と男は、生娘を「放蕩家＝自由思想家（リベルタン）」に育てあげるべく、密（ひそ）かに「ベッドルームでの哲学授業」を準備していたのだ。とまどう娘を前にして、二人の教育理念は明快だった——この世には罰せられるべき快楽など何もない、ただ「自然の声」に従って思うがまま愉（たの）しめばいい。最初は抵抗と恥じらいを見せたウジェニーも、やがて熱心な教師たちに感化され、容赦ない試練にすすんで身を投じることになる〕

第三の対話（サン＝タンジュ夫人、ドルマンセ、ウジェニー）

サン＝タンジュ夫人　ほら、罵りなさい、この淫売娘……罵れって言ってるでしょ、さぁ早く……

ウジェニー　いやぁーっ！　神さまのクソったれ！　噴いちゃう……最高の酔い心地だわ……

ドルマンセ　おい、ちゃんと元の位置につけよ、ウジェニー、こんなにころころ体位が変わったら、俺のほうが惑わされちまう。（ウジェニーが元の位置に戻る）よし、いいぞ！　これで俺もホームに戻れた。サン＝タンジュの奥さん、あんたのケツの穴を見せてくれ、俺が思いっきり舐めてやる……犯したばかりのケツにキスするのはやっぱいいなぁ。あぁ！　しっかり舐めさせてくれよ、そのあいだにお友達のケツの奥めがけて精子をぶっ放してやるんだから。奥さん、信じられるかい？　今度はいとも簡単に入っちまったよ。あぁ！　やべぇ、やべぇぞ、この娘がこんなにギューッと締めつけてくるなんて、あんたには想像できないだろうな！　神のクソったれめ！　なんて気持ちいいんだ！　あぁ！　フィニッシュだ！　もう我慢できねぇ、俺のザーメンが漏れてきたぞ……ついに逝（い）った……

**ウジェニー**　おねえさま、私も彼に殺されそう、ほんとうよ……

**サン＝タンジュ夫人**　お転婆（てんば）娘！　こんなに早く慣れてしまうなんて！

**ドルマンセ**　俺はこの年頃の娘をゴマンと知っているけど、この世のどんなものだって、ケツ以外の場所で愉しむよう彼女らに無理強いすることはできないだろうな。痛いのは最初だけだよ。むしろ女はこのやり方を試したことがないから、一度味わうと、もうそれ以外のものを欲しがらなくなるのさ……おぉ、天よ！　俺はもうへとへとだ、息をつかせてくれ、ちょっとの間でいいんだ……

**サン＝タンジュ夫人**　ウジェニー、よく見ておきなさい、これが男というものよ。男っていうのはね、ひとたび自分の欲望が満たされると、もうあたしたちのことなんか見向きもしなくなるの。ああやって消耗すると、今度はあたしたちを嫌悪（けんお）するようになって、やがて嫌悪が軽蔑へと変わるのよ。

ドルマンセ（冷静に淡々と）あぁ！　なんともひどい言い草だな、麗しの女神さん！（二人に軽くキスをする）男がどんな状態にあろうと、君ら二人が賛辞にふさわしい存在であることに変わりはないよ。

サン＝タンジュ夫人　それにね、ウジェニー、落ち込む必要なんかないのよ。欲望を満たしたから女を放ったらかす権利が男にあるというなら、あたしたちにだって男を見下す権利が同じようにあるんじゃなくて？　男の振舞いに無理矢理つきあわされているときはなおさらでしょ？　ローマ皇帝のティベリウスはカプリ島にいたとき、自分の欲情に仕えた女たちを容赦なく生贄にしたそうだけど、ザンガというアフリカの女王だって、同じように愛人の男たちを皆殺しにしたんですからね。

ドルマンセ　そういう過ぎた行いはね、まったく単純だし、たしかに俺にとっちゃ至極もっともなものではあるけど、それでも俺ら三人のあいだでは絶対にあってはならないんだよ。諺にもあるだろ、「決して狼は共食いしない」って。いくら陳腐であろうと、この言葉は正しいんだ。友人たちよ、どうか俺のことを怖がらないでくれ。俺は君たちにたくさん悪いことをさせるだろうが、君たちに危害を加えることは絶対にしないつもりだよ。

ウジェニー　あぁ！　そのとおり、まったくそのとおりだわ。ねぇおねえさま、僭越（せんえつ）ですけど、私が彼の言うことを請（う）け合います。決してドルマンセは与えられた権利を私たちに乱用したりしないはずよ。私は彼のうちにあるクズの誠実さを信じます。クズの誠実さほど良いものはないんだから。

〔勢いづいたウジェニーは、以前話題にのぼった「母殺し」の計画を蒸し返す。先走った言動に驚いたサン＝タンジュ夫人は、興奮する生徒をなだめつつ、講義をつづけるようドルマンセに依頼する。肛門（こうもん）性交、同性愛、瀆聖（とくせい）、残虐（ざんぎゃく）趣味——お題は次々に移り変わり、しだいに放蕩家の弁舌にも熱がこもってくるが、長々とつづく男の生態の話に刺激され、途中からウジェニーが自慰にふけりはじめてしまう。ふたたび実技に入る生徒と教師たち。ようやくフィニッシュを迎えるころ、事前の打ち合わせどおり、三人目の教師が部屋に入ってくる。サン＝タンジュ夫人の実弟で騎士のミルヴァルである。何も聞かされていなかったウジェニーは、思いがけない闖入者に恐れおののき、あわてて部屋の隅に隠れようとするのだが……〕

第四の対話（ドルマンセ、サン＝タンジュ夫人、ウジェニー、騎士）

**騎士** ウジェニーちゃん、誓って誰にも言わないから心配しないでね。僕は口が超堅いんだ。嘘だと思うなら、ほら、そこにいる僕の姉貴と友人に訊けば口をそろえて請け合ってくれるはずだよ。

**ドルマンセ** 俺が見るところ、このおかしな儀式を一挙にしめくくる手は一つしかない。おい、騎士くん、二人でこの綺麗な娘を教育しようじゃないか。この年頃の娘が知ってなきゃいけないことを一から叩き込んでやろうよ。こういう娘を教えるのに一番いいのは、理論に少しばかりの実践を組み合わせること。彼女にはね、チンコが種を出すところをぜひとも見せてやらなきゃいけない。俺たちのレッスンはやっとそこまで来たわけだけど……なぁ、騎士くん、ちょっと手本を見せてくれないかな？

**騎士**　そんなこと頼まれたらマジうれしすぎて断れなくなっちゃうなぁ。しかも彼女は魅力にあふれているから、望みどおりレッスンの効果があっという間に現れてくるだろうね。

**サン＝タンジュ夫人**　ほらほら！　四の五の言ってないでやりましょう。すぐに取りかかるわよ。

**ウジェニー**　あぁ！　ほんとにひどすぎるわ！　みなさんがた、私の若さにつけこんでそんなことまで……でもいったい、この方は私のことを何だと思っているんでしょう？

**騎士**　魅力的な娘だと思っているよ、ウジェニー……こんなに神々(こうごう)しい美女には会ったことがないってね。（ウジェニーにキスしながら、その魅力の部分を両手でまさぐる）あぁ！　神さま！　なんて新鮮で可愛いおっぱいなんだ……まったく惚(ほ)れ惚(ぼ)れするような魅惑のボディ！……

**ドルマンセ**　おいおい、騎士くん、口より先に体をもっと動かそうぜ。俺がこの場の指揮をとろう、なんといっても俺にはそうする権利があるんだからね。あくまでこの場の目的は、ウジェニーに射精のメカニズムを見せることだ。でも彼女がこの現象を冷静に観察するのは難しいだろうから、四人全員が互いに向き合ってぴったりくっつくことにしよう。サン＝タンジュの奥さん、あんたはお友達のあそこを愛撫（あいぶ）してやってくれ。俺は騎士くんのを受けもとう。手淫にかんしてはね、男同士のほうがずっとうまくいくんだよ。どうやれば相手に気持ちいいか知っているし、どうすべきかもよく心得ているから……さぁ、それぞれ位置につこう。（一同準備する）

**サン＝タンジュ夫人**　ちょっとくっつきすぎじゃない？

**ドルマンセ**　（すでに騎士のあそこを摑（つか）みながら）奥さん、くっつけばくっつくほどいいんだよ。だって、あんたのお友達の胸と顔があんたの弟のオスの証（あかし）でべちょべちょにならなきゃいけないわけだし、呼び出されてくる汁を鼻先にぶっかけてやる必要があるんだからね。俺はポンプさばきの名人だから、奔流をうまく導いて彼女の全身にまんべんなくかかるようにしよう。そのあいだ丁寧に愛撫してやってくれよな、体のいやらしい部位をくまなく全部。おい、ウジェニー、おまえの想像力をすっかり放蕩の逸脱のままにまかせるんだ。考えてもみろ、放蕩の最も美しい神秘がこれからおまえの目の前で繰り広げられるんだぞ。慎みなんて全部捨てちまえ。恥じらいなんてものはなぁ、いまだかつて美徳であったためしがないんだ。もし自然が俺たちに体のいくつかの部位を隠すことを望んでいたとしたら、最初からしかるべき配慮をしていただろうよ。でも実際は俺たちを真っ裸のまま産み落としたんだぜ。てことは、自然は俺らが裸のままでいつづけることを望んでいるってことだし、それに反する行いはすべて自然の法則に逆らっていることになるんだ。子供たちを見てみろよ、あいつらには快感のことなんか何もわかってないし、だからこそ慎みによって快感を引き立たせる必要もないから、身に備えているものを全部さらけ出しているじゃないか。もっと特異な例に出くわすこともあるぜ。世の中にはなぁ、服を着る恥じらいはあるのに品行に慎みがない国もあるんだ。実際、タヒチの娘はみんな服を着ているけど、請われるとすぐに裾をまくるそうだよ。

**サン＝タンジュ夫人**　ドルマンセの愛すべきところは、時間を無駄にしないってことね。べらべら喋り散らしているときでも、ほら、見てごらんなさい、どれほど体を動かしていることか。あたしの弟のお尻をあんなにうっとりしながら吟味しているし、若いあの子の立派なおちんちんをあんなにいやらしくしごいているわ……さぁ、ウジェニー、あたしたちも仕事に取りかかりましょう！　ほらごらん、ポンプの管がいよいよそそり立ってきたわ。もうすぐあたしたちをべちょべちょにしてくれるわよ。

ウジェニー　あぁ！　おねえさま、なんておぞましい一物なんでしょう、でかすぎてほとんど握ることもできないわ……あぁ！　神さま、男の人の一物ってどれもこんなに大きいものなんでしょうか？

ドルマンセ　よく見ろよ、ウジェニー、俺のはぜんぜん小さいじゃないか。でも、あんなでかいやつは若い娘にとっちゃ恐怖だよな。あれが中に入ってきたらただでは済まない、ってことをおまえはちゃんと感じとっているわけだ。

ウジェニー　（すでにサン＝タンジュ夫人に愛撫されながら）あぁ！　どんなものだってそれを愉しむまでは耐えてみせます。

ドルマンセ　そうすりゃおまえは正しい道に入れるだろうさ。若い娘がこんなものでひるんでちゃいけないよ。自然が適応してくると、ほとばしるような快感が体じゅうに満ちてきて、それまでのささやかな痛みの埋め合わせをすぐにしてくれるんだからね。俺はおまえより年若い娘らがもっとでかいチンコに耐えているのを何度も見たことがあるぞ。勇気をもって辛抱をつづければ、人はどんなに大きな障害だって乗り越えられるんだ。処女喪失はなるべく身の丈にあった粗チンで済ませなきゃ駄目だなんて、考えただけでも馬鹿(ばか)げてる。俺は反対の意見をもっているよ。処女は出会えるチンコのうちでも一番でかいやつに身をゆだねるべきだってね。そうやって処女膜の破壊が早ければ早いほど、体のうちに快感が生まれてくるスピードも早くなるのさ。ひとたびそのペースに慣れると、平凡なやつに戻るのが難しいっていうのは本当だね。でも金持ちで若くて美しい女なら、これぐらいのサイズのものは望めばいくらでも見つけられるはずだし、見つけたらしっかり摑まえておくことだな。それに、たまたまこれよりちっちゃいのが目の前に現れたとしても、使いたいと望むべきだし、そのときはケツに入れてやればいいのさ。

サン＝タンジュ夫人　まったくそのとおりね。もっと幸せを感じたいなら、前と後ろを同時に使うべきよ。前に入ってくる男をいやらしく揺さぶって、後ろを掘ってくる男のエクスタシーを駆り立ててやればいいんだわ。そしたら、二人のザーメンにまみれて、快感で死にそうになりながら、こっちも潮を噴いてしまえばいいのよ。

ドルマンセ　（注目すべきことに、対話のあいだにも手淫は休むことなくつづけられている）奥さん、あんたが思い描く絵のなかには、もう二本か三本のチンコが必要になってくると思うんだがね。その女にいまあんたが言ったような体勢をとらせるとしたら、口と手のなかに一本ずつチンコを含ませることはできないもんかなぁ？

サン＝タンジュ夫人　脇の下と髪のなかにもできるんじゃないかしら。もし可能なら、体のまわりに三十本はべらせてもいいぐらいよ。そうなったら、もっぱら自分のまわりのおちんちんを持ったり、触ったり、むしゃぶりついたりしなければならなくなるし、全員からぶっかけられると同時に自分も噴いてしまうでしょうね。あぁ！　ドルマンセ、どんなにあなたが八方美人だとしても、こうした甘く淫らな戦いにおいてあたしと肩を並べたことはないと思うわ……この種のことにかけてあたしはできるかぎりのことは全部してきたんですからね。

**ウジェニー** （騎士がドルマンセにされているように、あいかわらず女友達に愛撫されながら）あぁ！　おねえさま……頭がおかしくなっちゃう……どうしたのかしら！　私もこういう快感を手に入れることができそうだわ……巷にあふれる男たち全員に……身を任せることができそう……あぁ！　なんという恍惚……おねえさま、あなたはなんて愛撫がうまいんでしょう……快楽の女神そのものだわ……それにこの見事なおちんちん、こんなに膨らむなんて……頭のいかめしいところが腫れ上がって赤くなっているわ！

**ドルマンセ** いよいよフィニッシュが近づいてきたぞ。

**騎士** ウジェニー……姉貴……二人とも傍に寄ってくれよ……あぁ！　なんて神々しいおっぱい……なんて柔らかくむっちりしたお尻……噴いてくれ……二人いっしょに噴いてよ……もうすぐ僕のザーメンが加わるからね……漏れてきちゃった……あぁっ、神さまのクソったれーっ！　（こうした熱狂のさなか、ドルマンセは友人が放った精

液の奔流を二人の女にかかるように配慮する。とりわけウジェニーに向けたので彼女はべちょ濡れになる)

ウジェニー　なんて美しいスペクタクル！……こんなにも気高く、荘重なものだったなんて。ほら見てください、私、体じゅうべちょ濡れ。目の中にまで飛んできました。

サン＝タンジュ夫人　ウジェニー、ちょっと待って、この貴重な真珠の粒を一つ一つあたしに拾わせてちょうだいな。そしたらあなたのクリトリスに塗りたくって、噴くのを早めてあげる。

ウジェニー　あぁ！　そうですね、おねえさま、それがいいですわ！　うっとりするようなアイディア……どうぞなさって、私、あなたの腕に抱かれながら発つことにしますから。

サン＝タンジュ夫人　天使みたいにいい子ね、あたしにキスしてちょうだい、千回でも万回でもいいわ……ほら、あなたの舌を吸わせてよ……あなたのいやらしい吐息を、快楽の炎で熱くなっているうちに吸い込まなきゃ……あぁ！　なんてこと、今度はあたしが噴きそう……ねぇ、可愛い弟、あたしをフィニッシュさせて、お願いだから……

**ドルマンセ**　そうだな、騎士くん……よし、君の姉さんのあそこを愛撫してやれ。

**騎士**　ぶっちゃけ、姉貴とならヤるほうがいいな。また勃ってきちゃったよ。

**ドルマンセ**　いやはや！　じゃあ挿れてやれよ、ただし俺のほうにケツを突き出しながらだぞ。姉弟がいやらしく犯しあっているあいだに、俺も君とヤるんだから。ウジェニー、おまえはこの張形を付けて俺のケツを掘ってくれ。いつかこの娘も淫行のありとあらゆる役回りを演じることになるんだから、いまここでのレッスンのあいだにも、それらの役割を選り好みせず果たせるように練習しておく必要があるんだ。

**ウジェニー**　（張形を装着しながら）あぁ！　喜んで！　放蕩にかんして、もう二度と間違いを犯したりしませんわ。いまや放蕩こそ私の唯一の神さま、私の唯一の行動指針、あらゆる私の行いの基盤なんですから。（彼女はドルマンセの尻を掘る）先生、これでいいですか？　私、ちゃんとできてます？

ドルマンセ　見事なもんだ……実際、このお転婆娘は野郎みたいな掘り方をしやがる。よし、これで四人全員が完璧に繋がったんじゃないかな。あとは行くだけだぞ。

サン＝タンジュ夫人　あぁ！　あたし死にそうよ、騎士くん……あんたの立派なおちんちんの蕩けるような動きに、慣れることなんかできやしないのよ！

ドルマンセ　神のクソったれ、この魅力的なケツはなんて気持ちがいいんだ、あぁ！　やべぇ、やべぇぞ、みんなで一緒に出しちまおう……クソったれのクソったれ、死にそうだ……息ができない……あぁ！　いままで生きてきたなかでこんなに気持ちよく出したことはない！　騎士くん、君の精子はもうなくなっちゃったの？

騎士　ほら、このマンコを見てよ、僕のザーメンでこんなにべちょべちょ。

ドルマンセ　あぁ！　友よ、なんで俺のケツはべちょべちょじゃないんだ！

サン＝タンジュ夫人　ちょっと休みましょうよ、あたし、ほんとに死にそうだわ。

ドルマンセ　（ウジェニーにキスしながら）この魅力的な娘は神みたいに俺を犯してくれたぜ。

ウジェニー　正直言って、私も激しく感じてしまいました。

ドルマンセ　女が放蕩になると、どんな過激なことでも快感が得られるようになるんだよ。その後の彼女にとって大事な課題は、無理をおしてでも過激な経験を積み重ねてゆくことさ。

サン＝タンジュ夫人　あたしはね、未知の熱狂を教えてくれる人に公証人をつうじて五百ルイ投資したことがあるの。あたしの全感覚をいまだ味わったことのない享楽（きょうらく）に導き入れてくれる人にね。

**ドルマンセ**（ここで身なりを整えた一同は、もっぱらお喋りだけに集中する）そのアイディアは変わってるけど、まぁ、俺でもそうするだろうよ。ただね、奥さん、俺には甚だ疑問なんだが、あんたがそうやって追い求める特異な欲望は、いま味わったばかりのささやかな快楽とはたして釣り合っているのかなぁ。

**サン＝タンジュ夫人**　あら、いったいどういうことかしら？

**ドルマンセ**　つまりね、名誉なことに、俺はマンコの快楽ほどうんざりするものを経験したことがないんだよ。奥さん、あんたのように一度ケツの快感を味わってしまった人が、いまさらどうやって他のところに戻れるのか、俺にはわかんねぇんだよな。

**サン＝タンジュ夫人**　それは昔からの習慣だわね。あたしみたいな考えの人は、そこらじゅうをヤられたいと思うものなのよ。あれが入るところならどこでもね。あれがそこにあることを感じられれば、それだけで幸せなの。だけど、あなたの言っていることもわかるわよ。これはすべての淫蕩な女に対してはっきり言えることだけど、お尻でヤる快感は、いつだっておまんこでヤるそれよりもはるかに勝っていることでしょうね。その点については、二つのやり方を一番多く経験してきたヨーロッパの女が言っているんだから、信用してもらいたいものだわ。世のあばずれたちに断言しておきたいのは、比較する余地なんてまったくないってこと。少なくとも後ろを経験してしまったら、前に戻るのは相当難しいってことは確かね。

**騎士**　僕はぜんぜんそう思わないな。僕自身、人から望まれることは何でも受け入れているけど、趣味からいえば、女性の体で本当に好きなのはマンコという祭壇だけだよ。だって、自然がそこに敬意を払えって差し出してくるわけだから。

**ドルマンセ**　おいおい！　それを言うなら、ケツのほうだろ！　親愛なる騎士くんよぉ、君も自然の法則を丹念に観察すればわかるはずだけど、いまだかつて自然が後ろの穴以外の祭壇を敬意の対象にしたことなんてなかったんだぜ。自然はそこ以外を許してはいるが、命じているのはそこなんだ。あぁ！　神のクソったれ！　俺たちにケツを掘らせることが自然の意志でないとしたら、ケツの穴をあんなにぴったり一物の形と合わせたりするもんか！　だって、マンコの穴は亀頭（きとう）みたいに丸くないだろ？

自然は丸い亀頭のために楕円形の穴を創造した、なんて考える奴がいるか？ いくら良識に背いた奴だって考えねぇよ、そんなこと。むしろ自然の意志はそれらの形が釣り合ってないことのなかに読みとれるんであって、つまりそこからこういうことがはっきりわかるのさ——人間どもがあそこのなかであまりに犠牲を繰り返して、大目に見てくれるのをいいことにひたすら繁殖をつづけてきたから、自然は不快に思っているにちがいないってね。まぁいいや、それより俺たちの教育のつづきをしよう。さっきウジェニーは射精の崇高な神秘をぞんぶんに目にしたわけだけど、今度は彼女に奔流の導き方を伝授したいと思っているんだ。

**サン＝タンジュ夫人**　あなたも弟も種が尽きてしまったから、きっと彼女に辛い思いをさせることになるわね。

**ドルマンセ**　それもそうだなぁ……じゃあ、俺としてはこう願いたい。あんたの本宅か、この別荘からでもいいんだが、若くてムキムキの男の子をなんとか調達できないものだろうか。実験のモデルとして使えて、俺らのレッスンの教材にできるような逞しい子を……

fig.006

サン＝タンジュ夫人　お望みの子が一人いるわ。

ドルマンセ　おい、ひょっとして若い庭師のことじゃないだろうな？　うっとりするようなイケメンで、歳は十八か二十ぐらいの……さっきあんたのとこの菜園で仕事しているのを見かけたぞ。

サン＝タンジュ夫人　オーギュスタン、そうよ、まさしくオーギュスタンだわ。あの子の一物はね、長さが三十五センチ、周りが二十三センチもあるのよ。

ドルマンセ　おぉ！　なんてこった！　なんちゅう化け物だ……そんなのが種をぶっ放すのか？……

サン＝タンジュ夫人　あら大変！　洪水みたいになるわね。あたし、早速探しにいってくるわ。

# 編訳者解説　仏文×ＢＬのただならぬ関係

森井　良

本書は、「ＢＬ＝ボーイズ・ラヴ」を描くフランス文学の逸品をあつめたアンソロジーです。

ＢＬは定義が難しい言葉ですが、ここでは「男の子どうしの恋愛／友情以上の熱い関係」というやや広めの意味を込めています。なので、性愛を含むものから含まないもの、純粋に想(おも)いあう「ブロマンス」から肉欲だけが頼りの「ハードコア」、明らかに実体のある同性愛から読者のみなさんの「ＢＬ脳」に補正をお願いする関係まで、味とりどりのＢＬを小説中心に一ダース取り揃(そろ)えることになりました。

ご承知のとおり、ＢＬは男性間の関係性だけでなく、エンターテインメントの一ジャンルを指す言葉にもなっています（とくに日本では、マンガ・小説・映画・ゲームなどメディアミックスで進展中の一大市場が形成されています）。「男の子どうしの恋愛物語」というジャンルとしてのＢＬには、「女性の書き手」「異性不介入」「あくまで同性どうし」などの条件がしばしばかかってくるようですが、本書ではあえてそういった不文律もゆるめて、比較的自由に作家・作品を選ばせていただきました。「こんなのBL詐欺（さぎ）！」とお叱り（しか）の声もあるかもしれませんが、BLの大枠にありながらその枠を少しはみ出してジャンルの捉え返し（とら）を可能にするようなテクスト、そして何より「読み物」として面白い作品を選んだつもりですので、その点どうかご理解ください。

翻訳に際しては、最大限、読みやすい現代的な訳文を心がけました。そのため時には意訳や言葉づかいの工夫をし、曖昧（あいまい）なところがある場合は、文脈から了解できる内容を鮮明に伝える努力をしました。またアンソロジーの性格上、抜粋や省略はやむをえませんでしたが、本文以外の説明を極力避けるために、中略の指示を省いたり、訳注にあたる補足を文中に埋め込んだり、場合によっては文脈的にわかりにくい部分を訳者が補ったところもあります（とりわけプルーストの『ソドムとゴモラI』では、文脈理解を助けるために、逐語的な翻訳を超えた処置がなされました）。

個々の作家については別途紹介しているので屋上屋を架しませんが、それでも作品の読みの手引きとともに簡単に解説を付しておきましょう。

### ロジェ・ペールフィット『特別な友情』

表題に入っている「特別な particulières」という形容詞は、もちろん「特異な」という意味でもありますが、それよりはむしろ「個別的な」に近く、本編に登場する神父たちの言葉を踏まえるなら、「公にひらかれていない＝公衆の面前でははばかられる」ということになるでしょう。じっさい本作では、そういった「特異で個別的な友情」が少年たちの密会・嫉妬・裏切りをとおしてだけでなく、この「友情」を抑圧しつつ飼い慣らそうと企む大人たちへの抵抗をつうじて存分に描かれています。発表直後からベストセラーとなり、いまでも取り沙汰されることの多い古典的名作ですが、なぜか日本ではきちんとした紹介がされてきませんでした。日本ではむしろ、ジャン・ドラノワ監督の手による映画版のほうが知られているようです（劇場公開時の邦題は『悲しみの天使』、ＤＶＤタイトルは『寄宿舎――悲しみの天使』）。古臭い映画屋として槍玉に挙げられることもあったドラノワですが、さすが文芸映画を多く撮った職人気質の監督だけあって、大部の原作をうまく編集してスピーディーかつ洗練されたドラマに仕立てあげています。そして何よりこの映画にかんして注目すべきは、日本のＢＬジャンルの成立に一役買ったことでしょう。事実、「ＢＬの祖」として名高い萩尾望都、竹宮恵子、増山法恵といった少女マンガ革命の仕掛け人たちがこの映画からの影響を公言しており、とくに萩尾はストーリーへの不満を漏らしながら自らの創作の意図についてこう語っています――「見終わって、へんな気分でした。〔……〕禁じられた恋をし、いっぽうが裏切られたと誤解して死に、そして物語は終わった、その結末が納得できません。もし年上の方の少年が、年下の方の少年を、ほんとうに愛していたのならば、むしろラスト・シーンから物語を始めたらどうだろう……。ということで、自殺から始まる物語をかき出したのが、『トーマの心臓』です」（鈴木志郎康『萩尾望都マンガの魅力』清山社、一九七八年）。じっさい『トーマの心臓』（一九七四年）では、トーマという十三歳の少年の死がいきなり冒頭に置かれ、その死の謎（なぞ）が宙吊り（ちゅうづ）にされたまま、上級生ユリスモールの苦悩が徐々に明らかにされる展開になっています。年少者よりも残された年長者のその後に照明をあて、後者が「愛」に目覚めてゆく過程にいくつもの「救い」を介在させている点は、萩尾のオリジナリティをなしていると同時に、彼女が着想源としての映画を批評的に取り入れた結果ともいえるでしょう。とはいえ、映画のラストの不全感は先述したドラノワの編集によるものであり、本書を読まれた方にはおわかりのとおり、原作には残された者の想いが切々と描かれていました。アレクサンドルを失ったジョルジュの悲しみとふたりの永遠に立ち会ったいま、萩尾先生のあの名作の理解がぐっと深まることもあるかもしれません。未読の方はぜひ併せてご一読を。

## アンドレ・ジッド『ラミエ』

一九〇七年の執筆から九十五年の時を経て公刊された幻の一作です。本編に登場するウジェーヌ・ルワールは、南仏トゥールーズで活動した作家兼政治家で、ジッドの男色仲間でもありました。本作はそんな友人の地所での一夜を切りとった掌編ですが、清書前の未定稿であるためか、文体も走り書きに近く、ジッドにしては直截な表現が目立ちます。そもそも彼は同性愛的なシーンを慧眼な読者に宛てて淡めの表現で描くのがつねであり、作品でも実人生においても、肛門性交などのあからさまな行為を嫌いました。その意味でベッドシーンやフェラチオが出てくるのは異例中の異例なのですが（後者をすぐに止めさせるのはいかにもジッドらしい）、それでもジュネやプルーストなどとは異なり、全編をとおして幸福なタイプのＢＬに仕立てているのは、ギリシャの友愛を範としたこの作家の面目躍如といったところでしょうか。とはいえ、この話には悲しい後日談があります。しばらくしてから、あんなに元気だった「森鳩くん」が病を得てしまうのです。病状の報せに胸を締めつけられるジッドでしたが、一九一〇年四月、願いもむなしく少年は結核のためこの世を去ります。その年の夏、ガロンヌ川の岸辺を再訪した際のジッドの日記――「シャツを着たままより、裸になって寝るほうが自然だということを官能とともに感じる。私の部屋の窓は大きく開け放たれ、月の光がベッドいっぱいに射し込んでいた。森鳩とのすばらしい夜が思い出されて、胸が苦しくなった。しかし心や頭だけでなく、肉体においても、欲望を感じることはなかった」。二人が「すばらしい夜」を過ごしたのは、結局あの一度きりでした。

**ロジェ・マルタン・デュ・ガール『灰色のノート』**

フランスでは二十世紀前半に「大河小説」という一家や一族の歴史を巻をつらねて描ききろうとする形式が流行(はや)りましたが、まさに『チボー家の人々』はその代名詞的作品にほかなりません。訳出した『灰色のノート』は、世紀の変わり目の平和を背景に未青年どうしの熱っぽい友情を淡々と描き、その後につづく嵐(あらし)のような展開の前奏としてふさわしい内容になっています。人生の一コマ一コマをじっくりと追いかける大河小説の冒頭には、こうしたブロマンスが置かれることがしばしばあり、たとえば、反俗的な作曲家の一生を描いたロマン・ロランの『ジャン・クリストフ』(一九〇四年―一九一二年)もまた、少年期の主人公と同性の友人が情熱的な手紙を交わしあう場面から始まっていました。こうした熱い関係はあくまで魂の友情として、どちらかが異性愛に目覚めると解消される通過儀礼のように捉えられがちですが、ジャックとダニエルの場合には、一見この定型が踏襲されていながらも、ペールフィットの作にあったような「特別な結びつき」の萌芽（ほうが）が見受けられます。彼らの「結びつき」が宗教的感情を超えて、ホテルの部屋で互いの裸を見ることの当惑にまで通じていることを思えば、それが単なる観念的なものでないことは明らかですし、また周囲の過剰な抑圧がこの友情の「特別な」意味合いを逆に証明してもいるでしょう。徹底的な客観に立つ作者は、二人の容姿や表情をここぞというときに艶（つや）っぽく描写しながら、そこに漂う密（ひそ）かな愛の匂（にお）いを決して断じることなく私たちの前に差し出しているわけです。「遅咲きの狂い咲き」を果たすまで同性愛の傾向を抑圧しつづけたマルタン・デュ・ガールですが、作中でダニエルが語った「黒いスカラベ」のイメージには、いみじくもそういったクローゼットに閉じこもる姿が象徴されており、よりあけすけで外向的なプルーストの「マルハナバチ」との対照が見てとれるようです。

**マルセル・プルースト『ソドムとゴモラー』**

二人の「ソドミスト」の怪しさが前面に出ているシーンですが、むしろ注目すべきは、後景にいる語り手の「ぼく」のほうかもしれません。シャルリュスの会話中、一箇所、意味深なほのめかしがあります――「私はいま、一人の不思議な坊やに夢中なんだ。頭のいいブルジョワの若僧だが、私に対して、とんでもない無礼な態度をとるのだ」。「ブルジョワの若僧」とは誰のことなのか、いままでの先行訳ではこの点をはっきりとはさせていません。しかしここは男爵が立ち聞きされているとも知らず、「ぼく」のことを噂している箇所でしょうし、文脈から考えると、それまで蚊帳の外で盗み見ていた無名の語り手が登場人物から不意打ちをくらう瞬間なのです。今回の翻訳では、そういった「言わないけどここはわかってね！」という文脈をあえて訳文に反映させることで、プルーストが仕掛けたトリックの妙を際立たせようと試みました。ちなみに、後景にいながら注目されずにはおれない人物がもう一人います。「太陽の光線を吸い取ったようなブロンドに輝く肌をした金髪の美男子」こと、ロベール・ド・サン＝ルーです。語り手に古今の戦術を語る軍事マニアのイケメン貴族ですが、シャルリュス男爵と同じく、やがてその隠された一面がある場所で唐突にあばかれ、またしても「ぼく」は不意打ちをくらってしまいます。二人の友情はその後もきれぎれにつづきますが、最終編の『見出された時』（一九二七年）では、自らの宿命を引き受ける貴公子の悲壮な姿と、あこがれに似た語り手の密かな想いが切に綴られることになるでしょう。

**ポール・ヴェルレーヌ／アルチュール・ランボー「尻の穴のソネット」「往復書簡」**

世の常識に笑いながら唾を吐くカップルの姿だけでなく、ずるくも未練がましい一方のクズっぷりと、泣きと脅しを交互にたたみかける他方の小悪魔っぷりが垣間見られたのではないでしょうか。伝記的事実をつづけるなら、ヴェルレーヌの出獄後も完全に縁が切れたわけではありませんでした。一八七五年三月、ドイツのシュトゥットガルトで二人は再会を果たしますが、獄を出たばかりのヴェルレーヌはすっかり抹香臭くなっていて、会うなり悔悛を説かれたランボーは呆れはててしまいます――その後、連れだって飲み屋におもむき、お決まりの口論と殴りあい。あいかわらずというしかないですが、結局、これが今生の別れとなりました。それから十六年、元恋人の訃報に接した病床のヴェルレーヌは、見舞いにきた友人にこう漏らしています――「ランボーが死んでから、毎晩彼のことが思い出されるんだよ。あいつの死を受け入れることなんかできやしない。〔……〕私にとってランボーは、いまなお生きた現実なんだ。私のうちで燃えさかる太陽、決して消えようとはしない……」（アドルフ・レッテ『象徴主義――挿話と思い出』レオン・ヴァニエ社、一九〇三年）。二人の関係の実態については評伝も多数ありますが、手っ取り早く萌えながら知りたければ、若きレオナルド・ディカプリオがランボーを演じた『太陽と月に背いて』（原題は『皆既食 *Total Eclipse*』）を観ない手はないでしょう。アニエスカ・ホランド監督が一九九五年に送り出したこのイギリス映画では、本書で紹介した一連の流れが見事に再現されており、途中、書簡の文面がモノローグでバックに流れる演出がされています。埠頭で泣き叫び、相方を殴りつけ、銃弾を厳かに受け止め、それぞれのランボーを演じ分けるレオ様は天才というほかないのですが――続きはぜひＤＶＤで観てください。

**ラシルド『ムッシュー・ヴィーナス』**

本作はいわば性別交換のファンタジー（「とりかえばや物語」）とも捉えられますが、身体的特徴では測れない性別や性愛の対象にかんする指向が問題となってくるため、事態はそう簡単ではありません。ラウールは生物学的には「女性」ですが、自分自身で認識している性別は多分に「男」であり、対するジャックは「男性」でありながら「女」の特徴や装いを身につけています。また一方は「女」を愛する「男」、他方は「男」を愛する「女」に見えるものの、こうした性別が二人の関係性において揺れ動くので、そのつど同性愛になったり異性愛になったり、ときにはどちらともいえない曖昧な性的指向に流れていきます。そういった流動的なグラデーションのなかにＢＬが立ち現れる瞬間があるわけですが、たとえば、浴室ではしゃぐ相手に男として振舞い、覗かれたほうが「男同士といえども、礼儀にかなってい」ないと言い返す二人の瞬間がそうでしょう。本作でのＢＬは「あくまで同性どうし」という本質的な絆ではなく、絶えず揺れ動く性のありようのなかで、瞬間瞬間につくり出される構築的な関係となっています。ところで今回の新訳では、主人公たちの言葉づかいにいくつかの新機軸を打ち出しました。とくにラウールには女言葉を使わせず、「わたしは……だ」という中性的な口調を喋らせ、一方で形容詞や名詞など性別がわかる原語の場合は「……な女」「……な男」といちいち訳出を試みています（池田理代子の名作少女マンガ『ベルサイユのばら』に登場するオスカルを想像してみてください。ラウールのキャラクターには、ああいった「男装の麗人」風の口調がぴったりです）。社会が押しつけてくる「男らしさ／女らしさ」に囚われることなく、あくまで自分でありつづけながら属性をとりどりに選びとってゆく二人の生きざまを感じとっていただければ幸いです。

## ジャン・コクトー「友は眠る」

本書ではラディゲとの関係に焦点をあてましたが、じつは死と地続きの眠りをつづける「友」の肖像には、コクトーが交際した複数の「友」のイメージが重ね合わされています。原初の「友」としてのラディゲはもちろん、若くして戦禍の犠牲になった飛行士のロラン・ギャロスや作家のジャン・デボルド、現在の「友」として療養中の詩人に寄り添ってもいた俳優のジャン・マレ……。とりわけデボルドは特筆すべき人物です。一九二六年のクリスマス、コクトーは水兵服をまとったこの青年にラディゲの再来を見てとり、やがて同棲しながら作家デビューの手助けをしました。その甲斐もあって一九二八年に出版された『僕は大好きだ』は、デボルドの資質をよくあらわす瑞々しい詩的散文集で、なかにはベッドに同衾した男性二人のやりとりを描く断章も収録されています。詩人と別れたのち女性と結婚したデボルドは、やがてナチス占領下の抵抗運動にコミットし、フランス解放の直前、悲惨にもゲシュタポに捕らえられ拷問死。「友は眠る」はこうしたラディゲの影を宿した「バイセクシュアル」の友にも捧げられており、じっさい、表題は前述した『僕は大好きだ』の断章「一人の友が寝ずの番をし、一人の友が眠る」に由来するものです。作中には男しか愛せない詩人と「肉体の機構」の違う友とのセクシュアリティのずれが示唆されていましたが、コクトーの友情讃歌はそういった片想いの苦しみと裏腹になっているふしがあり、たとえば、デボルドとの交際中に書かれた『白書』（一九二八年）には、愛する男たちから宿命的に裏切られつづけるゲイの嫉妬と懊悩（おうのう）が赤裸々に綴られています。

**ジャコモ・カサノヴァ『わが生涯の物語』**

本作については、やはり真相に触れなければならないでしょう。作者がドヤ顔で予告しているとおり、次章ではカサノヴァと仮面を脱いだベルリーノの熱いベッドシーンが詳述されます。後者の正体はボスニア生まれのテレーザという娘で、じつはベルリーノという死んだカストラートの身代わりを演じていたのです。テレーザ自身の告白によれば、彼女はもともと地元の著名な歌手について声楽を学んでいて、あるとき才能を開花させるため、別の町の音楽教師のもとでの修業をすすめられました。その住み込み先の兄弟子がベルリーノ本人なのですが、カストラートの卵だったこの少年は、テレーザが同地に赴く前日に亡（な）くなってしまったというのです。そこで最初の師が、彼女の成功と少年の母親の慰藉（いしゃ）のために、テレーザ＝ベルリーノという人物をでっちあげたというのが事の真相です。「彼」が「女」であることをカサノヴァは当初より見抜いていたようですが、それでも一箇所、冷酷な表情から相手を「男」だと確信し、にもかかわらずその姿が脳裏から去らないことにいらつく場面があります。しかもそこにたたみかけるように、テレーザ＝ベルリーノの挑発的な台詞――「なにしろあなたはぼく自身に恋をしているのですから、ぼくの性別に関係なく」。いわば、BLジャンルにありがちな「俺はゲイじゃない、ただおまえが好きなだけなんだ！」という言い訳じみた殺し文句の構図が、攻めの言葉としてではなく、受けの側から攻めに喚起する形で表れている点が見どころです。

**ジャン・ジュネ『泥棒日記』**

「汚穢の偉大」と「善と悪の混淆」を讃えるジュネのスタイルは、そもそも彼の愛した男たちの魅力から発したものなのかもしれません。とくに全編をとおして登場するスティリターノは、そういったクィアな欲望を引き出す魅力をぷんぷんに放っています。片腕の欠損、不潔な美貌、クズの優しさ、そして葡萄を象ったまがい物の男根――それらに否応なく惹かれてゆく「わたし」の心情は、武装のように飾り立てた地の文の語りよりも、無防備な会話や振る舞いの描写のうちにより生なかたちで表れており、そこには作家に転生する以前の、二十歳の孤独なマイノリティの姿が見え隠れしてもいるでしょう。腐れ縁はその後も断続的につづきます。思わせぶりな態度で相手をじらしつづける「不可触」のスティリターノでしたが、最後には少しだけ身を任せるシーンがあり、じつは依存していたのは彼のほうだったのではと疑わずにはいられません。じっさい作中では、どこへいっても一目置かれる彼の「スーパーダーリン」ぶりが描かれる一方、仲間を売って警察と内通したり、外面をよく見せようと細々気をつかったり、結局ひとりでは何もできない卑怯な姿が多く捉えられており、語り手にとってはそうした強者の弱みのほうが愛情とエクスタシーを掻き立てられる主要な魅力であったようです。

**ジョリ＝カルル・ユイスマンス『さかさま』**

日本では澁澤龍彦訳の『さかしま』として名高い、いわば「仏文ダークサイド系」の名作です。資本主義世界の「ひきこもり」や「オタク」を描いた現代にも通じる作品ですが、作家のアクチュアリティという点でいえば、フランス現代文学のカリスマ作家ミシェル・ウエルベックが、近年最大の問題作と呼び声の高い『服従』（二〇一五年）において、ユイスマンスを大々的に取り上げたことが思い起こされます。「なぜにユイスマンス？」と虚をつかれた読者もおられたでしょうが、男性主体の「危機」とヨーロッパ社会体制の「危機」を重ね合わせるウエルベックのいつもの作風を思えば、同じ「危機」の重なりを十九世紀末に生きたユイスマンスが召喚されるのは、必然すぎる必然なのかもしれません。いずれも「男性性の衰退」を描くという点で通じあう二人の作家ですが、大きく袂を分かつ点があるとすれば、後者がそうした「衰退」からBLの世界に足を踏み入れているところでしょう。じっさい『さかさま』には主人公と少年たちとの絡みが散見され、訳出した第九章はそのクライマックスを呈しています。ただ、女性との絡みはあれだけ微に入り細に入り描写しているにもかかわらず、肝心のBLシーンになると、とたんに抽象に流れてしまっているのはいかにも残念……。同時代の象徴派の芸術家たちに多大な影響を与えた『さかさま』ですが、そこに密かに込められていたBLのテーマにかんしては、海の向こうの愛読者であったオスカー・ワイルドが引き継いでゆくことになるでしょう。ワイルドの『ドリアン・グレイの肖像』(一八九一年)には、デ・ゼッサントの影がちらつくディレッタントの主人公が登場し、作中、『さかさま』と思しき作品についての言及もあります。

**マルキ・ド・サド『閨房哲学』**

性の修羅を書きつくすサド作品のうちでも、比較的マイルドな入門編といえるでしょう。日本語のスラングで「いく」にあたる行為をサドはさまざまな動詞で表現しており、今回はそのヴァリエーションがわかるよう訳出を試みました。「逝く／死ぬ mourir」「ぶっ放す lancer」「行く aller」「発つ partir」——頻出する « décharger » については、男女双方につかわれ、文脈的に何らかの液の放出を示唆していることから、「出す／噴く」という訳語を基本的に充(あ)てています（当時は女性も射精をすると考えられていました）。「ヤる foutre」は具体的には挿入を意味しているのですが、わかりにくい状況をここで整理すると、ドルマンセはこの言葉を合図に騎士と肛門性交をし、かたや自身の肛門に入っているのが人工のペニスでしかないので、「なんで俺のケツはべちょべちょじゃないんだ！」と嘆いているわけです。アヌスを礼賛(らいさん)し、ヴァギナを排撃する彼がかくも性器へのこだわりを見せるのは矛盾のようでもあり、他方でそうした男根主義的でマッチョな側面をリベルタンの女たちが果敢に突き崩しにくるところは、サドのまっとうなバランス感覚を見るようで興味が尽きません。十九世紀フランスを代表する小説家のフローベールは「こんな愉快な馬鹿(ばか)にはお目にかかったことがない」と哄笑(こうしょう)しながらサドを愛読していたそうですが、滑稽(こっけい)なファンタジーとして読みうる価値を保ちつつ決してそれだけでは終わらないところに、正気の狂気を貫いたサドの真に恐ろしい魅力がひそんでいます。

なお、翻訳の際の底本として『特別な友情』と『ムッシュー・ヴィーナス』はフラマリオン版、『ラミエ』はガリマール版、『さかさま』はロベール・ラフォン版をつかい、ヴェルレーヌ／ランボーの「往復書簡」は『ヴェルレーヌ書簡集』（ファイヤール社）に依拠しながら、『ベルギーにおけるヴェルレーヌ』（マルダガ社）所収の草稿を適宜参照しました。『泥棒日記』は新潮文庫版を踏襲し、残りの作品はプレイヤッド版に依っています。作品のイントロダクション作成に際しては、作家の自伝的テクストだけでなく、国内外の評伝や研究書も参照させていただきました。

最後に謝辞を述べさせてください。本書は企画から完成にいたるまで新潮文庫編集部の古浦郁さんに大変お世話になりました。同じく『波』編集部の楠瀬啓之さん、文庫編集部の佐々木悠さんにもチームに加わっていただき、ご尽力いただきました。心より感謝申し上げます。

本書が読者のみなさんの脳内に豊かな歓びと生きるヒントを生産してゆくことを信じて――。

（令和元年十月、フランス文学者）

［著者紹介］

ロジェ・ペールフィット

一九〇七年、南仏のカストルに生まれる。カトリックの神学校で学んだのち、エリート校として有名な自由政治科学学院（現・パリ政治学院）に進学。外交官となり、アテネの大使館に赴任した。一九四四年、占領下のパリで『特別な友情』を発表。賛否両論を巻き起こし、翌年のゴンクール賞最有力候補となったが、対独協力者の粛清で公職解任されたことが仇となり、惜しくも受賞を逃す（二大文学賞のもう一方であるルノード賞を受賞）。神学校での同性愛を古典主義的な筆致で描いた同作は、一九六四年にジャン・ドラノワ監督によって映画化され、日本でも『悲しみの天使』という邦題で劇場公開された。他の小説に『特別な友情』のその後を描く『大使館員』（一九五一年）、十三歳の男娼を主人公にすえた『ロイ』（一九七九年）などがあり、ヴォルテールやアレクサンダー大王らを扱った評伝も多数。二〇〇〇年、九十三歳で死去。

アンドレ・ジッド

一八六九年、パリ生まれ。早くに父を亡くし、清教徒の厳しい母に育てられる。マラルメのもとで象徴主義の洗礼を受けたのち、『パリュード』（一八九六年）で小説の可能性を模索。つづく『背徳者』（一九〇二年）では、生の称揚とともに少年愛の世界を繰り広げる。他の小説に『狭き門』(一九〇九年)、『法王庁の抜け穴』(一九一三年)、『田園交響楽』(一九一九年)などがあり、代表作の『贋金づくり』(一九二六年)は「メタフィクション」の先駆となった。政治参加にも積極的で、植民地経営やスターリン主義をいちはやく批判。『コリドン』(一九二四年)で男色を擁護し、『一粒の麦もし死なずば』(一九二六年)では自身の同性愛をカムアウトした。一九四七年にノーベル文学賞を受賞し、一九五一年、八十一歳で死去。二〇〇二年、フランスのガリマール社より未発表作『ラミエ』が出版される。

**ロジェ・マルタン・デュ・ガール**

一八八一年、パリ北西郊のヌイイ=シュール=セーヌ生まれ。落第を繰り返したのち、パリ古文書学校を卒業。作家を志し、ドレフュス事件に取材した『ジャン・バロワ』(一九一三年)で文壇の地位を確立する。やがてトルストイの影響から「大河小説」を企図し、ライフワークとなる『チボー家の人々』に着手。第一部『灰色のノート』(一九二二年)から第八部『エピローグ』(一九四〇年)まで書き継がれた同作では、チボー家とフォンタナン家という二つのブルジョワ一家に依りながら、父と子の確執、少年同士の友情、対照的な兄弟の生き方を活写し、未曾有の戦争に突入してゆくフランスの世相を精緻に描ききった。一九三七年、ノーベル文学賞受賞。中年以後、同性愛的傾向を自認しはじめ、未完の大作『モモール中佐』(一九四一年執筆)で同テーマを扱っている。一九五八年、七十七歳で死去。

### マルセル・プルースト

一八七一年、パリ郊外のオートゥイユ（現・パリ市）生まれ。父親は予防医学を専門とする大学教授、母親はユダヤ教徒。幼くして喘息の発作を起こし、以後、生涯にわたりこの持病に悩まされる。思春期から同性愛への傾きを示したが、代表作の『失われた時を求めて』（一九一三―一九二七）は、まだ同性愛を物語ることが憚られていた時代に先駆けて、これを主題の一つに据えた画期的な小説でもある（語り手の恋人アルベルチーヌの造形には、作者が想いを寄せていたパイロット志望のイタリア青年が影を落としている）。コルク張りの部屋で外部の物音を遮断し、昼夜逆転の生活を送りながら同作全七篇の完成に没頭したが、五篇目以降は遺稿にもとづき死後に出版された。他の作品に『楽しみと日々』（一八九六年）、『サント＝ブーヴに抗して』（一九五四年刊行）など。一九二二年、五十一歳で死去。

### ポール・ヴェルレーヌ

一八四四年、ドイツ国境にほど近いメスで生まれる。学生時代からボードレールに傾倒し、二十二歳で処女詩集『土星人の歌』を出版。メロディアスで大胆な韻律と、憂愁を帯びた象徴主義的作風で知られる。市庁舎勤務、妻マチルドとの結婚、パリ・コミューンへの参加を経験し、かろうじて市民生活と芸術活動を両立させていたが、アルチュール・ランボーとの出会いをきっかけに退廃の道へと突きすすむ。一八七三年、愛憎の果てにランボーを狙撃し、入獄。この時期のアヴァンチュールは『言葉なき恋歌』（一八七四年）に昇華されている。

評論集『呪われた詩人たち』（一八八四年）でランボーを世に知らしめ、晩年は「デカダンの教祖」として若い芸術家たちから崇められた。一八九六年、パリのボロ家で悲惨な境遇のまま五十一歳で死去。

**アルチュール・ランボー**

一八五四年、北仏のシャルルヴィル生まれ。父の不在と敬虔な母親の干渉に耐えかね、家出を繰り返す。十五歳から詩を書きはじめ、知人に宛てた「見者の手紙」では、すでに「狂気」を引き受ける詩人の使命が高らかに謳われていた。一八七一年、まだ見ぬ海を幻視した「酔いどれ船」をひっさげ、パリ詩壇に登場。「母音」「永遠」「尻の穴のソネット」（ヴェルレーヌとの共作）といった代表詩をものにする一方、あまりの悪童ぶりで周囲との軋轢を招いた。その後、ヴェルレーヌとの愛憎劇のなかで『地獄の季節』（一八七三年）を完成し、一八七五年には散文詩集『イリュミナシオン』を脱稿するが、ほどなく文学と決別する。放浪の旅をつづけ、最後はアフリカの武器商人に転生。一八九一年、骨肉腫で右足を切断し、マルセイユで死去。享年三十七歳。

**ラシルド**

本名マルグリット・エムリー。一八六〇年、フランス南東部のクロ生まれ。軍人の父とオカルト好きの母のもとに育ち、幼い頃から異性装に親しむ。交霊術で降ってきた「ラシルド」

という男性名を筆名とし、一八八四年、代表作の『ムッシュー・ヴィーナス』を発表。階級とジェンダーを越境する独創的なカップルを描いた同作は、たちまち物議をかもし、断罪されながらもスキャンダラスな成功を収めた。作家の夫とともに『メルキュール・ド・フランス』を創刊後、同誌が奉じた象徴主義の牙城（がじょう）となるサロンを主宰し、デカダン派の女王として君臨。他の作品に『サド侯爵夫人』（一八八七年）、『自然を逸する者たち』（同）、『マダム・アドニス』（一八八八年）、『超男性ジャリ』（一九二八年）など。若い男性間の性愛を多く描いたことから「古典BL作家」として近年注目を浴びている。一九五三年、九十三歳で死去。

ジャン・コクトー

一八八九年、パリ郊外の裕福な家庭に生まれる。九歳で父の自殺に見舞われ、少年時代には男子への片想いを経験。二十歳の頃から社交界の詩人として頭角をあらわし、やがて総合芸術に魅せられてバレエ作品を制作。以後、ジャンルを問わない前衛作家として驚異の夢を紡（つむ）ぎつづける。小説の代表作に『大胯（おおまた）びらき』（一九二三年）、『白書』（一九二八年）、『恐るべき子供たち』（一九二九年）があり、後者二つは男性間のホモエロティシズムが色濃い。レーモン・ラディゲやジャン・マレとの交際でも知られ、そうした青年たちとの「友情」は自伝『ぼく自身あるいは困難な存在』（一九四七年）に多く語られている。第二次大戦後は『双頭の鷲（わし）』（一九四七年）や『オルフェ』（一九四九年）など映画制作にも従事。一九六三年、親友エディット・ピアフの訃報に心臓発作を起こし、七十四歳で死去。

ジャコモ・カサノヴァ

一七二五年、ヴェネツィアで舞台役者の両親のもとに生まれる。十七歳のときパドヴァ大学で法学博士号を取得。在学中にヴェネツィアに戻り、いったんは聖職者の道を歩んだが、すぐに還俗して自由奔放な生活をはじめる。音楽家、呪術師、スパイ、外交官など肩書きを次々に変えつつ、時に投獄の憂き目に遭いながら、ヨーロッパを股にかける冒険の生涯を送った。あらゆる人種との交際、とりわけ女性遍歴がすさまじく、ドン・ファンとともに猟色家の代名詞的存在として名高い。れっきとしたイタリア人だが、一七九一年から書き継がれた『わが生涯の物語』（いわゆる『カサノヴァ回想録』）はフランス語で著されているため、広い意味でのフランス文学に属している。一七九八年、現在のチェコ共和国ドゥフツォフで落魄した身のまま七十三歳で死去。

ジャン・ジュネ

一九一〇年、生後まもなく捨て子となる。里親のもとで教育を受けるも、盗みと脱走を繰り返し、十五歳で感化院に送致。その後も泥棒、男娼、密告者として「悪」の道をひたはしる。やがて独房で小説を書きはじめ、一九四四年、『花のノートルダム』を地下出版。これに目を留めたコクトーらの尽力で終身刑を恩赦され、晴れて作家に転生した。同時期の作品として、対独協力の少年兵とナチス将校の愛を織り上げた『葬儀』（一九四七年）、貧しい姉妹の反抗の「儀式」を劇化した『女中たち』（同）、「囚人服」を「薔薇」に紐づけて実人生を昇華させた『泥棒日記』（一九四九年）などがある。サルトルの『聖ジュネ』（一九五二年）で生ける伝説とされてからは、劇作と批評に専心。晩年は黒人民族主義やパレスチナ解放運動にかかわり、独自の政治参加を行った。一九八六年、七十五歳で死去。

**ジョリ＝カルル・ユイスマンス**

一八四八年、パリのフラマン人の血をひく家庭に生まれる。はじめエミール・ゾラの弟子として自然主義を奉じたものの、一八八四年の『さかさま』（日本では澁澤龍彦訳の『さかしま』で流布）で新境地を開拓。「外から内への脱出」を試みる主人公の生活をつぶさに描き、そこにデカダン芸術の鋭い批評を混ぜ込んで、自然主義と象徴主義の架橋的存在となる。つづく『彼方』（一八九一年）では当代の黒魔術事情に肉迫したが、やがて突き抜けてカトリックの本道に接近。自身の改宗にいたる長い道のりを『出発』（一八九五年）、『大伽藍』（一八九八年）、『修練者』（一九〇三年）といった私小説風の連作に結実させた。退廃派の作家でありながら、内務省の役人として勤続表彰を受けた〈まっとうなクズ〉。一九〇七年、顎ガンのため五十九歳で死去。

**マルキ・ド・サド（サド侯爵）**
本名ドナティアン＝アルフォンス＝フランソワ・ド・サド。一七四〇年、由緒正しい貴族の家に生まれる。青年時代から美貌と秀才で鳴らしたが、放蕩のかぎりを尽くしてスキャンダルを連発。その後も「変態」の本性を隠さず、大革命以来の政局の移り変わりに翻弄されながら、生涯の大半を監獄と精神病院で過ごす。四十歳ごろから作品の執筆に乗り出し、囚われの身のまま、タブーなき文人としての活動を執念深くつづけた。代表作に『ジュスティーヌあるいは美徳の不幸』（一七九一年）、『閨房哲学』（一七九五年）、『ジュリエット物語あるいは悪徳の栄え』（一七九七年）、『ソドム百二十日』（一七八五年執筆、一九三一年－一九三五年公刊）。一八一四年、ナポレオン帝政のさなか、パリ近郊のシャラントン精神病院で療養中に七十四歳で死去。

〔訳者紹介〕

芳川泰久（よしかわ・やすひさ）：1951年、埼玉県生れ。早稲田大学文学学術院教授。著書に『闘う小説家　バルザック』、小説集『歓待』、翻訳にシモン『農耕詩』、プルースト『失われた時を求めて　全一冊』（角田光代と共編訳）など多数。

森井良（もりい・りょう）：1984年、千葉県生れ。獨協大学フランス語学科専任講師。訳書にエリック・マルティ『サドと二十世紀』がある。小説「ミックスルーム」で文學界新人賞佳作。本書の編纂（へんさん）を担当。

中島万紀子（なかじま・まきこ）：神奈川県生れ。早稲田大学文学学術院講師。訳書にレーモン・クノー『サリー・マーラ全集』など。初心者向けシャンソン歌唱指導のほか、多彩なフランス語講座を展開。

朝吹三吉（あさぶき・さんきち、1914―2001）：東京生れ。パリ大学ソルボンヌ卒。慶應義塾大学名誉教授。ジュネ『泥棒日記』のほか、妹・登水子とのボーヴォワールの共訳でも知られる。

本書は新潮文庫のオリジナル作品です。

# おことわり

新潮文庫の文字表記については、原文を尊重するという見地に立ち、次のように方針を定めました。

一、旧仮名づかいで書かれた口語文の作品は、新仮名づかいに改める。
二、文語文の作品は旧仮名づかいのままとする。
三、旧字体で書かれているものは、原則として新字体に改める。
四、難読と思われる語には振仮名をつける。

抄録作品については、本文にとくに断りを入れず省略を施した場合があります。

なお本作品集中には、今日の観点からみると差別的表現ととられかねない箇所が散見しますが、著者自身に差別的意図はなく、作品自体のもつ文学性ならびに芸術性、また当該作品に関して著者がすでに故人である等の事情に鑑み、原文どおりとしました。

（新潮文庫編集部）

ジッド
山内義雄訳
# 狭き門

地上の恋を捨て天上の愛に生きるアリサ。死後、残された日記には、従弟ジェロームへの想いと神の道への苦悩が記されていた……。

ジッド
神西清訳
# 田園交響楽

彼女はなぜ自殺したのか？　待ち望んでいた手術が成功して眼が見えるようになったのに。盲目の少女と牧師一家の精神の葛藤を描く。

堀口大學訳
# ヴェルレーヌ詩集

不幸な結婚、ランボーとの出会い……数奇な運命を辿った詩人が、独特の音楽的手法で心の揺れをありのままに捉えた名詩を精選する。

堀口大學訳
# ランボー詩集

未知へのあこがれに誘われて、反逆と放浪に終始した生涯――早熟の詩人ランボーの作品から、傑作「酔いどれ船」等の代表作を収める。

堀口大學訳
# コクトー詩集

新しい詩集を出すたびに変貌を遂げた才気の詩人コクトー。彼の一九二〇年以降の詩集『寄港地』『用語集』などから傑作を精選した。

J・ジュネ
朝吹三吉訳
# 泥棒日記

倒錯の性、裏切り、盗み、乞食……前半生を牢獄におくり、言語の力によって現実世界の価値を全て転倒させたジュネの自伝的長編。

バルザック
平岡篤頼訳
ゴリオ爺さん
華やかなパリ社交界に暮す二人の娘に全財産を注ぎこみ屋根裏部屋で窮死するゴリオ爺さん。娘ゆえの自己犠牲に破滅する父親の悲劇。

スタンダール
大岡昇平訳
恋愛論
豊富な恋愛体験をもとにすべての恋愛を「情熱恋愛」「趣味恋愛」「肉体的恋愛」「虚栄恋愛」に分類し、各国各時代の恋愛について語る。

アベ・プレヴォー
青柳瑞穂訳
マノン・レスコー
自分を愛した男にはさまざまな罪を重ねさせ、自らは不貞と浪費の限りを尽してもなお、汚れを知らない少女のように可憐な娼婦マノン。

ルソー
青柳瑞穂訳
孤独な散歩者の夢想
十八世紀以降の文学と哲学に多大な影響を与えたルソーが、自由な想念の世界で、自らの生涯を省みながら綴った10の哲学的な夢想。

モーパッサン
青柳瑞穂訳
脂肪の塊・テリエ館
〝脂肪の塊〟と渾名される可憐な娼婦のまわりに、ブルジョワどもがめぐらす欲望と策謀の罠——鋭い観察眼で人間の本質を捉えた作品。

ヴェルヌ
村松潔訳
海底二万里（上・下）
超絶の最新鋭潜水艦ノーチラス号を駆るネモ船長の目的とは？海洋冒険ロマンの傑作を完全新訳、刊行当時のイラストもすべて収録。

## 新潮文庫最新刊

ブレイディみかこ著
**THIS IS JAPAN**
—英国保育士が見た日本—
労働、保育、貧困の現場を訪ね歩き、草の根の活動家たちと言葉を交わす。中流意識が覆う祖国を、地べたから描くルポルタージュ。

阿辻哲次著
**漢字のいい話**
甲骨文字の由来、筆記用具と書体の関係、スマホ時代での意外な便利さなど、日本人が日常的に使う漢字の面白さを縦横無尽に語る。

高石宏輔著
**あなたは、なぜ、つながれないのか**
—ラポールと身体知—
他人が怖い、わからない。緊張と苦痛が絶えぬあなたの思考のクセを知り、ボディーワークで対人関係の改善を目指す心身探求の旅。

ランボー・コクトー
ジッド　ほか著
芳川泰久・森井良
中島万紀子・朝吹三吉訳
**特別な友情**
—フランスBL小説セレクション—
高貴な僕らは神の目を盗み、今夜、寄宿舎の暗がりで結ばれる。フランス文学を彩る美少年達が、耽美の園へあなたを誘う小説集。

宮部みゆき著
**この世の春**（上・中・下）
藩主の強制隠居。彼は名君か。あるいは、殺人鬼か。北関東の小藩で起きた政変の奥底にある「闇」とは……。作家生活30周年記念作。

畠中恵著
**とるとだす**
藤兵衛が倒れてしまい長崎屋の皆は大慌て！父の命を救うべく奮闘する若だんなに不思議な出来事が次々襲いかかる。シリーズ第16弾。

# 特別(とくべつ)な友情(ゆうじょう)

—フランスBL小説セレクション—

新潮文庫　ン－1－1

*Published 2020 in Japan*
*by Shinchosha Company*

令和二年一月一日発行

訳者　芳川泰久(よしかわやすひさ)　森井良(もりいりょう)
　　　中島万紀子(なかじままきこ)　朝吹三吉(あさぶきさんきち)

発行者　佐藤隆信

発行所　株式会社新潮社

郵便番号　一六二－八七一一
東京都新宿区矢来町七一
電話　編集部（〇三）三二六六－五四四〇
　　　読者係（〇三）三二六六－五一一一
https://www.shinchosha.co.jp

価格はカバーに表示してあります。

乱丁・落丁本は、ご面倒ですが小社読者係宛ご送付ください。送料小社負担にてお取替えいたします。

印刷・株式会社三秀舎　製本・株式会社植木製本所



ISBN978-4-10-204513-8 C0197